それからの四十七士

岡本さとる

JN100324

祥伝社文庫

目次

第一章　硬骨《こうこつ》の士《し》

一

「う～む、怪《け》しからぬ。実に怪しからぬことじゃ」

男はまたひとつ唸《うな》った。

日頃、世の中に対して義憤《ぎふん》、悲憤を覚えて慷慨《こうがい》する者は多いが、彼はそれがはなはだしかった。

男は武士である。年は四十半《なか》ば。太い眉《まゆ》にやや左右に離れた目は鋭く、引き結ばれた口許に頑《かたくな》な気性が窺《うかが》われる。

「これが元禄《げんろく》の御世《みよ》か、実に怪しからぬ」

従者を連れて江戸の町を行く彼の目に、太平に町人達が文化風俗を楽しみ、絢《けん》爛《らん》たる風情《ふぜい》を醸《かも》す姿は映《うつ》らない。

その陰でどれだけのたわけた施政が、この国で為《な》されているか、そればかりが見えるのだ。

彼の名は新井勘解由《あらいかげゆ》、諱《いみな》は君美《きんみ》。号を白石《はくせき》という。

後年に新井白石の名で広く知られるこの武士は、元禄十四年（一七〇一）の正月を迎えて、ますますその怒りを募《つの》らせていた。

「本日もまた、ご機嫌がお悪いようにござりまするな」

従者の大倉半次郎《おおくらはんじろう》が、背後から少しばかりおどけた声で言った。

彼は二十半ばの若党で、この気むずかしい主《あるじ》に、なかなかずけずけと物を言う。

「機嫌が悪《あ》しいじゃと？　この景色を見て、心穏やかになるはずがなかろう！」

白石は振り向き様に叱《しか》りつけた。

半次郎が何か言う度《たび》に、このように怒って応《こた》えるのが、白石の常であった。

そしてその一方で、自分に対して物怖《ものお》じせぬ彼の態度と、怒鳴《どな》りつけ易い気楽さが気に入っていて、白石はどこへ行く時も半次郎を連れて出かけるのだ。

「あれを見よ！」

白石は顎《あご》をしゃくった。

目の前を大きな犬が二頭、我がもの顔に通り過ぎていく。

時の将軍・徳川綱吉《とくがわつなよし》は、生類《しょうるい》を憐《あわ》れむよう命ずるお触《ふ》れを、この十五年間、折に触れて出していた。

それゆえに、町を闊歩《かっぽ》する犬達は、人間よりも大事にされ、図に乗った犬が難儀を起こそうが、決して犬を害してはならぬということになっている。

「旦那《だんな》様は犬嫌いでござりましたな」

「犬は嫌いではない！　お触れが気に入らぬのじゃ！」

「お声が高《たこ》うござりまするぞ。生きとし生けるものを慈《いつく》しむ……。そのような心を持てという、やさしいお触れではござりませぬか」

「たわけ者めが！」

白石はまたも半次郎を叱りつけた。

確かにこの国が武断政治から、文治政治に進路を変えていく上で、画期的な法令ではないかと、礼賛《らいさん》する者もいるが、

「慈悲の心を人に植えつけんとするならば、学問を奨励《しょうれい》すればよい。このたわけた法は何ぞ」

白石には怒りしか湧《わ》いてこなかった。

元禄元年（一六八八）、武蔵国新羽村《むさしのくににっぱむら》の百姓が、鳥の巣をなす木を切り罰《ばっ》せられる。

翌二年（一六八九）、評定所《ひようじようしよ》の前で犬が争ったという理由で、旗本《はたもと》・坂井政《さかいまさ》直《なお》が閉門に処される。

同四年（一六九一）、犬、猫、鼠《ねずみ》に芸を仕込み見世物にすることが禁止される。

同八年（一六九五）、大久保《おおくぼ》、四谷《よつや》に広大な犬屋敷が設《もう》けられ、その際住人達は退去を命じられる。

また、鉄砲で鳥を撃ち、それを商《あきな》った廉《かど》で、大坂《おおざか》の町与力ら十名が切腹、一人が死罪となった。

同九年（一六九六）、犬殺しの密告者に三十両を与えると布告する。

同十三年（一七〇〇）、鰻《うなぎ》、泥鰌《どじよう》の売買が禁じられる。

耳にしただけでも枚挙《まいきよ》にいとまがない。

このような馬鹿げたことを繰《く》り返さねば生類を憐れむ心を持てぬならば、人の尊厳《そんげん》は地に落ちる。

「罰せられる人間への憐れみは、いったいどこにいってしまったのじゃ。まったくたわけた話じゃ」

このような時代がいつまで続くのか。少しでも早く終らせねばならぬと、白石は思い続けている。

度が過ぎた生類への保護に、多くの金が注《そそ》ぎ込まれる一方で、将軍家は奢侈《しゃし》な暮らしを改《あらた》めていない。

幕府の政策への不満は山ほどある。

――いつか天罰が下るであろう。

彼は歯嚙《はが》みをしながら日々暮らしていたのである。

主の憤慨を、大倉半次郎はいつもにこやかに見ている。

「怒らぬ旦那様はおもしろうない」

などとさえ思っているのだが、

――これはいかぬな。

明神《みょうじん》下の曲がり角にさしかかった時、半次郎は眉をひそめた。とぼけた味わいのある面長《おもなが》な顔は、時として厳《きび》しく引き締《し》まる。

その時の彼の面構《つらがま》えは、古《いにしえ》の野武士のようで、白石はなかなか気に入っているのであるが、この半次郎の緊張は、白石の目の先に向けられていた。

道端《みちばた》で子守をしている童女《どうじょ》に、これもまた大きな黒犬が一頭、唸りながら迫っているのを、白石が認めたからである。

哀《あわ》れ童女は、下手《へた》に逃げ出せば追いかけられて嚙みつかれると悟《さと》っているのか、恐ろしさに足が竦《すく》んだのか、黒犬に睨《にら》まれて身動き出来ずにいる。

赤児《あかご》は泣きだし、これに黒犬が敵意をみなぎらせて吠《ほ》えかかった。

「きゃッ！」

気丈《きじょう》に犬を睨みつけていた童女も、どうしていいかわからず、悲鳴をあげて涙を浮かべた。

誰かが助けてやらねばならない。

だが、下手に構うとばっちりがくることを江戸の町に住む者は誰もがわかっている。

知らぬふりをして通り過ぎるのが世渡りというものだが、こんな時に、放っておけないのが白石なのである。

「旦那様、手荒なことはなさりませぬよう……」

半次郎は、白石が怒りにまかせて黒犬を打ち据えて怪我《けが》でもさせれば面倒なことになると、それを恐れていた。

「あのようなたわけた犬には、思い知らせてやらねばならぬ」

半次郎が案じた通り、白石は腰の扇子《せんす》をかざして、つかつかと犬に寄ると、

「幼子をどうしようというのじゃ。この慮外者《りょがいもの》めが！」

いきなり黒犬の鼻柱を扇《おうぎ》で打った。

犬は存外に弱く、驚いたように〝キャン〟と一鳴きして走り去った。

「旦那様、参りましょう」

半次郎は白石に駆《か》け寄った。

向こうから、町方の役人がやって来た。半次郎が恐れていたことが起こったのだ。

「知らぬ振りをして、立ち去りましょう」

半次郎が宥《なだ》めても、

「我は何も恥ずべきことをしておらぬ」

白石は悠々《ゆうゆう》として、子守の童女に、

「気をつけよ」

と、やさしく声をかけて、遠くにやる。

「これこれ、見れば犬に折檻《せっかん》を加えたようにて。これはいかなる了見《りょうけん》じゃ」

役人は、小者を数人率《ひき》いて白石の傍《かたわ》らへ寄り、威丈高《いたけだか》に言った。

白石が哀れな童女を助けたことをわかっているが、そこは見ぬ振りを決め込み、袖《そで》の下をせびろうという魂胆《こんたん》なのであろう。

　この日の新井白石は、質素な木綿《もめん》の小袖と袴《はかま》姿、どこぞの田舎《いなか》大名の家士か、名字帯刀《みょうじたいとう》を黙認されている商人出の学者風に見えた。

　小銭を稼《かせ》ぐ相手にはちょうどよいと思ったのであろうが、そういう役人の傲慢《ごうまん》と卑屈《ひくつ》さが白石の怒りをかき立てる。

「いかなる了見じゃと？」

　白石は鋭い眼光を役人に向けた。

「幼き者に危害を与えんとした犬を躾《しつ》けたが、それがどうした」

　白石の威風に役人はたじたじとなった。

「躾けたと申されるか……」

　威丈高に出たものの、相手が悪かったかもしれぬと、詰問する声も小さくなった。

　――木っ端《こっぱ》役人めが。

　白石は、殴りつけてやりたい衝動を抑えて、

「いかにも躾じゃ。人の親が子を躾けるがごとく、犬に躾を施《ほどこ》したは、犬を慈しめばこそ。貴殿は某《それがし》が、犬を躾けるに足らぬ痴《し》れ者じゃと申されるか」

　叱りつけるように言った。役人は返す言葉が見つからず、口をもごもごとさせ

たが、

「某も役儀ゆえ問うたまで。犬を折檻したとあらば由々《ゆゆ》しきことゆえにな」

折檻か躾かは、こちらで決めることだと言わんばかりに、役人の権威をちらつかせて、何とかこの傲岸《ごうがん》な武士をやり込めてやろうとした。

「まず、貴殿の姓名を伺《うかが》おう。躾が身上《しんじょう》のようでござるゆえ、さぞかし名の通った御仁《ごじん》であるようじゃ」

「名が通っているかどうかは知れぬが、我が名は新井勘解由。今はこの世におわさぬが、かつて将軍家の侍講《じこう》をお務めになられた木下順庵《きのしたじゅんあん》先生の弟子にて、甲《こう》府宰相《ふさいしょう》様の侍講を務める者」

「甲府様の……」

貴人《きじん》の名が出ると、たちまち意気消沈するのが役人の常でもある。

「疑いあらば、これより桜田《さくらだ》の御屋敷に同道あって、折檻と躾がいかなるものか論ずるといたそう」

役人はたちまち腰が砕《くだ》けて、

「いや、それには及びませぬ。犬を折檻する者がいると聞きつけて参りましてござるが、これは、とんだ勘違《かんちが》いにて。平にお許しくださりませ」

慌《あわ》てて小者を引き連れ、逃げるようにその場を去った。

「う～む……」

役人を逆にやり込めたというのに、白石はうなだれている。

「ははは、さすがは旦那様でござりまする」

半次郎は笑ったが、

「たわけ者めが！　師と主の名が思わず口をついたは真に不覚。小役人を笑いながら、我もまた、権威なるものを振りかざしてしもうた」

白石は再び半次郎を叱りつけ、己《おのれ》を戒《いまし》めた。

「いや、これまたさすがは旦那様……」

半次郎は臆《おく》せず感じ入った。今の世にこれほどまでの硬骨《こうこつ》の士《し》がいるとは——。それが半次郎には嬉《うれ》しくもあり、おかしくもあった。

「感心するようなことではない。当り前のことを己に戒めておるのじゃ」

「それはよろしゅうござりまするが、早《はよ》う逃げませぬと……」

「何ゆえ逃げねばならぬ！」

白石はいきり立ったが、ふと周りを見ると、縁道《えんどう》にいつしか人が集まり、この白石の硬骨ぶりに感嘆していた。

「新井様、お見それいたしました」

「わたし共にもお言葉を賜《たまわ》りとうございます」

口々に白石へ賛辞《さんじ》を贈《おく》りつつ寄ってきたのである。

「半次郎、そちの言う通りじゃ。逃げるぞ」

白石は脱兎《だっと》のごとく駆け出した。

二

新井白石は、元禄六年（一六九三）に甲府徳川家の当主権中納言《ごんのちゅうなごん》綱豊《つなとよ》に仕《つか》え、今に至るのだが、それまでが苦難の連続であった。

彼が後年著した〝折《おり》たく柴《しば》の記《き》〟によると、白石の父・正済《まさなり》は上総久留里《かずさくるり》二万石の大名・土屋民部少輔《つちやみんぶのしょうゆう》利直《としなお》に監察の役儀をもって仕えていた。

利直は、伝蔵《でんぞう》という幼名であった頃の白石を〝火の子〟と呼んでかわいがってくれた。

白石が飛び抜けて聡明であったからだが、彼は父・正済から、

「男はただ忍耐を修練して生きよ。自分が一番耐《た》えがたいと思うことからその修

練を始めると、やがてどのような忍耐も辛《つら》くなくなるというものだ」

と、教えられてきただけの努力を重ねた。

三歳で字を知り、六歳で詩を暗誦し、九歳の折には、眠気を醒《さ》ますために、桶《おけ》の水をかぶりながら、行書《ぎょうしょ》、草書《そうしょ》の習字に励《はげ》んだ。

剣術にも励み、十七歳の折に学問を深く志して儒学《じゅがく》を学んだ。

〝火の子〟はさらなる成長を続けていたのだが、主君・利直の死後、家督を継いだ伊予守直樹《いよのかみなおき》は狂気の人で、土屋家中に内訌《ないこう》が生じた。白石の父・正済はそれを憂《うれ》えて出仕《しゅっし》せず、父子共々土屋家を追放となってしまった。

その後、直樹が改易《かいえき》となったことで、新たな仕官の道が開けた白石は、天和《てんな》三年（一六八三）に堀田筑前守正俊《ほったちくぜんのかみまさとし》に仕えることになった。

正俊は時の大老で、五代将軍に就任したばかりの徳川綱吉を助けて〝天和の治《ち》〟と呼ばれる治世を行い成果を収めていた。

白石は正俊に仕えることで、天下に己が才を発揮出来んと希望に燃えた。

ところが、仕えて間もなく、堀田正俊は江戸城内で、若年寄・稲葉正休《いなばまさやす》によって刺殺された。

その後の堀田家は、出羽山形《でわやまがた》、陸奥福島《むつふくしま》へ転封《てんぷう》が続いた。多分に正俊が刺殺されたことが、不心得《ふこころえ》とされての処置であったと思われる。

転封の地は痩《や》せていて、堀田家の財政は窮乏《きゅうぼう》した。

家臣は俸禄《ほうろく》を半減されたりして、多くが主家を去った。

武士はそれなりの体面《たいめん》を保たねばならず、その負担に堪《た》えきれず、白石もまた浪人の道を選ばざるを得なくなった。

それが三十五歳の折。

そこから彼は独学で儒学を学び、私塾を開くなどして何とか日々の暮らしを得て、元禄元年に儒者・木下順庵の弟子となった。

三十半ばで、学問に素晴らしい才を発揮しつつも、貧しい暮らしに苦学する白石に、

「新井先生は、将軍家のお覚《おぼ》えがめでとうない堀田様の御家中であった上に、当節もてはやされることのない木下先生の門人であられる。これではたとえ学問がすぐれておいでても立身《りっしん》は望めませぬぞ……」

と、忠告する者もいた。

時勢に合わないところで学問を積むより、もっと目立つところへ入門を仕直して、出世が叶《かな》う世過ぎがあるのではないかというのである。

しかし、白石は頑固なまでに、己が生き方を変えなかった。

「人には命がけで仕えねばならぬものが三つござる。父と師と君でござる。いざとなれば死をも厭《いと》わぬ覚悟をもって仕えねばなりませぬ。先年、父を亡くし、今は主君もなく、この身には師一人があるのみ、己《おの》が立身のために粗末《そまつ》にできるものではござりませぬ」

その精神を貫《つらぬ》いた。

木下順庵が、成績優秀にして自分を信ずる白石を放っておくはずがなかった。

そして順庵は、やがて甲府徳川家への仕官を白石にもたらしてくれた。

とはいえ、当初甲府家からの条件はあまりよくなかった。

学問優秀なる者を召し抱えんとするにあたって、甲府家はまず幕府の大学頭《だいがくのかみ》・林信篤《はやしのぶあつ》の弟子を望んだが、信篤はこれに、

「推挙《すいきょ》できる弟子はおりませぬ」

と応《こた》えたという。

甲府徳川家の当主・綱豊は現将軍・綱吉の兄・綱重《つなしげ》の子である。四代将軍・家綱《いえつな》の死後、家綱に男子がいなかったことから、弟である綱吉と、既《すで》に病没していた綱重の子である綱豊が次期将軍の有力な候補となった。

結局時の老中・堀田正俊の推《お》しもあり、綱吉が五代将軍に選ばれた。

綱豊はまだ二十歳にもならぬ身であったし、三代・家光《いえみつ》に血縁が一番近い綱吉の襲封について何の異論もなかったのだが、どうも綱吉は綱豊の存在が疎《うと》ましいのか、叔父《おじ》と甥《おい》の間はよそよそしいものであった。

学問好きの綱吉に重用《ちょうよう》されている大学頭・林信篤はその辺りのことが気になって、自分の弟子を甲府家に送り込まなかったものと思われる。

つまり、徳川綱豊もまた将来性のない貴人と目《もく》されていて、それゆえに林家からは弟子の推挙を拒《こば》まれ、才人であっても、時勢に合わぬと目されている木下順庵に話が持ち込まれたのである。

そんな具合であったから俸禄も三十人扶持《ぶち》との話で、順庵は初め話がきた時は白石の推挙を拒んだ。

学問の優劣は俸禄で決まるものではないが、世間の人は多ければ優秀で、少なければ劣《おと》っていると思うものだ。さらに新井勘解由はかつて大名家に仕えていた武士であるから、それくらいでは困ると、甲府家からの話を一旦《いったん》断った。

しかし、甲府家では新井白石の人となりを聞き及び、間に入ってくれた者が、

「それならば四十人扶持で承知するようはかりましょう。まず仕官なされてか

ら、俸禄のことは随時《ずいじ》お話しなされば、新井殿であればいかようにもなりましょう」

熱心に勧めたので、順庵は不本意ながら、その由を白石に伝えた。

白石は順庵の厚情《こうじょう》に感謝しつつ、

「俸禄の多寡《たか》を問えば、この先も少ないところには仕官できぬようになりましょう。ましてや甲府様は他の御大名とは家格が違いまする。わたしの運命が幸せなものか、不幸せなものかはわかりませぬが、先様にお任《まか》せしとうござりまするが、いかがでござりましょう」

甲府家への推挙をありがたく受けたのである。

以後、彼は甲府徳川家に仕えたのだが、浪人の身から俸禄を得る身になったとて、その硬骨ぶりは変わらなかった。

そして白石の運命は幸せに向いていた。

何よりも彼が仕えた権中納言綱豊は、思った以上に学問好きの殿様で、白石に講義を命じ、〝大学〟に始まり〝詩経《しきょう》〟〝書経《しょきょう》〟〝春秋《しゅんじゅう》〟などを熱心に修《おさ》める素晴らしい精勤ぶりであったのだ。

苦学を続けた白石は、主君の英邁《えいまい》に感じ入り、綱豊の求めに滞《とどこお》りなく応じたから、次第にその信を得るようになった。

綱豊の才気を確かめれば確かめるほどに、白石は大きな志を抱くようになった。

将軍・綱吉には未《いま》だ男子が授《さず》からず、このままいくと綱豊が六代将軍になることも十分あり得る状況となってきた。

そうなれば、白石は長年胸の内に温めてきた、武家による確固たる国造りのあり方を綱豊に進言出来る地位に身を置いているのかもしれない。

ますます己を律し、見聞を広め、民を困苦《こんく》からいかに救えるか、日々考え学ばねばならぬと思うようになったのだ。

三十七歳にしてやっと浪人暮らしから抜け出せた男が見る夢としては、畏《おそ》れ多くて気が遠くなりそうであるが、硬骨の士である白石はてらいなく精進《しょうじん》してきた。

大志を抱くと、この国の行方《ゆくえ》がますます嘆かざるを得ない状況に置かれていくことが見えてきた。

「実に怪しからぬ」

新井白石の憂国の情は日々高まりを見せていた。

そして、甲府家に仕えてから八年になるこの元禄十四年の春。

白石にとって大変気になる事件が起こったのである。

三

三月十四日。

江戸城白《しろ》書院の南に位置する大廊下。通称〝松《まつ》の廊下《ろうか》〟で、播州赤穂《ばんしゅうあこう》五万三千五百石の大名・浅野内匠頭長矩《あさのたくみのかみながのり》が、高家《こうけ》筆頭・吉良上野介義央《きらこうずけのすけよしなか》へ刃傷《にんじょう》に及んだ。

内匠頭は、朝廷からの勅使《ちょくし》、院使の御馳走役《ごちそう》を命じられていた。

十一日に江戸到着以来、内匠頭は役儀をそつなくこなしていたというが、この日になって、

「吉良上野介！　この間の遺恨《いこん》覚えたるか！」

と、上野介の背後から斬《き》りつけたのだ。

上野介は額と背中に傷を負ったが、烏帽子《えぼし》に大紋《だいもん》姿の内匠頭は動きもままならず、奥留守居《おくるすい》の梶川与惣兵衛《かじかわよそべえ》に押さえつけられた。

「刃傷《にんじょう》でござる！　刃傷でござる！」

与惣兵衛の叫びに、同じく御馳走役・伊達左京亮《だてさきょうのすけ》に加えて、他の高家衆や坊主達が馳《は》せ参じて内匠頭を取り押さえた。

吉良上野介は別室に運び込まれ、医師・栗崎道有《くりさきどうう》によって傷を縫合《ほうごう》され、やがて正気を取り戻したが、目付役からの聴取には、

「恨《うら》みを受ける覚えはない。内匠頭の乱心であろう」

と応えた。

内匠頭の方は、しばし興奮冷めやらず、

「上野介には日頃より遺恨これあり。殿中にて畏れ多いと存じつつも、是非《ぜひ》に及ばず、討《う》ち果《はた》しとうござった」

と訴えていたが、やがて場所柄をわきまえぬ振舞《ふるまい》を詫《わ》びて、大人しく沙汰《さた》を待った。

しかし、目付役・多門伝八郎《おかどでんぱちろう》からの聴取には、あくまで己が吉良への遺恨あるのみだと応えて、その理由は明かさなかった。

それは、名門・浅野家の意地にかけて、決して言い訳がましい姿を見せたくなかったからであろう。

刃傷に及んだのは確かである。理由は吉良上野介への遺恨であった。自分の言い分はそれだけだと遂《つい》ぞ黙《もく》して語らなかったのである。

梶川与惣兵衛が見ていたところでは、上野介は刀に手をかけなかった。となれば、これは殿中での喧嘩ではない。内匠頭が一方的に上野介を襲撃したことになる。

幕府は多門伝八郎と梶川与惣兵衛からの報告を取りまとめ、側用人《そばようにん》・柳沢保明《やなぎさわやすあき》が公儀《こうぎ》としての裁定《さいてい》を下した。

それは、浅野内匠頭には、

「不届きにつき、田村右京太夫《たむらうきょうだゆう》へお預けの上即日切腹」

吉良上野介については、

「御場所をわきまえ手向かいいたさなんだは神妙の至り、無事放免とする」

というものであった。

内匠頭は陸奥一関《いちのせき》藩主・田村右京太夫の屋敷へ移され、夕刻切腹。その夜、高輪泉岳寺《たかなわせんがくじ》に葬《ほうむ》られた。

浅野家江戸屋敷は大騒ぎとなった。

三河岡崎《みかわおかざき》の大名・水野忠之《みずのただゆき》が鉄砲洲《てっぽうず》の上屋敷へと出向き騒ぎを静め、翌十五日には内匠頭の弟・大学長広《だいがくながひろ》は閉門となり、十七日から十八日にかけて上屋敷と、赤坂《あかさか》の下屋敷が公儀に引き渡された。

二十六日には、事件の当事者である吉良上野介も高家を辞職した。

この騒動が、泰平の世となり刺激に飢《う》えている町の者達に広がらぬはずはなかった。

風さそふ花よりもなほ我はまた
春の名残を如何《いか》にとかせん

遺恨を晴らせぬまま、江戸城を〝不浄門〟から退出させられ、他家の屋敷へ護送の上そのまま切腹となった内匠頭に、庶民の同情は集中した。

吉良上野介の方は何のお咎《とが》めもなしで、将軍から慰労されて、堂々と下城をした。

これを聞くにつけ、

「喧嘩《けんか》両成敗《りょうせいばい》片落ちではないか」

の声が広まった。

上野介が高家筆頭という、四千石の旗本であっても十万石の実入りがある立場にいる者であるだけに、

「何やらいけ好かない爺《じじ》ィだ」

「袖の下でもせびったんじゃあないのかね」

「そうだよ。それに腹を立てて浅野の殿様は小《ちい》さ刀《がたな》を抜いちまったのさ」

などと話の種に上がった。

新井白石は、何故《なぜ》か後世にこの事件についての書を残していない。

しかし、この騒動について白石は人一倍関心を示していたし、

「怪しからぬ。実に怪しからぬ！」

と、いかにも彼らしく義憤にかられていたのは言うまでもなかったのである。

四

江戸城での刃傷事件については、白石の主君・徳川綱豊も相当な関心を示し、また愁《うれ》いを覚えていた。

町の者達のような判官贔屓《ほうがんびいき》に事件を眺《なが》め、浅野内匠頭を善、吉良上野介を悪と

断じるわけではない。

何ゆえこのような騒ぎが出来《しゅったい》したのか。また公儀の対処に過《あやま》ちはなかったのか。それが気にかかったのだ。

公儀の対処に過ちがなければ、町の者達はこれほど騒ぎ立てぬであろう。ただ、おもしろ半分に言い立てるだけなら噂《うわさ》や評判はすぐに収まるであろうが、それはさらなる広がりを見せていて、

「赤穂のご浪人方が、ご主君の仇《あだ》を討つようだぜ」

そんな噂まで出始めているようだ。

江戸城中で起こったことが、ここまで素早く庶民の口にのぼるというのは真《まこと》に恐ろしいが、綱豊も次期将軍の呼び声が高い。それを自覚しているだけに、直視せずにはいられない。

とはいえ重臣達を集めて意見を問うには、物々し過ぎる。次期将軍候補であるならば、尚《なお》さら沈黙が強《し》いられる。

自《おの》ずと新井白石が講義に託《かこつ》けて呼び出されることになった。

白石は嬉々《きき》として御浜《おはま》御殿に綱豊を訪ねた。

白石自身、綱豊に刃傷事件に対する想いを話したくてうずうずとしていたの

だ。

綱豊の御座所へ入ると、芝口《しばぐち》の潮の香りが鼻腔《びくう》をくすぐった。

白石は、海水を取り入れた、この下屋敷の庭園が好きであった。温かくなってくると、冷たさがほどよく混じる春の潮風は、特に心地よい。

「浅野内匠頭の仕儀についてどのように思う」

綱豊はゆったりとした口調で問うた。

白石は待っていましたとばかりに、

「勅使御馳走役の身でありながら、殿中を血で汚すのはあまりの御短慮《ごたんりよ》にございまする。御家《ごか》中の方々におかれては、御家《おいえ》取り潰《つぶ》しとなり、真に御気《おき》の毒にて……」

まず内匠頭の行動について苦言を呈《てい》した。

「ただ己が遺恨にて刃傷に及びしこと。そう仰せになったのは潔しといえども、遺恨を晴らさんとするならば、かかりようもあったはずでござります。小さ刀を抜いて僅《わず》かばかりに手傷を負わせただけでは、武道不心得の誹《そし》りは免《まぬが》れぬかと存じまする。何ゆえ体ごとぶつかり刺し貫けなんだのでござりましょう」

白石は、ただの学者ではない。武人としての自分を常に意識して、若い頃は学問そっちのけで武芸に精を出したこともあった。

元禄十一年（一六九八）の〝勅額火事《ちよくがくかじ》〟と言われた大火で、湯島天神《ゆしまてんじん》下の屋敷が焼けた時、綱豊は仮住まいの資金にと、五十両を与えたのだが、白石は恩に応えんと、この金子《きんす》で鎧《よろい》一領《りよう》を作らせた。

主君に対して、死をもってお仕えせんという心を示したのだ。

その白石が、武道不心得だというのは、言葉に重みがある。

綱豊はなるほどと頷いて、

「吉良上野介はどうじゃ」

白石は畏《かしこ》まって、

「さらにいけませぬ」

と、肩を怒らせた。

「世上《せじよう》では、高家筆頭であるのをよいことに、あれこれと付け届けを得て私腹を肥やしているのではなかったかと、噂をされておりまするが、そもそも六十を過ぎた要職にある身でござりまする。それが、遥《はる》かに年若の者に殿中で襲われるという身の不徳は言語道断《ごんごどうだん》にござりましょう。お取り調べにおいて、浅野内匠頭は乱心いたしたなどとお応えになったと聞き及びまするが、これほどまでの遺恨を受けていながら、相手が狂していただけで、身に覚えがないでは済まされませぬ。卑怯かと存じまする」

「そなたの言う通りじゃ」

綱豊は頬笑《ほほえ》んだ。どうやら同じ想いであったようだ。

「御上の処し方もまたいかぬのう」

「いかにも、これでは万民に示しがつきませぬ……」

「うむ……」

綱豊は嘆息した。

確かに内匠頭は遺恨の理由については黙して語らなかった。しかし、五万三千石余をなげうっての刃傷である。深い理由がないはずはない。

そこを推《お》し量《はか》ってやるのが武士の情けというものであろう。

町の者達が
「喧嘩両成敗片落ち」

と、お上を非難するのはよくわかる。

目付役・多門伝八郎などは憤慨して柳沢吉保に食ってかかり、目付部屋に押し込められたという。

「梶川与惣兵衛という御仁も、武士の情けを知りませぬ」

白石は、返す刀で与惣兵衛を斬った。

綱豊は白石の剛直さに苦笑いを浮かべ、

「梶川にしてみれば、黙って見てはおられまい」

「確かに、止めねば後で御咎めを受けていたでございましょうが、浅野様とてよほどの遺恨があったというは一目瞭然《いちもくりようぜん》。討たせてさし上げる情があったとてようございましょう」

「浅野が吉良を討っていれば、世間もここまで騒いでおらなんだかもしれぬな」

「少しばかり御咎めを受けたとてどうだというのでございましょう。梶川殿は武士の情けを知る者ぞと、男の名を上げたはずにございまする。さらに、吉良殿は刀に手をかけておらなんだ、などと余計なことまで口走るとは……」

与惣兵衛のその証言によって、内匠頭の一方的な刃傷であったとされたのだ。

気働きが出来ず、融通が利《き》かぬ小役人ほど性質《たち》の悪いものはないと白石は言うのだ。

吉良が刀に手をかけなかったのは、あまりの恐怖に逃げ惑っただけのことで、武士が斬りつけられて刀にも手をかけられぬままいたとは、それこそ咎められるべきではないのかと白石は思うのだ。

いずれにせよ、吉良上野介は死なずに生き残った。

「かくなる上は、浅野の家来も黙ってはおれぬであろうのう」

「御家中の方々は仇を討たねば、臆病者の誹《そし》りを受けましょう」

「討てばどうなる？」

「市中を騒がせた暴徒となりましょう」

「いずれに転《ころ》んだとて、残された者は苦難の道を強《し》いられるのう」

綱豊は溜息をつくと、

「とは申せ、赤穂の浪人達には、仇を討ってもらいたいものじゃ」

低い声で言った。

白石は低頭して、

「理非はわかりませぬが、もし仇討ちが行われれば、この元禄の世にひとつの望みが生まれるような気がいたしまする」

これが白石の何よりの想いであった。

この日《ひ》の本《もと》は武士による政《まつりごと》によって築かれていかねばならぬ。すなわち武と文が揃《そろ》っていて尚、士民を困窮《こんきゅう》から救う仁政《じんせい》を敷《し》かねばならない。

この〝怪しからぬ世〟に、真の武士の姿を見せてくれたら、これほどの痛快事はない。

「さて、討てるかのう。赤穂の家中には高田馬場《たかだのばば》にて果たし合いの助太刀《すけだち》をいたし、何人もの敵を斬ったという中山安兵衛《なかやまやすべえ》なる者がいたはずじゃ」

白石は畏まって、

「浪人の身であったのが、馬廻役《うままわりやく》二百石・堀部弥兵衛《ほりべやへえ》なる士の婿《むこ》養子になったと聞き及んでおりまする」

「あれだけの名を馳せたのじゃ。さぞ引く手数多《あまた》であったはず。それを二百石ばかりの家に婿養子として入ったというはおもしろいのう」

「弥兵衛なる御仁に心惹《ひ》かれてのことかと存じまする」

「それだけ浅野の家中には、心得のある武士が揃っているのであろう」

「さりながら、これを取りまとめる御大将が肝要《かんよう》かと存じまする」

「家老はどうじゃ」

「江戸家老が安井彦右衛門《やすいひこえもん》、藤井又左衛門《ふじいまたざえもん》……。この御両所には、それほどの器量はあるか無きか……」

「国表《くにおもて》は如何に」

「大石内蔵助《おおいしくらのすけ》なる御仁でござりまするが……」

「よい噂は聞かぬか」

「いえ、元禄七年（一六九四）に備中松山城《びっちゅうまつやまじょう》引き渡しの大任を浅野様がお務めになられた折は、御主君を助け並々ならぬ手腕を発揮されたとか」

「ほう。ならば大石内蔵助が浪士の束《たば》ねとならぬか」

「そう願いとうござりまするが。また一方では、どうにも捉《とら》えどころのない〝昼《ひる》行燈《あんどん》〟と揶揄《やゆ》もされているようにて」

「〝昼行燈〟のう。おもしろそうな男ではないか。会《お》うてみたいものじゃ」

綱豊は、しばしにこやかな表情を崩《くず》さずに沈黙したが、やがて囁《ささや》くように、

「そなた、西国へ旅に出てはくれぬか」

と、白石に言った。

「わたくしが西国に……」

白石は目を輝かせた。

「まずは播磨《はりま》辺りで見聞《けんぶん》を広め、よきところで江戸へ戻り、余に珍しい話を聞かせてくれ」

日頃実直な綱豊であるが、今は悪戯《いたずら》っぽい風情《ふぜい》が体中に表れている。

赤穂浪士達の様子を密《ひそ》かに見極めて、場合によっては、肩入れをしてやろうという気持ちであるのは白石には手に取るようにわかる。

「直《すぐ》に参りとうござりまする」

「勘解由ではのうて、白石として行くがよい。気儘《きまま》に、な」

「ははっ！」

白石は平伏した。

五

三日後。

白石は大倉半次郎一人を連れて、湯島の屋敷を七つ（午前四時頃）立ちに旅へ出た。

この二日間は、予《かね》て交誼《こうぎ》のある学者を訪ねて、浅野家国家老・大石内蔵助の評判を聞いて廻った。

まず、山鹿素行《やまがそこう》の門下生を方々訪ねた。

山鹿素行は、高名な儒学者であり兵法者であった。

既に貞享《じょうきょう》二年（一六八五）に没しているが、彼は一時朱子学《しゅしがく》に異《い》を唱《とな》えたことで、罪に問われ赤穂に配流《はいる》されていた。

それは十年近くの長きにわたり、大石内蔵助は青年期に多大なる影響を受けているのではないかと白石は見たのだ。

甲府宰相綱豊の侍講を務める白石の名は学者の間では知れ渡っている。

誰もが彼の来訪を喜び、情報をもたらしてくれた。

それによると、大石内蔵助は素行の許に熱心に通い、なかなかに学問優秀であったという。

さらに内蔵助は、長じて京都《きょうと》堀河《ほりかわ》の古義堂《こぎどう》の儒者・伊藤仁斎《いとうじんさい》の門人となったが、当時を知る者の話によると、ここでは居眠りばかりをしていたらしい。

ところが仁斎は、内蔵助を叱らず、

「あの仁は、なかなかにおもしろい」

と、周囲の者に話していた。

内蔵助もまた、

「いやいや、わたくしはどこででも居眠りをしてしまう悪い癖《くせ》がございまして。耳に心地のよいものを聞いた時はどうもいけませぬ。平にお許しのほどを……」

などと誰に対しても悪びれず鷹揚《おうよう》に構え、自らを〝眠牛《みんぎゅう》〟と号したそうな。

学問だけではなく武芸にも精を出し、こちらの方は東軍流《とうぐんりゅう》免許皆伝《かいでん》。

つまり、飄《ひょう》々《ひょう》としているが、押さえるべきところは押さえているという人物像が浮かび上がってくる。

「して、旦那様。大石様は、浅野様御家中の御大将に相応《ふさわ》しい御方なのでござりまするか？」

品川《しながわ》を過ぎた辺りで、大倉半次郎は白石に問うた。飄々としていることにおいては、この男も相当なものである。

「う〜む……」

白石はしかつめらしい顔をして、傍《かたわ》らに広がる、袖《そで》ケ浦《がうら》の海原を見つめて唸《うな》った。

朝の空は美しい快晴となり、水面を龍王《りゅうおう》の鱗《うろこ》のごとくきらきらと輝かせている。

「まず、代々城代家老を務める家に生まれた、お気楽者であろうの」

やがて白石は少しばかり皮肉を込めて言った。

「お気楽者でござりまするか」

半次郎は小首を傾《かし》げた。

「家老の息子ゆえ、思いのままに文武に励み、また、ゆったりと構えていられる」

「所詮《しょせん》は苦労を知らぬ若様育ちだと？」

「いや、そうも思えぬ。生まれながらに人の上に立つ者は切れ過ぎてもいかぬ。その辺りの息を自ずと身につけているような気がする」

半次郎は、面倒になってきたのか、

「まず会うてみねばわかりませぬな」

と、口を閉ざした。

「たわけ者めが。そのように言うてしまえば身も蓋《ふた》もないではないか。わざわざ長い旅をしてまで会いにいく相手じゃ。ようく知った上でのうては見極《みきわ》められぬ。そうであろうが」

「はい、それはもう」

とどのつまり、半次郎は話に付き合わねばならないのだ。

白石は、半次郎を叱りつけながら、あれこれ自分に問いかけ、あれこれ思考を巡《めぐ》らせているのであろう。

そういう叱られ役を務めるのは名誉なことであると半次郎は思っている。硬骨の士で気難しい人だと、新井家の者達は皆一様に、腫《は》れ物に触るかのように接しているが、どうせ叱られるなら、叱られ役を務めている方が気楽でもある。

そういう半次郎であるから、白石の底知れぬ英知の向こうに何が隠されていて、主が何を念じているかは見当もつかぬが、大よその心の動きくらいは読める。

——旦那様は、随分と大石内蔵助なる男に興味をそそられていなさる。

そしてそれは間違っていなかった。

この時の白石の頭の中は、〝眠牛〟などと自分を茶化《ちやか》しながら、淡々と文武に励む内蔵助には、自分にない懐《ふところ》の深さがあるという想いに支配されていた。

浪々の身の中、苦学を強いられたが、

「男はただ忍耐を修練して生きよ」

という父の教えを胸に、いつか世に出んと歯をくいしばって生きてきた新井白石と、千五百石の国老の家に生まれここまで苦もなく生きてきた大石内蔵助とは真逆の人生を歩んできたといえる。

聞けば内蔵助は、白石の二歳下である。

同じような歳月を歩んできた、まるで色合いの違う男に、白石は激しく興をそそられていた。

色合いの違う男だからこそ、冷静に好意的に見られる。

今まで飄々と生きてきた大身《たいしん》の武士が、俄《にわか》に訪れた御家断絶の憂き目に如何《いか》に立ち向かい、突きつけられた主君の仇討ちを何とするのであろう。

彼はこの難局に遭遇したことを、男一代の快事と思っているのか、それともこの上もない不運だと大いに嘆《なげ》いているのか。何といってもそこが気になる。

考えるうちに、半次郎を叱るうちに、白石の歩みは速くなる。

「さて、首尾よく大石様に会えればよろしゅうござりまするが」

少し気の抜けた半次郎の言葉を、

「たわけ者めが。何としても会うて帰るのじゃ」

ぴしゃりと押さえつけて、白石は元禄の風を斬り裂くように、また一歩西への旅路を進んでいた。

第二章　眠《みん》牛《ぎゅう》

一

初夏の東海道《とうかいどう》は好天続きで実に心地《ここち》がよかった。

甲府宰相《こうふさいしょう》・徳川綱豊の臣《しん》である新井白石こと勘解由は、従者の大倉半次郎と共に江戸を発《た》つと、日々青空を愛《め》でながら西上した。

といっても、道中立ち寄った土地土地を楽しむ暇《ひま》はなかった。

当主・浅野内匠頭長矩が、江戸城中で高家《こうけ》・吉良上野介に刃傷《にんじょう》に及び、播州赤穂浅野家は取り潰《つぶ》しとなった。その国表《くにおもて》では日々刻々と緊張が増しているであろう。

この難局に、国家老・大石内蔵助はいかに対処するのか、白石は少しでも早く自分の目で見て確かめたかったのである。

「吉良様がお咎《とが》め無しであったことは、もう、赤穂には知れているのでしょうか」

相州《そうしゅう》に入ったくらいで半次郎が問うた。

「知れたことよ。赤穂へは次々と早駕籠《はやかご》が送られたという」

白石はいつも通りの怒った物言いで応《こた》えた。

「大変でござりまするな」

「うむ、いかにも大変じゃ」

「江戸から赤穂までは、百五十里《り》（約六〇〇キロ）からござりましょう。いったい何日駕籠に揺られればよいのやら……」

「たわけが！　乗物の話をしているのではないわ」

またも白石の叱責《しっせき》が飛んだ。

「ある日いきなり御家《おいえ》がお取り潰しになったと知るのじゃぞ。しかも、主君は殿《でん》中《ちゅう》で刃傷に及んで切腹、恨《うら》みを晴らさんとした相手には何のお咎めもないとなれば赤穂の城中にいる御家中《ごかちゅう》は何と思う」

「世をはかなみ、城を枕に討ち死にしてやろう、などと思うやもしれませぬな」

「であろうが。既《すで》に収城《しゅうじょう》目付は江戸を発ったと申す。江戸表にて憤懣《ふんまん》やる方なき想《おも》いをしている浪士達はいても立ってもおられまい」

「なるほど。中には赤穂へ駆けつける人もおりましょう。これは東海道を追いつ追われつというところでござりまするかな。ははは、旦那様、ますます先を急がねばなりませぬようで」

「笑《わろ》うてはおられぬぞ！」

白石は、青空を眺めもせず歩《あゆ》みを速《はや》めた。半次郎はというと、

「旦那様、あまり根《こん》を詰《つ》めてお歩きになりますと、この先旅は長《なご》うござりますゆえ、お体がもたぬと存じまするが」

この気難しい主人に堂々と気遣《きづか》いの言葉を投げかける。それがまた剽《ひょう》げていて何とも頰笑《ほほえ》ましい。

「減らず口を叩《たた》かずに歩け歩け！」

いつもならば苦笑いを浮かべて、半次郎の言うことに耳を傾ける白石であるが、旅の間は叱《しか》りつけてばかりいた。

半次郎の健脚《けんきゃく》ぶりが気に入らぬのである。

半次郎にしてみれば、ただ白石の言う通りに歩いているだけなのだが、従者の疲労を見て取って休息するのが主《あるじ》の務めであると、強がりを見せる白石は、道中休息の機会を失い、宿でぐったりとする日が続いていたのだ。

――ふふふ、旦那様もほんに負けず嫌いのお人よ。

半次郎は心の内でほくそ笑みながらも、そのような強情を張る主に親しみを覚え、慕《した》っている。

四十半《なか》ばとはいえ、若い者には負けぬ体力を有する新井白石である。学者ではあるが、己が本分は武士だと強く思っていて、武芸にも通じているゆえ、口が裂《さ》けても〝疲れた〟と言いたくはないのであろうが、

——この大倉半次郎と競われるのはいかがなものであろうな。

半次郎は、少しばかり、してやったりというところであった。

歩くこと、駆けることについて、半次郎は誰にも負けぬという自負がある。

彼はそもそも甲賀忍《こうかしの》びの出であった。

といっても、伊賀《いが》、甲賀の忍びなどというものは、天下泰平《てんかたいへい》の今となっては物の本に登場するくらいで、ほとんど実態がなくなっている。

これは、徳川将軍家が、大坂の陣においてかつての天下人《てんかびと》・豊臣秀吉《とよとみひでよし》の遺児《いじ》・秀頼《ひでより》を討《う》ち滅《ほろ》ぼして以来の状況であった。

戦乱の世にあっては、あらゆる諜報《ちょうほう》や、破壊活動に重宝《ちょうほう》された忍びの者も、最早《もはや》不要になったからだ。

ある者達は召し抱《かか》えられ、将軍家、大名家の家臣団に組み込まれたが、まず門

番や建物の管理などに従事する最下層の扱いであった。

それでも扶持《ふち》にありつけた者はよいが、在郷の忍び達は帰農するか、樵《きこり》や炭焼《すみや》きにでもなって暮らすしか道はなかった。

大坂の陣から二十二年後に起こった島原《しまばら》の乱は、この連中にとって最後の腕の見せどころとなり、幕府軍監《ぐんかん》・松平信綱《まつだいらのぶつな》が近江水口《おうみみなくち》に着いた時、甲賀の忍び達は集結して信綱に参陣を願い出た。

その折、信綱は腕自慢の十名を選んで、吉利支丹《きりしたん》一揆軍が拠《よ》る原《はら》城攻略に投入した。大倉半次郎は、この十名のうちの一人の末裔《まつえい》であるそうな。

しかしこの十名は、原城内の様子を探らんとして忍び込んだものの、城兵の九州訛《なまり》や吉利支丹の用語が理解出来ず、ついには見破られ、逃げるところを投石されるという有り様で、大した成果は上げられなかったのである。

以降、五十年以上の歳月が経《た》ち、甲賀忍びは絶滅しつつあったが、忍家《にんけ》の子孫達は、

「泰平の世であっても、忍びが役立つこととてあろう」

と、かつて活躍した時代への憧憬《しょうけい》を抱き続け、密かに忍術を継承した。

半次郎は、子供の頃から優秀で、元服《げんぷく》を済《す》ませた後に、

「江戸へ出て、甲賀忍びの名をあげてこい」

と、親に言われ、僅《わず》かな路銀を与えられ江戸へ出て来た。

忍術の継承といっても、武士が剣術を嗜《たしな》むくらいのもので、

「まあ、つまりは体《てい》のよい口減らしであったのでござります る」

半次郎は今もそう思っている。

まだ二十歳《はたち》にもならぬ、山里から出てきた田舎者《いなか》が、江戸で甲賀忍びの名などあげられるはずもない。

身軽ですばしっこいのを売りに、無頼《ぶらい》の徒《と》に紛《まぎ》れて暮らすうち、新井白石に出会った。

当時白石は、仕えていた堀田家が、当主・正俊亡き後衰退《すいたい》したゆえに致仕《ちし》し、私塾を開いていた。

半次郎はたまたま近くを通りかかり、儒学《じゅがく》などにまるで縁《えん》がなかっただけに物珍しく、少し覗《のぞ》いてみるとしばし見入ってしまった。何やら射竦《いすく》められた気がした。

学問そのものはよくわからなかったが、白石の容貌が、自分に忍術を教えてくれた、甲賀の里のおやじにどこか似ていたのだ。

——学問のお師匠にこういう強そうなお方がいるとは思わなんだ。

物珍しさに通ううち、このお師匠が相当気難しい男であるとわかったが、窓の外から覗き見る半次郎に気付きながらも、彼は何も咎《とが》めたりはせず、時折ちらりと見る目はやさしかった。

そのうちに、

「おい、そのようなところに突っ立ってはおらずに、掃除《そうじ》を手伝え！」

と、声をかけられた。

「へ？　中へ入っても……」

「中へ入らねば掃除はできまい。お前はもうわたしの弟子じゃ。新入りは誰よりも精を出して片付けなどをするものじゃ」

つっけんどんな物言いであったが、半次郎は何やら嬉しくなり、学問所の片付けや掃除を手伝った。

そのような雑務は門人達が手分けしていたが、白石は門人達とて何かと多忙であろうと、それ以後は半次郎にするよう強《し》いた。

束脩《そくしゅう》や謝礼を払えぬ身だが、学問に興味がある。

白石は半次郎をそのような男なのだと解釈した。貧しい身で向学心を持つのは感心である。とはいえ、門人達は皆何がしかの金を白石に納めているので、無料というわけにはいかない。

それゆえ、自分の内弟子のように扱えば理屈が立つということなのであろう。その筋の通し方が、ただ偏屈《へんくつ》な人間ではなく、男気《おとこぎ》と慈悲深さを備えている人柄を浮かびあがらせている。

当時、半次郎は学問に興味があったわけでもなかったし、無頼の徒に交じって、それなりに小遣い銭には困らぬ身上であった。

しかし、この新井白石という男に魅力を覚え、それから私塾を自分の居場所と捉《とら》えて、雑用をこなすようになった。

そうして、いつしか白石の家来となり、甲府宰相綱豊の屋敷に供をするほどの身となった。

白石の仕官が決まった折は嬉《うれ》しかったが、甲賀に伝わる自分の姓が望月《もちづき》であったのを、この時〝大倉〟と変えた。

白石は、半次郎の来歴を聞かされていたから首を傾《かし》げたが、口減らしで江戸へ行かされた身が、高名な学者の家来となれたのは、忍びの技のお蔭《かげ》ではない。

郷里への反発がそうさせたのであろうと思い至り、半次郎の思うがままにさせていた。

ともあれ、甲賀への反発心とは裏腹に、そこで鍛《きた》えられた足腰は、今度の旅で大いに重宝《ちょうほう》していた。

白石、半次郎主従は互いに健脚を競い、十日足らずで京に到着したのであった。

二

新井白石は、京で少し足を止めた。

この地は学問が盛んで、堀河には古義堂、闇斎塾《あんさいじゅく》という高名な私塾があった。古義堂は伊藤仁斎が開いた。

仁斎は儒学者として知られ、赤穂浅野家家老・大石内蔵助も、一時仁斎の教えを受けたことがある。

白石は仁斎の長男・東涯《とうがい》と親交があった。それゆえ、東涯から内蔵助の人となりや、浅野家の現状などを聞いておこうと思ったのである。

伊藤家は、そもそも堺《さかい》の商人であったというが、その一族の中に赤穂浅野家に仕え、優《すぐ》れた財政処理を務めた、大野九郎兵衛《おおのくろべえ》なる者がいた。

九郎兵衛は、浅野家財政再建のために召《め》し抱えられた吏僚《りりよう》で、家中としては外様《とざま》になるのだが、徴税、塩田経営に才を発揮した。

軍備、武芸に力を入れ傾きかけていた浅野家の財政は、九郎兵衛の尽力によってたちまち回復したという。

故・浅野内匠頭は彼を重用《ちようよう》し、六百五十石という大封に、一代限りではあるが家老の地位まで与えたのである。

浅野家中の士が、伊藤仁斎の許《もと》で学んだのは、その繋《つな》がりに負うところが大きかった。

それゆえ既に、東涯の許にも赤穂の騒ぎが届いているはずであった。

白石は、老師・仁斎に挨拶《あいさつ》を済ませると、東涯と久しぶりに語らった。

「これは遠路、ようこそお越しくださりました」

東涯は大喜びで白石を自室に請《しよう》じ入れ、京育ちらしい〝はんなり〟とした面持《おもも》ちで迎えた。

〝総領《そうりよう》の甚六《じんろく》〟という言葉があるが、白石は、学問をするために生まれ育ってきたといえる東涯を、いい意味でそのように捉えていた。

書簡のやり取りの他には、なかなか会うことの出来ない東涯であるが、まだ三十過ぎだというのに、白石は彼と会うと長年の知己《ちき》のようにほっとする。

近頃の儒学の傾向や、朱子学《しゅしがく》への想いなどをしばし語った後、白石は赤穂について水を向けてみた。

「真《まこと》に困ったことでございます」

東涯はたちまちふくよかな顔を歪《ゆが》ませた。

白石が思った通り、東涯は既に浅野家の一連の騒動について聞き及んでいた。

「大野九郎兵衛殿は、随分《ずいぶん》と苦労をしているようで……」

財政再建を果し、余剰金《よじょうきん》を生み出した九郎兵衛にしてみれば、突然の主家滅亡は、大商家が闕所《けっしょ》になったに等しい。

領内の混乱を少しでもなくそうと、残務整理に明け暮れる毎日だが、そういう九郎兵衛には、家中の者達から批判の目が向けられているらしい。

「なるほど。無理もござりますまい」

白石には大よその察しがついた。

家中の者達は皆、幕府の主君に対する処置に、怒りを募《つの》らせていて、

「かくなる上は、城を枕に討ち死にをせん！」

と息まく者とて数多《あまた》いるはずだ。

赤穂の士は、武芸に秀《ひい》でる者が多いと聞く。若い者は人一倍血の気も多かろう。

そんな連中を尻目に、文官の大野九郎兵衛は銭勘定《ぜにかんじょう》をしているのだ。

「あ奴はこの期《ご》に及んでも算盤《そろばん》を手に取りよるか」

「御家を銭儲けの道具としか思うておらぬのであろう」

非難の対象となり易いのに違いない。

ましてや九郎兵衛は外様で、内匠頭の信厚く、武士の身でありながら、戦《いくさ》の備えへの資金を削り続けてきた男なのだ。

まず武断派の反発を喰うのは避けられまい。

といっても、組織というものは、そのような折にでも淡々と事務をこなす者がおらぬと成り立たない。

「真に気の毒な役廻りにござりますな」

白石は、大野九郎兵衛に同情を覚えた。

東涯の表情が和《やわら》いだ。赤穂浪人が幕府に手向かって抗戦することに期待して、おもしろがっている者が多い中で、文官の立場にまで想いを馳《は》せる白石の深慮が嬉《うれ》しかったのだ。

「御家中の無念を察しますと、それもまた仕方のないこととは思いますが、身内としましては、大野殿の身が案じられまして」

東涯は、溜息交《ためいきま》じりに言った。

殺伐《さつばつ》とした赤穂城にあって、大野憎しから命を狙わんとする者もいるのではないかと、彼は不安を抱えていたのだ。

「御城代はいかがなされておいでで?」

白石は、いよいよ本題に入った。大石内蔵助はこの渦中《かちゅう》にどのような動きを見せているのかが堪《たま》らなく気になっていた。

「特に伝わってはおりませぬ」

東涯は無表情で応《こた》えた。

赤穂城内では、白石の予想通り、内匠頭への処置に対しての不満を叫び、激昂《げっこう》する者は多かったが、その一方で冷静に見ている家来達も少なくないようだ。

籠城はせず、幕府に抗議して切腹せんとする意見が湧きあがり、平穏に城を明け渡して別れ行かんとする意見といつしか二分されているのが、東涯にもたらされた大野九郎兵衛からの書簡に読み取れるという。

「御城代は、そのいずれを……」

「はて、まだ決めかねておられるようにございます」

「左様《さよう》でござるか」

白石は何やら拍子抜けをした。

東涯の話を聞く限りでは、家中の意見を浴びせられ、いずれにも身動きが取れなくなっている優柔不断な男の姿が浮かんできたのである。

その姿は、〝昼行燈《ひるあんどん》〟と揶揄《やゆ》される大石内蔵助と符合するが、かつて備中松山城収城においてて見せたという才気はどこへいったのであろう。

――どうもわからぬ。

白石は、心の内にもやもやとしたものを残したまま古義堂を辞《じ》した。

せっかく京へ来たのだから、諸所立ち寄っておきたいところもあったが、白石はその日の夜船で京を発った。

そうして朝に大坂に着くと、そのまま播州へと向かったのだが、西国《さいごく》街道に出た辺《あた》りで、数人の武士の一団に追い抜かれた。

武士達はいずれも尋常《じんじよう》ならぬ身のこなしで、巌《いわお》のように屈強そうな体つきをしていた。

いずれの表情にも緊張の色が出ていて、声は野太くてよく通り、

「気が急《せ》くのう！」

という緊迫した言葉が聞こえてきた。

「浅野様の御家中でござりまするな」

半次郎が、武士達をじっと見送りながら言った。

「何ゆえわかる」

白石はじろりと見た。

ここまでは道行く旅の者達を追い抜いて来たというのに、いとも容易《たやす》く追い抜かれたのが、白石にはいささか気に入らない。

その上に、半次郎が聞き捨てならぬことを言ったので、思わず肩を怒らせたのである。

「あの、先頭を行くお方が堀部安兵衛殿でござりまする」

半次郎はにこやかに応えた。

「半次郎、そなたは彼《か》の御仁《ごじん》を見知っておるのか」

「わたしは何度かお姿を見ておりますので」

「なに？　見ているじゃと」

「高田馬場の果し合いの折、わたしは使いに出ておりまして……」

疾風《はやて》のごとく駆け去る武士を見て、これはただごとではないと、跡を追いかけて駆けたのだという。

「すると、着いたところが高田馬場。それはもう目の覚めるようなお働きでございました」

決闘は元禄七年（一六九四）二月十一日のことであった。伊予国《いよのくに》西条《さいじょう》藩松平《まつだいら》頼純《よりずみ》の家臣・菅野六郎左衛門《すがのろくろうざえもん》と村上庄左衛門《むらかみしょうざえもん》が口論が高じて果し合いとなり、多勢の味方を得る村上一党に対して、当時は中山姓であった安兵衛が助太刀《すけだち》したのである。

村上一党を三人ばかり次々と斬《き》った安兵衛は一躍《いちやく》時の人となったのであるが、

「その折、そなたは我に仕えていたはずじゃが、そんな話は何も聞いてはおらぬぞ！」

半次郎は惚《とぼ》けて、

「はて、申し上げておりませなんだか。恐らく、お使いの中《ちゅう》でござりましたゆえ、言えば叱られると思うたのでござりましょう。ははは……」

「たわけめが！」

白石はまた大声で叱りつけたが、半次郎はその後も使いの中に、この有名人の姿を覗き見ていたようで、追い抜いた武士の一人が堀部安兵衛であることは確かなようだ。

「なるほど、それならば急ぎもしよう」

追い抜かれるのも無理はない。しかも江戸定府の腕自慢が赤穂へ急行しているとは、随分とおもしろくなってきた。

「参るぞ」

白石は負けじと歩みを進めた。

三

新井白石、大倉半次郎主従が、赤穂城下に入ったのは四月十五日のことであった。

「何やら物々しゅうございまする……」

半次郎が呟《つぶや》いた。

所々で殺気立った武士達を見かけたのだ。

「あまりうろうろしていられぬな」

二人は、随鷗寺《ずいおうじ》裏手に広がる湊《みなと》へ出た。

ここに〝雲見屋《くもみや》〟という廻船を扱う商人がいる。

主の名は藤兵衛《とうべえ》という。大の学問好きで〝雲海《うんかい》〟という号まで持ち、時に講義を開いているらしい。

歳の頃は六十くらいで、海の荒くれ達を仕切る荒々しさと、学問に打ち込む清《せい》廉《れん》さが奇妙に同居する男であった。

白石はここに逗留《とうりゅう》することになっていた。

藤兵衛は、この地に長く配流《はいる》されていた山鹿素行に、学問の手ほどきを受けたということで、白石の江戸出立《しゅったつ》にあたって、素行の門人が文《ふみ》を送ってくれていたのだ。

藤兵衛は、数日前にその文を受け取り、

「今日はお着きになられるかと、待ちかねておりました」

江戸で名だたる新井白石を抱きつかんばかりに迎えた。

無骨な学者である点が、すぐに二人を打ち解けさせて、白石は旅の疲れも厭《いと》わずに、まず〝書経《しょきょう》〟を講義し、藤兵衛を喜ばせた。

「いや、ちと上方《かみがた》に所用がござりましてな。それならば足を延ばして、素行先生所縁《ゆかり》の地を、この目で見ておきとうなりまして」

白石は、あくまでも学問の流れで赤穂に来たと告げつつ、

「さらに、御当家が大変なことになり、いかがなされているか、それが気にかかってござる」

素直な想いを付け加えることも忘れなかった。

「左様でござりましたか」

藤兵衛は、甲府徳川家の侍講《じこう》を務めるという新井白石が、浅野家を気遣っているという事実が嬉しくて、自分が知る限りの情報を白石に語った。

「色々と御家中の方々は話し合われたそうでござりますが、まず為《な》す術《すべ》もなく、というところのようで」

今のところ、浅野家家中の者達は、城に籠《こも》って徹底抗戦する意志も見せず、主君に殉《じゅん》じて腹を切る者もなく、ほどなく赤穂に到着する収城目付への城明け渡しに向けて、着々と段取りをこなしているように窺《うかが》えると藤兵衛は言う。

赤穂特産の塩の輸送で、城の役人とも付合いがある〝雲見屋〟だけに、ある程度の情報は得られるようだ。

藤兵衛はそれが不満らしいが、白石もいささか興醒《きょうざ》めを覚えていた。

城下が物々しく思えたのは、芸州《げいしゅう》浅野本家、備後三次《びんごみよし》の浅野分家から、騒擾《そうじょう》鎮撫《ちんぶ》のために派兵された武士達の姿が目に付いたからであったようだ。

さらに、城明け渡しに立ち会う城代家老・大石内蔵助ら二十名余りの浪士達も、この日城下の遠林寺《おんりんじ》に移ったので、それに対する警戒が為《な》されていたと思われる。

「して、大野九郎兵衛殿はいかがなされておいででござる」

白石は念のため訊ねてみた。伊藤東涯にも報《しら》せてやらねばならなかった。

「さて、それが……」

藤兵衛は顔をしかめた。

「大野殿は、十二日に逐電《ちくでん》なされました」

「逐電した？」

噂《うわさ》では、城に貯《たくわ》えられた軍資金を石高《こくだか》に応じて家臣達に分配されることになったのだが、その折、勘定方の一人が一部の金を横領して逃亡した。

九郎兵衛はこの者の上司である札座《さつざ》奉行・岡嶋《おかじま》八十右衛門《やそえもん》が横領に関わっているのではないかと疑い、それを知った八十右衛門は激怒して、大野邸へ押しかけた。

身の危険を覚えた九郎兵衛は、居留守を使い何とか難を逃れたが、よほど恐くなったのか、その日の夜に息子夫婦を連れ、まだ幼い孫を置き去りにしたまま夜逃げをしたという。

「左様でござるか……」

白石は暗澹《あんたん》たる想いとなった。

大野九郎兵衛に、気の毒なところもあったのであろうが、公金横領の疑いがあると札座奉行を陰で罵《のの》しり、怒りを買ったのを恐れて逃げるとは、まったく不様《ぶざま》である。

殺されなかっただけよかったのかもしれないが、これでは武士の面目は立たず、後の世の物笑いの種となるであろう。

伊藤東涯にはやがて知れるだろうが、大いに嘆くに違いない。

――東涯殿には、慰《なぐさ》めの文をうまく認《したた》めておこう。

白石はそのようなことを考えつつ、

「藤兵衛殿、後学のために、浅野家の事後処理などがいかがなものかあれこれ知りとうござる。何かわかることがあれば、またお教え願いたい」

雲見屋藤兵衛に、その情報収集を願うと、その日は休んだ。あまりうろうろせぬ方がよいと思ったのだ。

その間は、半次郎が動いた。

城下へ出てあれこれ探りを入れるなど、甲賀忍びである血が騒いだ。

日が暮れて雲見屋に戻ると、半次郎は白石に、

「江戸のお歴々は、随分と檄《げき》を飛ばされておりました」

開口一番、そのように伝えた。

「そなた、遠林寺に行ったのか」

白石は驚いたように言った。

大石内蔵助と主だった家中の者は、この寺に移って城明け渡しの段取りをしなければならなかったのだが、そこに忍んで浪士達の様子を探るとは大したものだと思ったのだ。

「いえ、まさか忍んだりはいたしませぬ。そのようなことをして見つかれば、ただでさえご家中の方々は殺気立っておりますので大変な目に遭《あ》いまする」

塀《へい》の外で、切れた草履《ぞうり》の鼻緒《はなお》を直すふりなどして様子を窺ったのだと、半次郎も驚いたような顔をして応えた。

「塀の外にいて、檄を飛ばしていたかどうか何故わかる！」

白石はいつものように叱りつけたが、雲見屋の家人を驚かせてはいかぬと気付き、

「何故わかるのじゃ……」

すぐに声を潜《ひそ》めた。

半次郎は小さく笑って、

「今の旦那様のように、お歴々は大声で話しておられましたので、忍ばずとも塀の外にいれば聞こえて参りました」

「なるほどのう」

白石は渋い表情を浮かべた。

半次郎の言う通りである。やがて大石内蔵助の動向は自《おの》ずと知れてこよう。今は、寺へ忍び込んで探りを入れるまでもない。

半次郎が、その大声を分析してみるに、声の主は、堀部安兵衛、奥田孫太夫《おくだまごだゆう》、高田郡兵衛《たかだぐんべえ》。いずれも浅野家江戸定府の武張《ぶば》った連中であると思われる。

彼らは江戸にいて、主君の切腹、吉良上野介へのお咎めなしなどという報に間近で触れていたゆえ、悲憤《ひふん》の度合が国表の家来達よりも大きい。

己が嘆きを語るに何の遠慮がいるかというところであろう。

城を枕に討ち死にをせんとする気概もなければ、主君に殉じて切腹する者もない。金の分配だけはさっさと済ませ、そこでもまた横領する者が出て、家老の一人である大野九郎兵衛は逐電してしまった。三人はそれを憂《うれ》いて、

「こんなことでよいのでござろうか！」

「黙って城を明け渡すおつもりか！」

「殿の御無念を我らが晴らさいで何といたす！」

詳しくは聞こえなかったが、半次郎が言葉の端々《はしばし》を繋《つな》げてみるに、彼らはこんなことを、内蔵助に訴え、他の同輩に迫ったようだ。

それに対する内蔵助らしき者の声は聞こえてこなかった。

「これでは、家中の者を統《す》べ、主君の仇を討つなど、とてもできまいのう」

江戸から遠路はるばるやって来たが、覗き見んとした大石内蔵助の力量もたかがしれていたようだ。

白石は、虚《むな》しさに襲われていた。

四

新井白石はしばし赤穂に逗留した。

表向きは遊学の旅路に立ち寄ったというわけで、日に一度は雲見屋藤兵衛のために講義を行い、店に出入りしている者達から赤穂城の様子を聞いた。

浅野家の御用を少なからず務めていた藤兵衛にとっても、この度の騒動は大きな影を落としていた。

それゆえ、藤兵衛は城内で行われた、浅野家改易における事務処理についての情報には詳しかった。

まず藩札《はんさつ》であるが、

「浅野家がお取り潰しとなれば、これは紙屑《かみくず》も同然になったのではござらぬかな」

白石は、そこに関心があった。かつて白石が仕えた堀田家が、転封続きで財政窮乏《きゆうぼう》となった折は、家臣の俸禄《ほうろく》は半減されたり、ろくに支払われることがなかった。

浅野家中の役人達は、最早《もはや》この地で職責をまっとうする必要もないのだ。

「御家御取り潰しとなった上は、我らにも支払う術《すべ》がのうなった。許せ……」で、済ませてしまったとて、領民達は泣き寝入りするしかない。

「いや、そうでもございませぬ」

藤兵衛は、笑みを浮かべた。

「六分で両替えくださりました」

「六分で？　等しく六分でござるか」

「左様にございます。方々から、六分で引き換えられたという話が入ってきております」

「ほう……」

白石は感心した。商家でいえば、商いが出来ぬ状態となり、明日からどうして暮らしていけばよいかと途方に暮れている状況である。

そこに金が残っていたとて、律儀《りちぎ》にそれを支払う気も失《う》せるであろう。

当節、僅《わず》かでも金に換われればよかったと思わねばならぬ折に、六割を戻したのは赤穂浪士の誠実さが窺われる。

「その上で、軍用金は家中の士に分け与えられたのでござるな」

「はい。御身分に応じて細かく分け与えられたとお聞きしております」

藤兵衛は商人らしく、その分配金をどこでどう仕入れたか、帳付けしていた。

さぞかし、下々の者は心ばかりの額かと思われたが、小役人が五両、足軽が米三石を支給されている。その上に、大野九郎兵衛は八十両余りを得て逐電したが、大石内蔵助はこれを固辞《こじ》したという。

「うむ、御立派じゃ！」

白石は膝を打った。

領民に誠意をもって対し、小身の者に手厚く金品を分け与え、かつ千五百石取りの自分は一切《いっさい》を受け取らぬ。白石が好む武士の在り方である。

——やはり捉えどころのない男じゃ。

大野九郎兵衛が、あれこれ恨みを買ったのは、大石内蔵助が迅速《じんそく》に藩札と軍用金の処理をするよう、九郎兵衛に命じたがゆえではなかったか。

財務管理に勝《すぐ》れている九郎兵衛の腕を買いつつ、それによって家中での立場が悪くなったと見るや、八十両余りの金を渡して、

「後は任せてくだされ」

と、九郎兵衛を領外に逃がしたとは考えられないだろうか。

藤兵衛に別れを告げに来た、浅野家家中の者達の話では、内蔵助は幕府に抗議して切腹せんとする家中の士の一派に与《くみ》していたようだが、やがて無血開城の道を説いたという。

浅野家本家、三次浅野家、大垣戸田家《おおがきとだ》と、赤穂浅野家の親類筋の大名が、派兵して来た上はこれに従うしかなかろう。

幕府への抗議など見せては、亡き主君・浅野内匠頭の弟で、養嗣子《ようしし》となった大学長広の立場も悪くなると思ってのことであったようだ。

――ますますおもしろい。

これもまた、大石内蔵助が優柔不断な男と見るか、切腹を主張する過激派に身を投じ理解を示すことで彼らを懐柔せんとしたのだと見るか、いずれにもとれる。

だが、やがて収城目付・荒木十左衛門、榊原采女ら幕府の役人が、十八日に城を検分《けんぶん》し、十九日に城が明け渡された時、荒木、榊原の両目付役は、余りに完璧な浅野家浪士の段取りに感嘆することになる。

特に、荒木十左衛門は武士の情に厚い男で、素直に大石内蔵助の労を労《ねぎら》い、功を方々で称《たた》えたので、その評判は赤穂中に広まったのである。

五

赤穂城収公の二日後、堀部安兵衛、奥田孫太夫、高田郡兵衛は江戸へと出立した。

浅野家の浪士達には、三十日以内の領内退去が命ぜられ、次々に赤穂を後にしたが、大石内蔵助は尚《なお》も遠林寺に残り残務整理にあたっていた。

赤穂に張り詰めていた緊張は解けた。

白石は、雲見屋に逗留して、そっと赤穂の学問好きを集めて親交を深めた。

このような騒動が起こっている折、甲府徳川家の家臣である新井白石こと勘解由がいったい何をしにきたのかと思われぬようにとの配慮であったが、学問への厳しい取り組み方を示すと、白石をうがった目で見る者はいなかった。

半次郎は、時に町を散策する白石の供を務め、寺社への使いをこなし、その合間を縫《ぬ》って遠林寺の様子をそっと窺った。

内蔵助は淡々と雑務をこなしているようだが、まだ一月《ひとつき》は動けぬらしい。

白石はそれまでに内蔵助と会っておきたかった。

遠林寺に籠りきりの内蔵助が、新たな浪宅《ろうたく》に移る時が好機かもしれぬが、白石とて浪士達と行動を共にしている余裕はない。

雲見屋藤兵衛は、白石が内蔵助に会ってみたいと思っていることを察していたゆえ、

「和尚様を通して、わたしがお伺いを立ててみましょうか」

と申し出てくれたが、下手に伺いを立てると、内蔵助は人との面会をのらりくらりと断るのではないかと白石は見ていた。

ここは、前触れなしでいきなり内蔵助の前に姿を見せるのが上策と考えて、

「そのうちにお願いいたす」

と、ありがたがりつつ言葉を濁していたが、このところ内蔵助は、疲れきった体を休め、混乱した頭を冷やしに、湊の外れの松林にふらりと出かけるという情報を半次郎が仕入れてきた。

そんな時は従者も連れぬというから、そこで偶然を装《よそお》い、話す機会を作ればよい。

「半次郎、そなたはなかなかに役に立つ男よのう」

白石は珍しく半次郎を誉《ほ》めた。

日頃からよく仕えてくれているが、この旅において大倉半次郎の陰日向《かげひなた》のない働きぶりには感心せずにいられなかった。

甲賀忍びの出であるという自負が、刺激的な旅において体の中で湧き上がった感があった。

「いえ、外で動き回っているのが、わたしの性《しょう》に合《お》うております」

半次郎はにこりと笑って、白石を案内した。

内蔵助は、松林から海の夕景を眺めるのが好きなようである。

湊から松林を眺めると、播磨灘《はりまなだ》の穏やかな海に、遠く見える瀬戸内《せとうち》の島が相《あい》俟《ま》って、えも言われぬ美しさである。

暮れゆく陽光を波間に照らし、玉のような光を放つ一時を、内蔵助は子供の頃から楽しんだのに違いない。

それに別れを告げなければならなくなった今、彼はこの風景をしっかりと目に焼き付け、さらなる道を進まんとしているのであろう。

白石がそんな想いを馳せていると、

「ひとつ申し上げねばならぬことがござります」

半次郎がやや低い声で言った。

「何か面倒が出来《しゅったい》いたしたか」

白石は、いつになく半次郎の言葉の響きに重いものを覚えたので怪訝《けげん》な顔で応えた。

「まだ、はっきりとはいたさぬのですが……」

「何じゃ、早《はよ》う申せ」

「お会いになられるのには、少しばかりお気をつけられた方がようございまする」

「大石殿が我を警戒すると申すか」

「いえ、どうも解《げ》せぬことがございまして……」

「もったいをつけるな！」

白石の苛々《いらいら》が炸裂《さくれつ》した。

「ちと、怪しげな影を何度か見かけましたので……」

「何じゃと……」

半次郎が言うには、彼がかつて習い覚えた甲賀忍びの術を思い出しつつ、大石内蔵助の周囲をそっと窺うに、

「わたしの他にも、御家老の様子を窺っている者の影があるような……。そんな

気配を覚えたのでござりまする」

「それを早う申せ」

白石は厳しい表情となって、左手の指で腰の刀の目釘を撫《な》でた。

「なるほど、何者かが手を回していたと考えるべきであろうな」

思えば白石も、主君・徳川綱豊の命を受けて赤穂まで来ているのだ。

大石内蔵助に目を向けている大物も少なくあるまい。

たとえば吉良上野介、その息子で米沢《よねざわ》十五万石の大名・上杉《うえすぎ》家の養子となった上杉綱憲《つなのり》、その家老で切れ者の評判が高い色部又四郎《いろべまたしろう》。

——側用人《そばようにん》・柳沢出羽守《でわのかみ》もありうる。

柳沢出羽守は、諱《いみな》が保明、後に綱吉から〝吉〟の偏諱《へんき》を与えられ吉保《よしやす》となった権力者である。

浅野内匠頭の即日切腹、吉良上野介はお咎めなしが、世間の非難を浴びている今、彼らもまた、大石内蔵助の動向が気になっているはずだ。

「となれば、半次郎が大石殿の松林通いを知ったように、その者も……」

白石は松林への歩みを速めながら、

「半次郎、まず案内いたせ」

と、さらに厳しい口調で命じた。

「ははッ！」

半次郎は実に静かに気配を消しながら、小走りで松林へと入った。

白石もこれに倣《なら》う。

「なるほど、これが忍びの速歩術か」

新しい発見には素直に感じ入るのが彼の身上でもある。

主従は無言で松林を進んだ。

「あの御方でござりまする」

やがて、白砂青松《はくしゃせいしょう》が交わる一隅《いちぐう》に佇《たたず》む一人の武士を白石は見た。

遠目で見ても、いささか小太りなのがわかる。目も口も鼻も丸い。それでいてこの男は実に好《い》い男振りであった。面相にいささかの陰も見られないのだ。

穏やかで、ほのぼのと楽しく、いざとなれば頼りになりそうな——。

田舎大名の家老と思っていては恥をかこう。

自分とはまるで違う武士である。

内蔵助もまた、白石の気配を感じたのか、目を海から外し松林の中の白石、半次郎、主従に向けた。

その刹那《せつな》、

「もし、そなたらはこの地の者か！」

白石が大声で言った。

その相手は内蔵助ではない。松林の中の大樹の陰に潜む、二人の商人風の男に対してであった。

その二人の男の存在には半次郎が気付いて素早く白石に耳打ちしたのだ。

内蔵助は、ぽかんとした顔を二人の男に向けた。

旅の男は、白石に呼び止められ、その場で固まった。

何と応えようかと逡《しゅんじゅん》巡しているように見えた。二人の腰には道中差の脇差《わきざし》があった。

白石は、ゆっくりと二人に近付いた。

「そうではないような。さすれば、さしずめ江戸あたりからやって来た、物騒な者かもしれぬな」

白石は誘うように、己が刀に手をかけた。

すると二人の男は、もはやこれまでかと、ひとつ唸ると脇差を抜いて、無言で一人は内蔵助に、もう一人は白石に襲いかかってきた。

白石は抜刀し、こ奴の刀を撥《は》ねあげた。二尺（約六〇センチ）足らずの脇差では、武芸を修めた白石の太刀《たち》には敵《かな》わない。

男はさっと身を引いて、脇差を構え直した。

この間、今一人の町人風の男は内蔵助にかかっていった。

内蔵助は、自分に刺客《しかく》が差し向けられたことを確信しつつ、腰の刀には手をかけず悠然と構えている。相手を見極め、ぎりぎりのところで抜き打ちに斬って捨てようというのであろうか。

白石は、内蔵助の危機に堪《こら》えきれず、目の前の一人に牽制《けんせい》の一刀をくれると、今一人の背後に迫らんとしたが、

「うッ！」

内蔵助にかからんとした一人は、頭を手で押さえその動きが止まった。

この間に、するすると松の大樹に登った半次郎が、手裏剣《しゅりけん》代わりに持っている小さな独楽《こま》を投げつけたのだ。

独楽はもう一人の頭上にも飛んだ。

こ奴はなかなかに腕が立つ。それをかわすと、分《ぶ》が悪いと判じたのか、

「退《ひ》け！」

と、独楽に打たれて血を流す仲間と共に、脱兎《だっと》のごとく逃げ去った。

白石は追わなかった。既に半次郎が後を追っていた。ゆっくり納刀して内蔵助の傍へ寄ると、内蔵助は神妙な表情を浮かべて、

「お怪我はございませなんだか」

と言うと、

「いや、これは御貴殿が某《それがし》にかける言葉でございましたな。真に忝《かたじけの》うございました」

すぐに笑顔で頭を下げた。

白石はすっかり機先を制されて、

「大石内蔵助殿と、お見受けいたしました。某は新井白石と申しまして、旅の儒者にございまする」

笑顔を取り繕《つくろ》って名乗りを上げた。

「はて、このようにお強い儒者がいるとは驚くばかりでござるが、甲府宰相様もおもしろい御方を侍講になされたものでございまするな」

内蔵助は感心して見せたが、驚いたのは白石の方であった。名を聞いてたちまち新井白石の素性《すじょう》を語るとは――。

「これは畏れ入ってござる」

食えぬ男だと思いつつ、白石は内蔵助といると何やらうきうきとして、楽しくなってきたのである。

第三章　甲府《こうふ》宰相《さいしょう》

一

「ははは、どうぞ御勘弁《ごかんべん》くださりませ」

笑うと少しかん高くなる大石内蔵助の声が、書院に響いた。

「あ、いや、お気に障《さわ》りましたならば御容赦《ごようしゃ》くださりませ」

新井白石は、真顔で少し頭を下げてみせる。自《おの》ずと彼の声音《こわね》は低くなった。

二人は播州赤穂の遠林寺の書院で、先ほどから語り合っている。

既《すで》に行燈《あんどん》に火が点《とも》されていた。

赤穂浅野家五万三千五百石《こく》の主《あるじ》・内匠頭長矩が、江戸城中にて吉良上野介に刃傷《にんじょう》に及び、即日切腹の上、御家《おいえ》は断絶。無念にも討ち損《うそん》じた上野介はお咎《とが》めなし。江戸では、〝喧嘩両成敗《けんかりょうせいばい》片落ち〟の批判と共に、この理不尽に赤穂の浪士達がどのように立ち上がるかが注目されていた。

そうなると、国家老・大石内蔵助の動向が気になった。

元禄の世のあり方に憂《うれ》いを抱く、次期将軍有力候補・徳川綱豊の密命を帯《お》びて、新井白石は赤穂に逗留《とうりゆう》し遂《つい》に大石内蔵助との対面を果した。

しかし、自らを〝眠牛《みんぎゆう》〟と称し、とらえどころのない大石内蔵助は評判通りの人物で、穏《おだ》やかで愛敬《あいきよう》のあるふくよかな面相《めんそう》を崩《くず》すことなく、本音を見せなかった。

つい先ほど、湊《みなと》の外《はず》れの松林で刺客《しかく》に襲われたのを助けてくれた、新井白石、大倉半次郎主従である。

それが、白石と内蔵助を結び付けるよい機会となったのだが、修羅場《しゆらば》を共にした者同士の興奮が、内蔵助の複雑な心境を吐露《とろ》させるかと思いきや、彼は泰然自若《たいぜんじじやく》として白石に礼を述べると、宿舎にしている遠林寺の一室に招き、

「いやいや、高名な儒者《じゆしや》であられる新井先生と、こうしてお目にかかることが叶《かの》うたと申すに、無学なわたしには、お訊《たず》ねする事柄さえも浮かんできませせぬ」

などと言って、煙《けむ》に巻いた。

訊《き》くことさえ浮かんでこないと言いながらも、白石の名乗りを受けると、

「甲府宰相様も、おもしろい御方を侍講《じこう》になされたものでござりまするな」

と、すかさず応《こた》えている。

白石との邂逅《かいこう》を受け入れながらも、自分は貴方《あなた》が徳川綱豊という貴人の家来であることもよくわかっておりますと、まず告げたのには、

「危ないところを助けていただいたのは、真《まこと》に感謝もしておりますし、貴方ほどの御仁《ごじん》と赤穂でお会いできるのは光栄に存ずるが、主君の仇討《あだう》ちに関わるような話はどうぞ御容赦くだされ……」

そんな言葉が隠されているように思われた。

白石も元よりそれはわかっている。

赤穂へはあくまでも一人の儒者として来ているつもりである。大石内蔵助が今、何を胸に秘めているかを探るのではなく、

――この御仁ならば、このように思うているに違いない。

人となりに触れて彼の心を読まんとしているのだ。

「無学などとは御謙遜《ごけんそん》でござりましょう。伊藤東涯殿からお聞きしておりまするぞ。仁斎先生が御貴殿《ごきでん》のことを、〝とぼけて見えるが、なかなか大した人物である〟。そのように評されていたと」

色々訊きたいことは腹の内にしまって、まずは京の古義堂での話を持ち出したのであった。

「勘弁してくださりませ」

と、笑いつつ、内蔵助は新井白石の胸の内がわかって、それからはしばし二人の共通の知り人である、伊藤仁斎、東涯父子の話題で時を過ごした。

白石は儒書に出てくる人生訓などを語り、内蔵助はそれに自分の失敗談を重ね合わせ笑ってみせる。

硬軟交じり合う会話は、差し障《さわ》りがなければないほどに、互いの本音が知りたくなる。

話すうちに白石は、当初頭の中に描いていた、人がよくて洒脱《しゃだつ》ではあるが優《ゆう》柔不断《じゅうふだん》でここ一番は人をまとめられぬ男、という内蔵助像を消し去っていた。

御家断絶の憂《う》き目《め》に遭《あ》って、無闇《むやみ》に騒ぎ立てず、今何をすべきかの選択を違《たが》えぬよう、冷静に考え、かつ周囲を不快にさせぬように気遣える、奥の深い男だと会ってみてよくわかった。

こういう相手と、会話の中に己《おの》が想いを込《こ》めつつ話すのは実に楽しかった。

白石の心の動きは内蔵助にもわかった。

内蔵助は、主君の最期《さいご》と御家断絶にはもちろん無念と怒りを覚えている。

だがこの時期、自分の発言や行動が、どれほど世間から注目を浴び、かつ気にされていることか——松林にいた刺客が何よりもそれを物語っていた。

危ないところを助けられたとはいえ、新井白石に心を許すわけにはいかない。今もこれからも、自分に与えられた天命をまっとうするためには、生来持ち合わせている〝捉えどころがない〟と人に言われる気性を巧《たく》みに利用し、乗り切るしか道はないと思っていた。

だが、そういう内蔵助にも、不安と心細さが常に同居している。

人の上に立ち指揮する者は孤独でなければならないのかもしれない。それでも、心強い味方を得ることも、赤穂浪士全体を考えても必要なのだ。

白石は、甲府宰相綱豊の侍講ではあるが、ただの学問教授だけではなく、綱豊の軍師としての役割をも担《にな》っていると内蔵助は見ていた。

その白石が、遠路はるばる江戸から赤穂に出て来たのは、自分への親《した》しみと共に、赤穂の様子を見守らんとする密命をも帯びているのではないだろうか。

内蔵助の目から見ると、白石は少なくとも自分の味方であることがわかる。

真意を明かさぬまでも、この先はやがて江戸にところを移して、あれこれと骨の折れる仕事をしなければならなかった。いざという時はなりふり構わず誰かに助けを求めねばならぬであろう。

今日の機会を、うやむやにして別れるのも惜《お》しまれる。

「わたしは何ごとにおいても、むきになってしまう。そこへいくと、大石殿には懐《ふところ》ひとつ余裕がある。それがほんに羨《うらや》ましゅうござる。我らは真に似ても似つかぬ者同士でござりまするな」

白石のこの言葉に鋭く反応して、

「いや、共に刃傷沙汰によって主君を失い、やり切れぬ想いを持つ身ではござりませぬかな」

意味ありげに言った。

「何と……」

白石は一瞬小首を傾《かし》げたが、すぐに真顔になって内蔵助を見つめた。その応えには、大石内蔵助の意思がはっきりと映《うつ》し出されていると捉えたからだ。

「これは畏《おそ》れ入ります。わたしのことをそこまで御存《ごぞん》じとは……」

二

新井白石こと勘解由が、徳川綱豊に仕える以前に、堀田筑前守正俊に仕えていたことは既《すで》に述べた。

正俊は時の大老で、五代将軍の座に綱吉が就《つ》くにあたって、大いに影響を及ぼした人物であった。

綱吉からの信厚く、絶大なる権勢を誇っていた正俊もまた、江戸城中の刃傷事件で命を落としていた。

正俊を刺したのは、若年寄・稲葉正休であったが、正休もその場に駆《か》けつけた老中達に斬殺《ざんさつ》されたので、その真相は謎となった。

しかし、世の趨勢《すうせい》を見るに敏《びん》なる者は、この一件は将軍綱吉の策謀であったのではなかったかと、胸の内で疑っていた。

堀田正俊のお蔭《かげ》で将軍となった綱吉であるが、正俊亡き後の堀田家への冷遇は余りあるものがあった。

正俊の子・正仲《まさなか》は、古河《こが》十三万石から、山形《やまがた》十万石へ減封《げんぽう》され、さらに福島《ふくしま》へとすぐに転封《てんぽう》となった。しかも、転封先は領地が痩《や》せていて、実収は大幅に下がり、家中の士達は困窮《こんきゅう》に喘《あえ》いだ。

新井白石が二度目の浪人の身となったのは、これがためである。

正俊の甥・正親《まさちか》は、父の死後旧領を継ぐはずが改易の憂き目を見て、正仲に預けられた。

それだけではない。綱吉は堀田家の元旦登城を許さず、無位無官《むいむかん》の大名・旗本並みの三日としたという。

本来ならば非業《ひごう》の最期を遂《と》げた腹臣の子孫に対して、手厚く遇《ぐう》するのが将軍の徳というものであるはずなのに、このあからさまな仕打ちはいったい何であろう――。

白石は綱吉を恨《うら》むと共に、堀田正俊の死には、綱吉が関与していると確信した。

結局、正俊を刺した稲葉正休は、淀川《よどがわ》の治水普請《ふしん》の任から外《はず》された恨みから刃傷に及んだとされたが、果《はた》してそうなのであろうか。正俊と正休は親類であり、彼が美濃青野《みのあおの》にて一万二千石を領するまでになったのには、大老となった堀田正俊の後押しがあったからではなかったか。

正休は、何者かにそそのかされたか、もしくはそもそも正俊を刺してなどいなかったのかもしれない。

何者かが正俊を刺し、その罪を正休に負《お》わせんとして、その場に居合せた老中達が、ことの真相を知られる前に、正休を始末してしまったと考えられないか。

徳川綱吉は、自分を将軍に推《お》した堀田正俊を初めのうちは重用したが、やがて自分の言いなりにならず、〝生類憐れみの令〟にも反対の姿勢をとっていたのが疎《うと》ましくなり、刃傷沙汰にかこつけて殺してしまおうとした――。

稲葉正休は、堀田一派の一人とみなされて、利用された上で、共に殺されたのかもしれない。

正休をずたずたに斬り捨てた、大久保忠朝《おおくぼただとも》、阿部正武《あべまさたけ》、戸田忠昌《とだただまさ》といった老中達は、その一件があった後、いずれも厚遇を受けている。

大石内蔵助は、この辺りの事情も調べあげていて、白石とは〝共に主君を失い、やり切れぬ想いを持つ身〟と言ったのである。

そしてその言葉の奥には、我々は二人ともに、主君を醜《みにく》い時勢の流れによって殺されたのだという含みがあった。

深く読むと、徳川綱吉とそれにまつわる権力構造が理不尽な仕打ちを自分達に強《し》いたと取れる。

「堀田筑前守様は、大老という御立場をよいことに専横《せんおう》の振舞があったという向きもござりまするが、この内蔵助はそうは思いませぬ。幕府の政《まつりごと》を司《つかさど》るに、真相応《ふさわ》しい御方であったと存じております……。ああ、これはちと、口はばったいことを申しました」

内蔵助はそのように言葉を付け加えると、はにかんでみせたが、目の奥は鋭い光を放っている。

「真に、ありがたく、心から敬《うやま》える御方でござりました」

白石も威儀《いぎ》を正した。

堀田正俊には一度、

「天下を治《おさ》むるに、まず大事なものは何と心得るか」

不意に問われたことがある。

あまりにも壮大な事柄ゆえに、さすがの白石もしどろもどろになり、

「強き武士が、弱き民《たみ》の困苦を、一命にかけて救うという気構えかと存じまする」

などと、今思い出しても、尻の青いくだらぬ応えをしてしまったのだが、

「うむ、ひとえにそれよの」

旧主・正俊は高らかに笑い、頷いてくれた。

仕えた翌年に落命したゆえに、正俊の人となりはよくわからぬままの別れとなったが、驕奢《きょうしゃ》を戒《いまし》め仁政《じんせい》にいそしんだ人であったと、白石は断言出来る。

「あの御方に専横の振舞があったなどと言い立てる者は、筑前守様に生きていられれば、都合が悪《あ》しき者達に違いござらぬ」

新井白石の眉間《みけん》に〝火の字〟が浮かんだ。聡明ながら、激しやすく〝火〟に似た皺《しわ》が寄《よ》る。それが子供の頃、主君・土屋利直から〝火の子〟と呼ばれた由縁《ゆえん》である が、それは今も変わっていない。

内蔵助は、〝火の字〟をうっとりとした表情で見ていた。

——この御仁は、心底今の世を憂《うれ》えている。

それがはっきりとわかったのだ。

江戸城中の刃傷で、共に主君を失った二人である。斬りつけた側と殺された側の違いはあれど、明らかに堀田筑前守正俊と浅野内匠頭長矩の非業の死には、元禄という時代の闇が絡《から》んでいる。取るに足らぬ身なれど、そこに武士の一分《いちぶん》を立てたい想いは同じであろう。

白石はしばし〝火の字〟を崩《くず》さず、内蔵助と向き合うと、

「いや、大石殿の仰《おお》せの通り、我らは似ても似つかぬように見えて、共にやり切れぬ想いを持つ身でござりましたな」

力を込めて言った。

「いかにも……」

内蔵助の表情からも、柔和《にゆうわ》な笑みが消えていた。

「大石殿はこのやり切れなさを何といたす御所存《ごしよぞん》にて」

「さて、何といたしましょう。なかなか心は晴れませぬが、まず御家再興を考えるのがわたしの役目でござりましょうな」

「なるほど。浅野様には大学様という弟君がおわしました」

「万が一、それが叶《かな》わぬその時は……」

「その時は……」

「改めて、やり切れぬ想いをいかにして晴らすか、酒でも飲みながら考えるといたしましょう」

内蔵助は、そう言うとまた、いつもの柔和な表情に戻った。

「しからば不調法ながら、その時は是非《ぜひ》一緒に盃《さかずき》を重ねながら、わたしもまた、いかにしてやり切れぬ想いを晴らせばよいか、考えとうござる。江戸にお越しの折はどうかお誘いくだされ」

はっきりとした声で応える白石の眉間からも〝火の字〟が消えた。

三

「勘解由が戻れば、構わぬゆえその足でここへ来るよう申し伝えよ」

徳川綱豊は落ち着かぬ様子で言った。

「畏まってござります」

御前に控える用人・間部詮房《まなべあきふさ》が、よく通る声で応えた。

詮房は、通称が右京《うきよう》。綱豊の父・綱重の代からの家臣であるが、一時は能役《のう》者・喜多七太夫《きたしちだゆう》の弟子として暮らしたというから、その声は美しく鍛《きた》えられていた。

歳《とし》は三十半《なか》ばで、小姓《こしよう》を務めていた頃より綱豊の寵愛《ちようあい》を受けているので、彼にとっては主君の日頃は見せぬそわそわぶりが頰笑《ほほえ》ましく映っていた。

世間で取り沙汰される、

「赤穂のご浪人が、吉良様を討つ」

という風評は、未《いま》だ下火にはなっていない。

江戸には数年前に大いに武名をあげた堀部安兵衛がいて、他にも腕自慢が揃っている浅野家中のことである。弥《いや》が上にも、民衆の感情としては期待が高まるのである。

庶民の流行や評判には、なるたけ耳を傾ける綱豊であったが、今まではそれにやきもきとして落ち着きをなくすことなど一度もなかった。

いつも冷静に物事を眺《なが》めて、

「そちはどう思うか」

と、人の意見を求め、それをもって自分なりの判断を下す。そのような英邁《えいまい》な甲府宰相が、かくも気に留めているとは――。

間部詮房は、綱豊の憂国の想いを痛切に感じていた。

新井白石が西上の旅へと出た後、綱豊はほぼ毎日、詮房に世情の評判を訊ねていたが、ある日のこと、

「余はこのまま世情の噂《うわさ》に一喜一憂をしながら暮らしていかねばならぬのかのう」

ふと洩《も》らした。

詮房にはその意がよくわかる。

徳川家御連枝《ごれんし》の中でも才気を謳《うた》われて、次期将軍候補になった身が、その器《うつわ》を

発揮する場がないのである。

甲斐《かい》には二十五万石の所領がある。この統治に情熱を注げばよいものだが、徳川家の貴人《きじん》として江戸での暮らしを余儀なくされ、世間を横目で見るしかなかった。

その徒然《つれづれ》を慰《なぐさ》めるために、学問に打ち込んだが、学問を極めると、今度はその成果を生かしたくなってくる。

弛《ゆる》みきった武士達がもたらした、享楽と憎悪が入り交《ま》じった狂騒の世を黙って見ていてよいのだろうか、そんな焦燥が募る。

しかし、将軍の座を争った綱吉は、綱豊を快く思っていない。下手な言動は甲府家にとっての命取りになる。

せめて、赤穂の浪士達が主君の仇を討ち奉《たてまつ》り、武家の世にその心意気を見せてくれたならば、少しは世の風潮も変わるのではないだろうか。武士が武士らしくあらんと心を入れ替えるのではなかろうか。

その想いを日々大きくしている綱豊であるが、

「所詮《しょせん》は人任せでしかない」

のである。そこに考えが行きつくと、空《むな》しさに襲われるのであろう。

しかし、この度《たび》は自《みずか》らの意思で、新井白石を西上させた。

まず知恵者の白石を送り、そこから赤穂浪士の肩を持ってやろう。それが今自分が出来うる何よりも大きな憂国の想いである。

甲府宰相綱豊が動き始めた第一歩なのだと、忠臣・間部詮房は見ていたのである。

とはいえ、その一歩は将軍家に対する反逆行為ともいえる。

浅野内匠頭の刃傷を知るや激昂《げっこう》し、即日切腹、赤穂浅野家の断絶の裁きを下したのは将軍綱吉なのだ。

赤穂浪士が吉良上野介を討てば、将軍家の裁定に弓を引いたに等しい。

それを綱豊は望み、密かに手を差し延べようとしているのだから――。

そして、いざとなれば腹を切ってでも成し遂《と》げんとする一事があるのは、武士の精神を昂揚《こうよう》させる。

そわそわしつつも、このところの綱豊の表情に精気がみなぎっているのが、間部詮房にははっきりと見てとれる。

――腹を切るのは、わたくしとて覚悟はできておりまする。

詮房もまた、不思議な昂揚を体中に覚えていたのである。

彼が思うところ、新井勘解由は、儒学者・白石としての莫大な知識に加えて、頑固なまでの正義への想いを持つ、近頃珍しい文武に秀《ひい》でた武士である。

彼が徳川綱豊の軍師となるか、このまま気難しい侍講で終るかは、この先の詮房にとっての楽しみであった。

五月も半ばにさしかかった折。

その新井白石は、大石内蔵助との交誼《こうぎ》を密かに結び、江戸への帰参を果したのである。

四

新井白石は、大胆にもただ一人で帰還した。

「今しばらく赤穂に留まり、江戸との繋《つな》ぎの段取りを調《ととの》えてから戻るがよい」

そのように命を与え、供の大倉半次郎と別れてきたのである。

赤穂の松林で、大石内蔵助を襲撃した二人の旅人らしき男達を追い払った、白石と半次郎であった。

その後、半次郎は件《くだん》の二人をそっと追いかけた。追跡をしながら諦《あきら》めたと見せかける、見事な尾行をしてのけたのである。

これも、かつて甲賀にいた頃に仕込まれた術のひとつだが、

「こんなものを覚えたとて、いったい誰を追いかけるというのじゃ」

当時は陰で文句ばかりを言っていたものだ。

それが、江戸へ出て無頼《ぶらい》の徒《と》の中で暮らした折に役立ち、

――これはありがたい。

自分に技を仕込んでくれた頭《かしら》に感謝をした。

その世界で暮らしていくには、あらゆる情報を知っていて、かつ探ることが出来る男は重宝《ちょうほう》されたのだ。

だが、町のやくざ者の跡をつけたり、その動向を探ったりするのは容易《たやす》かったが、仮にも大石内蔵助を襲わんとした二人である。同じようにはいくまいと、半次郎は気を張り詰め、持てる限りの術を使ったのだが、

――旦那様の〝怪しからぬ〟が聞こえてきそうな。

二人の刺客は、まんまと半次郎の術中にはまる間抜けぶりを見せた。

天下泰平と享楽の風潮があらゆる人の感性を鈍らせている。〝怪しからぬ〟と嘆く新井白石であるが、それはこの連中にさえも見られたのだ。

り、千種《ちくさ》川西岸の木立に逃げ込み、ひたすら上流の方へと向かう二人の傍へと近寄

「おのれ逃げられたか……」

地団駄《じだんだ》踏んで走り去ってみせ、大樹に登って様子を見ると、

「よし、ひとまず身を隠すぞ」

二人は、あっさりとこの策にかかり、近くの社の裏手にあるあばら屋へと入った。

一人は、半次郎が放った独楽《こま》に当り、頭に怪我《けが》を負っていたし、もう一人も白石に斬りつけられて手傷を負ったようで、その手当てをしたかったのであろう。

元より百姓の形《なり》をしていた半次郎は、手拭《てぬぐ》いで頬被《ほおかぶ》りをして、あばら屋の死角をついてそれへ寄った。

「てつよ、あれは何奴《なにやつ》だ。赤穂の浪人ではなかったはずだ」

「ああ、それはおらぬのを確かめたうえで近寄ったのだからな」

「おのれ小癪《こしやく》な奴らめ。あの場に止《とど》まって、斬ってやればよかった」

「その思いは同じだが、下手《へた》に手間取れば、赤穂の浪人共が駆けつけたはずだ。仕方あるまい。たく、落ち着け」

耳を澄ますと、半次郎に独楽をぶつけられたのがたくで、もう一人がてつというらしい。

「向井《むかい》のお頭には何と言う」

「思わぬ邪魔が入ったと伝えるしかなかろう」

馬鹿な奴らであった。〝向井のお頭〟などと、迂闊《うかつ》に名を口にするとは、油断も甚《はなはだ》しい――。

この分だと、こ奴らをこのまま見張れば、その〝向井のお頭〟の許《もと》に辿《たど》りつけるかもしれないと思ったのだが、その時、

「いずれにせよ、おれは斬り合った相手の面はこの目に焼きつけた。つけ狙って殺してやる」

てつが低い声で言った。

それで半次郎の気持ちが変わった。

てつが斬り合った相手とは、半次郎の主・新井白石である。

顔を覚えた、つけ狙って殺してやると言うなら、その前にこっちが殺してやる。

半次郎は一度だけ人を殺したことがある。

盛り場をうろついて暮らしていた頃。世話になった男が殺された。

殺した男の目星がついていた半次郎は、こ奴が江戸を出て行方をくらまそうとしたのを悟り、その跡をつけ回して、品川《しながわ》の外《はず》れの木陰《こかげ》で休息しているところを匕首《あいくち》で刺した。

甲賀忍びの出という出自がとにかく嫌《いや》であるのに、こんな時になるとその血が体を駆け巡り、忍びの働きをしてしまう。

あの時も、そして今も、世話になっている者に敵対する者には容赦なく、忍びの非情さをもって当れるのが半次郎であった。

あばら屋の壁にてゝつはもたれている。それは隙間《すきま》だらけの壁面を見れば明らかだ。

半次郎は、背中に風呂敷包みと共に結《ゆ》わえてある竹杖《ちくじょう》を手にした。その竹杖には、細身の刀が仕込んであるのだ
てゝつとたくの会話が途切れた刹那《せつな》、半次郎は壁越しにてゝつの背中から腹へと、仕込み刀で刺し貫《つらぬ》いた。

「うッ……」

中のてゝつは体を硬直させたまま息絶えた。

その時既に、半次郎はあばら屋の出入り口の前に伏《ふ》せていた。

てつの異変に気付いて飛び出さんとしたたくは、棒切れで臑《すね》を打たれ、よろめいたところを、半次郎が懐に呑んでいた短刀で腹を刺され、そのままあばら屋の中へ押し戻されたのであった。

二人の口を封じ、新井白石の受難を未然に防いだ半次郎は、そこからまんまと近在の百姓にまぎれて、白石と共に逗留《とうりゆう》している、廻船商の〝雲見屋〟へと戻ったのである。

そして、大石内蔵助との対面を果した白石が戻ると、ことの次第を報告した。

向井なる者が刺客の頭であると知った白石は、

「半次郎、そなたは真に恐ろしい男じゃのう。だが、ようしてのけてくれた。我らの動きが、敵に知れては面倒なことになっていたであろう」

と、半次郎を称《たた》えて、

「向井なる男に御用心を」

と、その後大石内蔵助にこれを告げて、半次郎を今しばらく赤穂へ残し、江戸へと戻ったのだ。

五

徳川綱豊は、数日の間にわたって芝《しば》の御浜御殿に新井白石を呼び出し、間部詮房を交じえてその報告を聞きつつ、赤穂浪士に与《くみ》してやる気持ちを固めた。

「ささやかではあるが、余はそれを通じて、己が世直しの始めとしたい」

その言葉に、白石も詮房も感じ入った。

いよいよこの英邁なる御方が、天下を憂い、才気を揮《ふる》わんと決意をなされた。

その想いが、新井白石、間部詮房がこの世に生を受けた意義を問う、試金石《しきんせき》となるのである。

二人が発奮《はっぷん》するのも当然であった。

白石は特に、自らが赤穂に赴《おもむ》き、大石内蔵助の見事な城引き渡しの差配と、浪士達への情け深い配慮をまのあたりにしただけに意識が昂揚《こうよう》していた。

おまけに、内蔵助を狙う〝向井〟なる者がいて、その配下の者の襲撃を食い止め、白石の家来・大倉半次郎がこれを始末していたので、

「既に戦《いくさ》は始まっておりまする」

との想いを伝えると共に、

「無闇に刀を揮い、相手の手の者を殺害いたしましたのは、出過ぎた真似でございました」

と詫びて、まず己が処分を求めたところ、

「そなたを赤穂へ送った時から、余の戦は始まっている。この後は生きるも死ぬも共に参らん」

綱豊は、白石を労《いた》わり、勇気付けた。

――この御方の御ためとあらば、いつでも命を差し出そう。

白石は心に誓った。そして彼は、

「赤穂浪士に御味方仕《つかまつ》るには、ただ陰に回って刀を揮うたとて詮《せん》なきことと存じまする」

主君を戒めることも忘れなかった。

徳川綱豊が動くならば、天下の権が赤穂浪士にとって有利に働くよう取りはからってやるくらいの大きさをもって当らねば、意味はないと彼は考えていた。

「勘解由、そなたの言うことはもっともじゃ。天下の権を動かすだけの力を余が持たねばならぬの」

「ははッ……」

白石は平伏した。そのためには、将軍・綱吉の機嫌をとるところから始めねばならぬのだが、それをいかに申し上げるかを思案した。

しかし綱豊は百も承知で、

「虎穴に入らずんば虎児を得ずの喩《たと》えじゃな。まず上様の御心を摑《つか》まねばなるまい」

と、涼《すず》しい顔で言った。

「畏《おそ》れ入りまする……」

白石と詮房は恭《うやうや》しく平伏した。

二人は、徳川綱吉を魔王と見ていた。一刻《いっこく》も早く彼に代わって徳川綱豊が天下を治めるのがこの国にとっての大事だと念じているものの、それには綱豊が次期将軍として綱吉の養子にならねば道は閉ざされる。

この度の赤穂浅野家の悲劇が、綱豊が綱吉の信を得る大きな契機になればこの上もない。

「お気にそぐわぬこともございましょうが、ここは天下万民のためと思《おぼ》し召しくださりますよう、願い奉りまする」

詮房が畏まって言上した。

彼の態度にはいつも誠実さが滲《にじ》み出ている。

「案ずるな。追従《ついしょう》もまた兵法よ」

綱豊は晴れ晴れとした表情で、将軍綱吉への謁見《えっけん》を願い出たのである。

六

徳川綱吉という将軍は、決して暗愚《あんぐ》ではない。

学問への造詣《ぞうけい》の深さや、能楽についての鑑賞眼は特に優れている。

新井白石がそれほどの綱吉を魔王だと嫌悪するのは、彼が時として己が感情に左右される強い怒りを瞬時に放ってしまうところであろう。

白石とて怒りっぽい人間である。

怒りは新しい物事を生む力になるのだ。そして、怒りは正義を貫く意志を生み、素晴らしい法制が成立する源にもなる。

しかし、激しやすい権力者が、やたらとこれを振回すと大変なことになるのを、綱吉はわかっていない。

生母・桂昌院《けいしょういん》は高貴な家柄の出ではなく、三代将軍家光の子として生まれながらも、四代・家綱の後継《こうけい》には遠い立場にあり、それなりの悲哀を経験しているはずだが、そこは生まれた時からの貴人であるから苦労を知らぬのであろう。

一旦権勢を握ると、力に物を言わせて怒ってしまうのだ。

その結果、自分の将軍就任に反対した者、思うがままに動かぬ者達への粛清《しゆくせい》は容赦なく行った。

それは能役者に対しても同じで、追放したり腹を切らせたり、意のままにならぬというだけで、能楽界を恐怖に陥《おとし》いれたのである。

この度の浅野内匠頭の刃傷への裁定も同様であった。

朝廷を重要視し、生母・桂昌院への従一位贈位を強く働きかけていたとされる綱吉は、その接待役でありながら殿中を血で穢《よご》した内匠頭が許せずに、即日切腹、赤穂浅野家の改易を決めた。

ところが綱吉は、彼独特の憐憫《れんびん》の情というものを持ち合わせている。

刃傷に対して怒ったのにも、生母への想いが色濃く表れていたわけだし、そもそも生類憐れみの令は、悪法であっても、今までに例を見ないやさしい気持ちが込められたものだといえる。

新井白石から見ると、その憐憫の情は、自分が自他共に認める慈悲深き君主であらねばならぬという、大よそ勝手な思考であるのだが、

「そこが、上様の泣きどころでござりましょう」

とも言える。

後になってみると、

「あれはちと心が逸《はや》りすぎたかもしれぬ」

内心で後悔するところがあるようだ。それは、気に入らぬ能役者を追放したかと思うと、すぐにまた赦免《しゃめん》し、そこから好遇を与える、綱吉の事蹟《じせき》を見ればわかる。

とにかく、徳川綱豊はそこを攻めた。

「これは甲府殿、何か火急の用向きでもござったかの」

将軍綱吉は機嫌が麗《うるわ》しくなかった。

きりりと上がった眉《まゆ》に、鋭い目。すっと通った鼻に引き結ばれた口。学問を修め、あらゆる知識を身につけている将軍だけに、それが滅多《めった》なことは言えぬという迫力となって臣下を圧倒する。

――大人物ではある。

綱豊は感じ入りながら、それでもいかな叱責《しっせき》を受けようが、今日は言いたいことを言って下がるつもりであった。

一通りの挨拶《あいさつ》をすませると、

「慈悲深き上様が、御心を痛めておいでではないかと、畏れながら御案じ申し上げております……」

恭しく言上《ごんじょう》した。

心を痛める――。

確かに綱吉は、このところの世情の噂に心を痛め、それが腹立ちに変わっていた。

世情の噂とは、浅野内匠頭の一件である。

「喧嘩両成敗片落ち」

の声と共に、赤穂浅野家への同情が湧き起こっているという。

そんな世情の噂が、将軍の耳に入るなど、周りの者達は何をしていたのかというところだが、綱吉自身怒りに任せて、内匠頭を即日切腹、赤穂浅野家を断絶に処したのは、いささか短慮《たんりょ》であったかと気になっていた。それゆえに方々手を回して町の評判を仕入れさせていたのである。

怒り切れない。断じ切れない。その辺りの気性は相変わらずであった。

自ずと機嫌は悪くなる。そこへ、俄《にわか》に甲府綱豊が面談を求めてきたので何かと会ってみれば、心やさしき我ゆえに心を痛めているのではないかと案じていたとのこと。

——こ奴め、ぬけぬけと。何を案じているというのだ。

きっと〝あのこと〟であろうと察したが、悪い気はしなかった。

「浅野内匠頭の一件でござりまする。内匠頭は勅使饗応《ちょくしきょうおう》の役儀《やくぎ》にありながら、殿中を血で穢《けが》したのでござりまする。上様の御裁下は御もっともにござりました。さりながら、上様は慈悲深き御方でござりますれば、内匠頭が吉良に遺恨を覚えたのにはそれなりの理由があってのことであろう。浅野家中の者共は、さぞ無念を晴らしたいに違いない。そのように憐《あわ》れんでおられるのではないかと存じておりました」

綱豊は、真心を込めて切々と申し上げた。世の者達が、赤穂浪士達を気の毒に思っている以上に、既に綱吉は日々心を痛めているはずだというのだ。

「言うまでもなきことじゃ」

綱吉は仏頂面《ぶっちょうづら》で応えたが、将軍職という孤独にいる身には、甥《おい》の綱豊が意外にも話のわかる男だと知れると、妙に心地がよかった。

「内匠頭を罰するは、天下の法を曲げてはならぬゆえ。遺恨があったかは知らぬが、討ち果せなんだは己が武道不心得によるもの。それを騒ぐは筋違いじゃ」

「仰せの通りにござりまする」

綱豊は神妙に応えた。

「さりながら、赤穂の浪士はさぞ悩んでおりましょうな」

「何を悩むことがある」

「上様は、生きとし生けるものを慈しまれる御方でござりまする。既におわかりのはずでござりましょう」

「世情が騒げば、浪士共も討たねば武士の面目《めんぼく》が立たぬということか」

「ははッ！」

綱豊は畏まった。

「わたくしは、偽《いつわ》り無き想いを申し上げまするが、上様を悩ませる、吉良上野介が憎うござりまする。浅野内匠頭も短慮でござりまするが、吉良が内匠頭を怒らせたのが、そもそもの始まりではござりませぬか……」

綱吉は、はっきりと物を言う綱豊にいささか気圧《けお》されていた。

綱吉は、朝廷に対して顔が利く吉良上野介を好遇してきたが、刃傷騒ぎがあったものの、勅使を迎えての儀もつつがなく終ったし、吉良がいようがいまいが、別段困ることもなかったのだ。

そう考えると、将軍の覚えがよいのを嵩《かさ》に、図に乗った振舞をして、浅野内匠頭に恨まれたのは吉良の不手際《ふてぎわ》ではなかったか。

内匠頭憎しの想いが、吉良をお咎《とが》めなしにしたのだが、それを民衆は片落ちだと騒ぎ出しているのだから、綱吉にしてみては踏んだり蹴ったりである。

下した裁定に今さら異を唱えることも出来まいし、だんだんと腹が立ってきていたのだ。

それを将軍の理性で抑えてきたが、今改めて、目の前で綱豊が憤慨《ふんがい》するのを見ると、

――余の腹立ちは間違《まちご》うてはおらぬ。

と、妙に安堵を覚え、さらに吉良への不快が湧いて出た。

時には冷酷に、非情な裁定を下し、大名、旗本達を震えあがらせてきた綱吉であるが、一面生まれながらの貴人特有の、人のよさも持ち合わせている。

この何年もの間、自分に本音をもって迫ってきた者はいなかったので、甥の言葉は心地よく、彼の心の内に響いてきた。

「馬場へ参ろう」

綱吉は、珍しいことに綱豊を吹上《ふきあげ》の馬場に誘い、銜《くつわ》を並べて乗馬を楽しんだ。

二人だけで話す間が欲しかったのだ。

綱豊はここぞと語った。

「お上にも情けはある」

民衆がよく口にする言葉であるが、彼らはそれを信じている。信じているからこそ、不平を述べるのだ。

そして、一方では毅然《きぜん》とした態度をもって、

「間違いは間違いである」

と、厳しい処断をしつつも、その一方でそっと逃げ場を与えてやる。

そういう人に親しみと尊敬を覚えるものである。

今度のことでも、それを見せつけて将軍の本当の心を知らしめるべきであると綱豊は力説した。

これには綱吉も頷いた。赤穂浪士達に逃げ場、抜け道をそっと用意してやる。

そうすれば、世情の公儀への不満も一転して、

「やはりお上にも情けはある」

と、なるであろう。

「甲府殿、また訪ねてくるがよい」

綱吉は上機嫌で、その日の綱豊との対面をすませると、それから度々《たびたび》彼を召《め》した。

綱豊には既に秘策があったが、それは内容を匂わせて、綱吉が思いついたようにもっていかねばならぬのだ。

あれこれ考えた上でのおとないではなく、綱吉の心痛を察して、じっとしてはおられずに、つい拝謁《はいえつ》を願った。そうでなければ、油断ならぬ策士だと捉えられかねぬ。

綱豊は少し時をかけた。

大石内蔵助は、まったく動く気配がないと、大倉半次郎からの報《しら》せが届いていた。

やがて七月も半ばとなり、半次郎が戻ってきた。

それによると、内蔵助は廓《くるわ》通いなどしてゆったりと暮らしているようだ。

かつて昼行燈《ひるあんどん》と呼ばれ、〃眠牛〃と称した内蔵助のことだ。これには彼なりの思惑があるのであろうと、新井白石は確信していた。

江戸の堀部安兵衛達は、血気にはやり、今日明日にも吉良を討ちたいと同志を募《つの》っていることであろう。

内蔵助は彼らに対して、ひとつ間合を取ろうとしているのに違いない。

やがて将軍・綱吉は、綱豊との対話を重ねるうちに、庶民から見れば、〃粋《いき》なはからい〃ともとれる命を下した。

吉良上野介の屋敷を、江戸城内郭《うちぐるわ》である呉服橋《ごふくばし》から本所《ほんじょ》に移したのである。

本所は、隅田川《すみだがわ》の向こうで江戸城外郭に位置する。つまり呉服橋で仇討ちを行えば、幕府も黙って見過ごせないし、他の大名家にも迷惑をかけることになるが、本所ならば〃見て見ぬふり〃も出来るのだ。

元禄十四年八月十九日のことであった。

綱吉は面目を施《ほどこ》した。

江戸の町は沸《わ》き立ち、

「あん時、吉良を罰しなかったのは、赤穂の浪人に討たせてやりたかったからかもしれねえな……」

そんな声まであがり、町の者達は公儀に対して、大いに喝采《かっさい》を送ったのである。

第四章　江戸の嵐

一

赤穂浪士に肩入れをして、緩《ゆる》み切った今の武家社会に風穴を開《あ》ける。

その想《おも》いを確かなものとした甲府宰相徳川綱豊は、将軍綱吉に接近して次第にその信を得ていた。

綱吉は世嗣《せし》であった徳松《とくまつ》が五歳で夭折《ようせつ》してから、男子に恵まれなかった。

それゆえ、娘の鶴姫《つるひめ》の夫である紀州《きしゅう》徳川家の当主・綱教《つなのり》を養子にしようかとも思ったが、これには水戸《みと》徳川家の隠居・光圀《みつくに》の強い反対を受けていた。

綱吉には、傲慢《ごうまん》な権力者で逆《さか》う者は容赦《ようしゃ》しないという一面があるが、同時にそのような自分にははっきりと物を言う相手に対して心を開くところがある。

徳川光圀がそれであった。

儒学《じゅがく》を修《おさ》め、朱舜水《しゅしゅんすい》を招《まね》き、〝大日本史《だいにほんし》〟の編纂《へんさん》を始めた〝水戸黄門《こうもん》〟は、綱吉にとっては学問の師ともいえ、彼はこの老人を丁重《ていちょう》に遇していた。

光圀は長幼の序を重んじ、本来は兄・頼重《よりしげ》が水戸家を継ぐはずであったのが、自分が当主になったことへの想いから、兄の世嗣・綱條《つなえだ》を養子として水戸家を継がせた。

その折《おり》は、自分の世嗣・頼常《よりつね》を頼重へ養子にやるという徹底ぶりであったから、

「上様の世嗣となるのは、兄である綱重公の嫡男、甲府殿こそが相応《ふさわ》しい」

と言う光圀の言葉には重みがあった。

長幼の序については、綱吉も学問を修《おさ》める上で十分に理解していたので尚《なお》さらだ。

それが綱吉の決意を鈍《にぶ》らせ、紀州徳川家から綱教を迎えることには慎重にならざるをえなかった。

確かに順序からいえば、甲府綱豊が次代将軍に相応しかろう。彼もまた綱吉の学問好きに劣らぬ身の入れようで、語れば話が終らないくらいの知識を持っている。

とはいえ、綱豊とは五代将軍の座を争った間柄でもある。

つい構えてしまい、敵視してしまうきらいがあった。

生類憐れみの令に異《い》を唱《とな》え、何かと綱吉に苦言を呈《てい》した光圀は、この元禄十三年（一七〇〇）の春に死去した。

それゆえ、綱吉はこの件についても、誰憚《はばか》ることもないのであるが、光圀が遺《のこ》した言葉は綱吉の胸の奥に深く突き刺さっていたし、老公の死と共に世嗣を決めてしまうのも気が引けた。

そのように話を引き延ばしているうちに、甲府綱豊が謁見《えっけん》を求めてきて、赤穂浪士に対する自分の想いを言い当て、それを案じていると心の内を見せた。

世間は綱吉の気持ちも知らずに、〝喧嘩《けんか》両成敗《りょうせいばい》片落ち〟を言い募《つの》る。それは怪《け》しからぬことだと憤慨《ふんがい》したのだ。

――世辞《せじ》を言いに参ったか。

綱吉は初めそのように捉《とら》えたが、話すうちに、綱豊の言葉に飾りが無いので、考えを新たにし始めた。

そして、綱豊の思惑を通し、綱吉は吉良の屋敷を本所に移すと宣言し、江戸の庶民の喝采《かっさい》を浴《あ》びた。

綱吉はこれに気をよくし、綱豊を見直す想いであったが、何よりも勢いを得たのは、赤穂浪士の〝強硬派〟の面々であった。

その筆頭はもちろん堀部安兵衛で、彼は公儀が下したこの処置を、

「我らへの武士の情けであろう」

と解釈し、同志の奥田孫太夫、高田郡兵衛と語らい、山科《やましな》の大石内蔵助に激しく決起を促《うなが》したのである。

赤穂で内蔵助と会い、世の趨勢《すうせい》を憂《うれ》う想い、今の政《まつりごと》への不満と恨みを共有した新井白石は主君・綱豊をして実現させた吉良邸の移転に、まずは胸を撫《な》で下ろしたが、それはそれで内蔵助の身を案じずにはいられなかった。

吉良邸移転の話題が盛り上がれば盛り上がるほどに、強硬派の勢いは増す。

それに伴って、狙われる吉良方も用心を固めるわけで、討ち入りをし易くなったとはいえ、戦《いくさ》は籠城《ろうじょう》側に有利であった。

討ち入る時は、何が何でも吉良上野介の首級をあげねばならない。失敗は許されないのである。

吉良邸移転によって、

「一刻も早く討たねばならぬ」

という想いは却《かえ》って綻《ほころ》びを生むことになりかねない。

内蔵助の苦悩は、白石への密書によって明らかとなっていた。

赤穂で会った二人は、

「互いに気安う、文《ふみ》のやり取りなどできぬ身にござるが、そう思うとますます大石殿に文を認《したた》めとうなりまする」

「ははは、それは、この内蔵助も同じ想いにござる」

そんな言葉を交わしていて、白石が赤穂を発《た》った後も、しばらくの間、従者の大倉半次郎を残し、その段取りを確かめ合っていた。

その結果、赤穂の浪士達の先行きを憂う、京の学者・伊藤東涯を通じて、交わすことになった。

しかし、その文の内容は、まるで当り障りのないものばかりであった。

大石内蔵助は、山科では池田久右衛門と名乗っていた。池田は内蔵助の母方の姓である。

伊藤東涯から新井白石に送られてくる文は、この名で認められていた。

今は山科に隠棲《いんせい》して、願いは浅野大学による御家《おいえ》再興ばかりである。

大石内蔵助は、ひたすらにその態度を崩さずに暮らしていると、文にも書かれているが、白石は内蔵助の真意をそこから汲《く》み取れる。

遊び好きで、女好きを自認する内蔵助は、山科に閑居《かんきょ》してからも、廓《くるわ》通いをしていた。

伏見《ふしみ》の撞木町《しゆもくまち》がお気に入りで、〝笹屋《ささや》〟という茶屋では上客として名が通っているそうな。

やはり昼行燈《ひるあんどん》の阿呆《あほう》浪人だと見る向きもあれば、敵の目を欺《あざむ》くための遊興《ゆうきよう》だと想いを巡《めぐ》らす向きもある。

しかし、白石はそのいずれでもないと思っている。

ただ遊びたいから遊ぶ。ただそれだけであろう。志があるからこそ、いつ死んでもいいようにと、しばし傾城《けいせい》の膝枕《ひざまくら》で物を考え、自作の歌などひねり、心の内を軽《かろ》やかにしている。そしてそれが、とどのつまり血気に逸《はや》る堀部安兵衛達に対してのよい間合の取り方となっているのだ。

内蔵助はつい先頃の文に、色里通《いろざと》いをしていると、男女の機微《きび》が間近に見られておもしろいと認めていた。

男女が想い合い温め合っている恋路も、周りがあれこれ囃《はや》し立てることではかなくなってしまうものだ。真に想いを遂《と》げるのは難しい――。

その一文に、白石は内蔵助の今の心境を見出《みいだ》していた。

吉良邸が本所に移り、今日か明日にも赤穂浪士の仇討ちがあるのではないかと、江戸の者が囃せば、浪士達も踊り出す。しかし踊るだけでは祭を執《と》り行う意味をなさないのである。

とはいえ、大石内蔵助が動かぬならば、江戸にいる浪士だけで討ち入りしかねない状況になってきたのは、白石にも容易に想像がつく。

〝強硬派〟〝急進派〟を抑えるため、大石内蔵助は、いよいよ江戸下向《げこう》を敢行した。

供連《ともづ》れは、奥野将監《おくのしょうげん》以下四名。

元禄十四年十一月三日に江戸到着。

仇討ちは、あくまでも赤穂浪士の手によって行われねばならない。

いかに巧《たく》みに陰《かげ》に回って手を差し伸べることが出来るか。新井白石にとっても、またひとつの正念場であった。

二

大石内蔵助は、同志四名と共に、三田《みた》にある前川忠太夫《まえかわちゅうだゆう》の家に入った。

前川忠太夫は、かつて浅野家江戸屋敷出入りの日傭頭《ひようがしら》を務《つと》めていた。日傭頭とは、浅野家に奉公する下働きの者などを請け負《うお》う、口入屋《くちいれや》である。俠気《おとこぎ》に充《み》ちた男で、浪士達からの信頼も厚かった。

ここで内蔵助は、堀部安兵衛ら、血が煮《に》えたぎっている連中から、

「我らは腕が鳴ってなりませぬ。決起の日をすぐにでもお決め願いたい」

と、詰《つ》め寄られた。それはわかりきっていたことであるが、思った以上に安兵衛達は意気込んでいる。

――やはりここは、のらりくらりとかわし、理を説くしかなかろう。

「各々方《おのおのがた》は、吉良を討つと申されるが、いかにして討つ御所存じゃ」

「知れたことでござる。本所の屋敷へ討ち入るのみ」

安兵衛が勢い込んだ。

「いかにして討ち入るのでござるかな。これは城攻めに等しゅうござるぞ。こちらが好機と捉えるがごとく、吉良方も危機と見て備えを固めていよう。吉良家には上杉《うえすぎ》家からの援《たす》けもあるはず。古来《こらい》城攻めは、敵の何倍もの兵を要すると申す。ただ闇雲《やみくも》に攻めたとて大将の首は取れぬもの」

内蔵助の言葉に一同は気圧《けお》された。

「策を講じねばならぬというは、我らも重々わかっておりまする。しからば御家

老におかれては、城攻めの策はいかに？」

奥田孫太夫が問うた。

「日々、考えてござる」

内蔵助はきっぱりと言った。

「ならば、軍議を重ねた後、きっと吉良の屋敷に……」

安兵衛が膝《ひざ》を進めた。

「亡き君の一周忌を目安に」

内蔵助の言葉に、高田郡兵衛達強硬派の浪士達の顔が輝いた。

「さりながら、方々、討ち入りはただ一度しかできぬと心得ねばならぬ。討ち損じては末代《まつだい》までの恥辱《ちじょく》。吉良上野介が屋敷にいるとも限らぬことも考えねばならぬ……」

浪士達は神妙に頷《うなず》いた。

「さらに、大学様による御家再興の御沙汰《ごさた》無き間に、討ち入るわけには参らぬ。そうではござらぬかな」

内蔵助は言葉に力を込《こ》めた。日頃、温和な男ゆえの迫力がその場を支配した。

御家再興の嘆願に奔走《ほんそう》もせず、ただ吉良上野介憎《にく》しを訴え、武力に物を言わせんと考えるのはいかがなものか――。

こう言われると、浪士達も内蔵助の意見に黙って従うしかない。

内蔵助が、大目付・荒木十左衛門、榊原采女に対して根気強く、内匠頭の弟・大学長広への御家再興を願い、働きかけていることは、堀部安兵衛以下、過激浪士達も心得ている。

その場は、頭目として押し立てる大石内蔵助の口から、内匠頭一周忌をめどに討ち入りを考えているという言質《げんち》を取っただけでも大きな収穫であると納得したのである。

ひとまず、強硬派の説得を終えた内蔵助は、十四日に亡君・浅野内匠頭長矩が眠る高輪泉岳寺に墓参をすませた。

「しばし、一人にしてくれぬかな」

内蔵助は、供連れを下がらせると、墓前に一人で畏《かしこ》まった。

「半次郎にござりまする……」

すると何方《いずかた》からか声がした。

「おお、これは御苦労でござる」

内蔵助は小声で応《こた》えて、相好《そうごう》を崩した。

半次郎というのが、新井白石の家来、大倉半次郎であるのは言うまでもない。

「主《あるじ》が一度、お会いしたいと……」

「それは嬉《うれ》しゅうござる」

「もう、いても立ってもいられぬと、やかましゅうて困っております」

「左様《さよう》か……」

内蔵助は墓所で不謹慎《ふきんしん》にも笑うこともならず、笑みを押し殺した。いつもながらに大倉半次郎の、人を食ったような物言いがおかしかったのである。

——あの気難しそうな白石殿をまるで恐れず、言いたいことを言う。真《まこと》によい男じゃ。

内蔵助は、半次郎に親しみを抱いていた。

「お会いしたいのは某《それがし》も同様にて」

「二、三日中はいかがでございましょう」

「いつでもようござるぞ」

「それならば委細《いさい》はそれに……」

気がつくと、内蔵助の傍らに小さな独楽《こま》があった。独楽には上手に結び文がしてある。

内蔵助は、ふっと笑ってそれを拾い上げ、懐《ふところ》へ入れた。

「それと……」

聞こえくる半次郎の声音《こわね》が硬《かた》くなった。

「左手の向こうに、むくつけき浪人者がおりまするが、大事はございませぬか」

内蔵助は、ゆっくりと左方を見た。

確かに一人の浪人者が、じっと内蔵助を見つめている。

歳《とし》は三十を過ぎたくらいであろうか。着古した小袖《こそで》に袖無し羽織《ばおり》、野袴《のばかま》を身に着け、長めの太刀を腰に差している。いかにも屈強《くっきょう》そうな男である。

ここにも刺客《しかく》が現れたかと墓所の陰から周囲を見渡す半次郎にはそのように映《うつ》っていた。

半次郎は、主・新井白石からの密使としてやって来たと共に、折あらば内蔵助の警護をするようにも命ぜられている。気になるのは当然であった。

「いや、大事ござらぬ。あれは旧知の者でな」

半次郎の心配は杞憂《きゆう》であったようだ。内蔵助の言葉は温かで丸みがある。

「よろしゅうございました。しからば、ごめんくださりませ」

半次郎は、ひとまず内蔵助の傍《そば》を離れ、遠巻に寺の様子を窺《うかが》った。

――忝《かたじけな》し。

新井白石の気遣いに心の内で感謝し、内蔵助は、件《くだん》のむくつけき浪人の方に向き直り、

「随分《ずいぶん》と久しいのう。不破数右衛門《ふわかずえもん》……」

と、声をかけた。

「御家老……」

浪人は、己《おの》が名を覚えてくれていたことがよほど嬉しかったか、目に涙を薄《うっ》すらと浮かべて、恭《うやうや》しく頭を下げたまま内蔵助の傍へ寄った。何とも大仰《おおぎょう》な仕草《しぐさ》であるが、それが不破数右衛門という武士の持ち味であるようだ。

「御家老、何卒《なにとぞ》この不破数右衛門を、お仲間にお加えくださりませ……」

数右衛門は伏し拝んだ。

「これ、人目につこう。手を上げよ。そなたも変わっておらぬのう」

内蔵助は苦笑いを浮かべた。

不破数右衛門は、内蔵助と同じく浅野家の家臣で、馬廻役《うままわりやく》、浜辺《はまべ》奉行を務めた百石取りの武士であったが、主君・内匠頭が件の刃傷沙汰《にんじょうざた》で切腹して果てた折は、家中にいなかった。

その数年前に暇《ひま》を出され、召《め》し放《はな》ちとなっていたのだ。

数右衛門は武勇に勝れた士で、彼の剛胆は家中でも評判であった。しかしその反面、素行が悪く老臣達を困らせた。

新刀の試し斬りをせんとして墓を掘り起こし死体を斬ったり、日頃より酒好きで宴《うたげ》を好み、日中から大騒ぎをしたり……、愛すべき振舞であったとも言えるが、ついには浪人を余儀《よぎ》なくされた。

それでも、旧主・浅野内匠頭の悲報を聞くと、じっとしていられなくなり、吉《よし》田忠左衛門《だちゆうざえもん》、磯貝十郎左衛門《いそがいじゆうろうざえもん》を通じて、仇討ちの盟約に身を投じたいと願い出ていた。

それは内蔵助の耳に届いていた。いざとなればその武勇は頼りになるし、内蔵助自身は不破数右衛門という男が好きであったが、彼は既《すで》に浪人していたし、あの粗忽者《そこつもの》が同志となれば、勢い余って何かと騒ぎ立てるであろう。

それで、同志としての参加願いを聞き流していたのである。

「何卒、某をお仲間に……」

数右衛門は、それでも顔を上げようとしない。

「わかった。そなたの気持ちはようわかったゆえ、とにかく落ち着くがよい」

「しからば、某を……」

「この先、苦難が待ち受けていようが、頼りに思うておりますぞ」

内蔵助は数右衛門の願いを聞き入れた。

暇を出された主君への忠義。いかにも不破数右衛門らしいし、彼の参加は同志達を元気付けよう。

内蔵助は、自重《じちよう》を促しながらも、吉良邸に討ち入るとなれば、死を恐れぬ血気と興奮が不可欠であることも一方ではわかっている。

まだこの日《ひ》の本《もと》に、不破数右衛門のようなまるで己が利《り》を顧《かえり》みぬ、武士の意気地を義俠だけで生きる男がいたものかと、何やら救われた思いがしたものだ。

家老として、浪士達を束《たば》ねる身として、激情に我を忘れることがあってはいかぬと身を律してきたが、今日の新たな味方を得た喜びは、内蔵助の武士の血をいつになく沸き立たせていたのである。

三

新井白石が、大石内蔵助との密談場所に選んだのは鉄砲洲にある寮である。

なかなかに瀟洒《しょうしゃ》な造りで、舟でそのまま入れるので、微行《びこう》での会合には恰好《かっこう》の場であった。

白石はいつものように、大倉半次郎一人を従えての外出で、内蔵助は前川忠太夫の若い衆二人が付き添って入り、さらに単身で訪れたのは堀部安兵衛であった。

寮には番人の老夫婦がいるだけで、白石、内蔵助、安兵衛は離れ家に通され、半次郎と二人の若い衆は、外の庭に控えて周囲の様子を窺った。

今日の趣《おもむき》は、内蔵助が江戸浪士の代表格である安兵衛に〝学問の勧め〟を促す会合となっていた。

内蔵助は、新井白石との交誼《こうぎ》を、浪士の中の一部の者にしか伝えていなかった。

赤穂で刺客《しかく》に襲われた折、残務整理で共に遠林寺にいた数名は、白石によって救われた事実を知らされていたが、襲った刺客の口は半次郎が封じていたから、二人の交誼は、ほとんど表に出ていなかった。

内蔵助にとって、赤穂浪士にとって、甲府宰相綱豊の侍講《じこう》である白石の存在は、真に頼りになる。

しかしその一方では、綱豊の赤穂浪士贔屓《びいき》が目立つと、将軍家の側用人《そばようにん》・柳沢保明などが、うがった目で見て、何かと邪魔をしかねない。

それゆえ、互いに心を通わせるようになったからこそ、会う時は学問を好む者同士の私的な会合として、ひっそりと行いたかった。

それでも、吉良上野介の屋敷替えに当っては、綱豊の将軍家への働きかけが大きかったわけであるから、内蔵助は安兵衛を落ち着かせるためにも、白石を引き合わせておきたかったのである。

白石にしても、家来の半次郎が見知っているというのに、まだこの名物男と会ったことがないのが癪で内蔵助の助けになればとも思い、今日これにて小宴を開く段取りをつけたのだ。

寮には、料理と酒が既《すで》に届けられている。その届け主は、意外な人物であった。

紀伊国屋文左衛門《きのくにやぶんざえもん》という大商人である。

彼が古今東西、類を見ぬほどの分限者《ぶげんしゃ》であることは語るまでもなかろう。

紀伊《きい》国の出で、八丁堀《はっちょうぼり》で材木商を営《いとな》み商《あきな》いの幅《はば》を広げ、上野寛永寺根本中堂《うえのかんえいじこんぽんちゅうどう》の造営普請《ぶしん》においては木材調達を請《う》け負《お》い、五十万両の利益をあげたと言われている。

吉原《よしわら》で大尽《だいじん》遊びをして、座敷に小判をばら撒《ま》いたとか、その富豪ぶりは伝説にさえなっているが、それが何ゆえに新井白石と通じているのか――。

紀伊国屋文左衛門といえば、側用人・柳沢保明や、勘定《かんじょう》奉行・荻原重秀《おぎわらしげひで》、老中・阿部正武ら幕府の要人に賄《まいない》を贈り、官営普請を思うがままにしている印象が強い。

硬骨《こうこつ》の人・新井白石が誰よりも嫌う御用商人ではないか。

事実、白石は紀伊国屋文左衛門を、

「節操《せっそう》なき金の亡者《もうじゃ》」

と、一刀両断にしていたのだが、どういうわけか何度も学問教授を請われ、断り切れずに会ったのが夏の終り。

金と力を持つ紀文に会うことで、主君・綱豊の次期将軍への道が近づけばよいと考え直したのだ。

しかし、学問教授など何かの座興で、行ってみれば吉原の大座敷と見紛《みまご》う宴席の場ではなかろうか。

疑いつつ八丁堀の紀文屋敷に行ってみると、案内されたのは質素な書院で文《ふ》机《づくえ》を挟《はさ》んでの対面であった。

「わたしには、儒学などという難しいものはまったく頭に入りません。どうすれば、この日《ひ》の本《もと》は心の豊かさと共に、万民が幸せになれるのか。そのためには、どのようなことを為《な》すべきか。今日は先生にお教え願いたいと思う次第にございまして……」

文左衛門は開口一番そう告げた。

意外な成り行きに言葉を探す白石に、

「わたしはまるで無学にございますが、このように思うております。力がのうては、世の中を変えることもできぬ。また、弱い者を守ってやることもできぬと」

もちろん、力ある者が勝手に世の中を変えていくことがあってはいけないし、弱き者同士が互いに助け合う世であらねばならぬのは承知の上であるが、

「そんな夢を語っていたとて、埒《らち》があきませぬ。すぐにでも世を変えていかねばならぬ時もございましょう」

「確かに、時には力ずくでかからねば、変わらぬ世もござろう」

白石は、文左衛門の言うことは間違っていないと頷いた。

「新井先生は、今のご時勢は変えねばならぬとお思いでござりましょう」

「何ゆえそのように思われるのかな」

「ははは、これは不躾《ぶしつけ》をお許しくださりませ。予々《かねがね》、先生のお噂《うわさ》を伺《うかご》うておりまして」

白石は何度か往来で、生類憐れみの令を笠に着て町の者を脅しつける役人を捕まえ、弁舌鮮《あざ》やかにやり込めてきた。

それを見た人によって甲府宰相綱豊の侍講である新井白石は、正義を重んじる硬骨の人だと、その噂は少しずつ広まっていた。

日頃より、あらゆる噂を収集している文左衛門の耳にもそれは入った。

文左衛門は、賄《まいない》をばら撒き己が利を得てきた男であるが、

「口はばったいことを申しますと、それも世のためであると思うております」

と、言い切る。

「わたしはこれでも、男は俠気を持って生きねばならぬと、日頃から己《おのれ》に言い聞かせております。どうせ誰かが汚い手を使《つこ》うて、大儲けをするのなら、わたしが大金を得る方が、世間に金が回るというもの」

白石は妙に納得させられた。他の分限者がこんなことを言うと大きな反発を招くかもしれないが、紀伊国屋文左衛門が言うと何故《なぜ》か爽《さわ》やかなのである。

白石はしみじみと文左衛門を見つめると、自分がおよそ儒学者に似合わぬ古武士のようだと言われるのと同じく、彼もまた大商人の主には見えなかった。

黒々と日に焼けた顔、太い眉《まゆ》に猛鳥《もうちょう》のような目に不敵な口許《くちもと》。俠客の大親分のような風情《ふぜい》がある。

「商いの道も戦でございます。誰よりも多く稼いだ者が勝って天下を獲る。憚《はばか》りながらこの文左衛門は、随分と稼がせていただきました。ところが、今はどうも不埒にも人の好き嫌いが出て参りまして」

「紀伊国屋は天下を獲ったのだ。好き嫌いをあげたとてようござろう」

「はい……」

文左衛門は満面に笑みを湛《たた》えて、

「誰が好きで誰が嫌いかは申しませぬが、もうお金は要《い》らぬゆえ、これと思うお方のために役立てたいと思うております。これで、よろしゅうございますか」

「それによって日の本の万民《ばんみん》が幸せになるやもしれませぬな」

白石は笑顔で応じた。

役人を買収しようが、同業を蹴落そうが、ひたすらに金を得て力を付けんとした文左衛門が、やっと山の頂《いただき》に身を置いた時、周りの景色は最早《もはや》雲の上にいて何も見えず、嫌いな者の姿だけがそこにあった——。

文左衛門はそう言いたいのである。

これからは登りつめた山をゆっくりと下りて、景色のよいところを見つけたい。そのために金を使うのは厭《いと》わない。その金の使い方を教えてもらいたい。新井白石ならその答えをしっかり示してくれるであろう——

それが今日の学問教授の主題であるのだと白石は受け取った。

——まず、次の将軍に我が君がお成りあそばされるために、金という力を貸してもらいたい。

すぐにその応《こた》えが浮かんだが、それはあまりにもはしたない。だが、白石が見たところ、紀伊国屋文左衛門の想いは本物であった。

「紀伊国屋文左衛門ほどの御仁《ごじん》が、わたしのような一介《いっかい》の儒者に、そのようなことを訊《たず》ねずとも、己が想いを押し通せばよろしゅうござろう。さりながら、さし当って何かと問われたならば、今評判の赤穂の浪士達に肩入れなどなされたらいかがかと」

白石は、意を決して勧《すす》めてみた。場合によっては、甲府宰相の侍講の赤穂浪士贔屓が、幕府の高官に伝わってしまうかもしれぬが、このままはぐらかしてすますのは、文左衛門に対して、白石の男が立たぬと思ったのだ。

「赤穂のご浪人……」

文左衛門は目を輝かせた。

「わたしも、何としてもご本懐をとげていただきたいと思うておりました。さて何から始めましょう」

文左衛門は身を乗り出した。

「小さなことからでようござろう。何かと人目に付き易い浪士達が、密かに談合ができる場を供してあげる。というのはいかがでござろう」

「それはよろしゅうございますな。ちょうどよい隠れ家をいくつか持っておりますす」

文左衛門は、かつて堀部安兵衛が、まだ中山姓をもって、高田馬場の決闘に助《すけ》太刀《だち》して名を馳せた折、

「いったいどのようなお方なのか」

という想いが募《つの》り、あれこれ人を介して、吉原の宴席に一度だけ安兵衛を招いたことがある。

江戸一の商人の要請に、何のてらいも、追従《ついしょう》もなく堂々と接するその姿に、

文左衛門は心打たれた。その頃から折あらば、そっと安兵衛の助けをしたいと思っていたので文左衛門は、大の赤穂浪士贔屓であったのだ。

そうして、白石はこの日の大石、堀部との談合に、寮を借り受けたいと要請し、文左衛門は、一切《いっさい》姿をみせぬままとっておきの離れ家を提供したのである。

四

そうして、新井白石は大石内蔵助との再会を果し、堀部安兵衛と初めて語らった。

内蔵助は、安兵衛には、白石との経緯を伝えてあったので、

「御家老から委細を承《うけたまわ》り、心強い味方を得た想いにござる。忝うございました」

安兵衛はまず礼を述べた。それから白石が武家は己を律し仁政《じんせい》を領《し》かねばならぬという理念を説くと、何度も頷きながら、かく硬骨の士が世にあるものかと感じ入った。

そして、ここが紀伊国屋文左衛門の寮であると知り、白石の硬骨を貫《つらぬ》く姿勢

が、甲府綱豊は言うに及ばず内蔵助をはじめとする世の名士からの信を得るのだろうと深く納得させられたのだ。

　内蔵助は、紀伊国屋文左衛門への警戒は依然胸の内にあったが、馬には乗ってみろ、人には添《そ》うてみよというたとえもある。元より何もやましいことはしておらぬのだと、新井白石の眼力に従った。

　それから、白石と内蔵助は、浅野内匠頭の弟・大学長広の処分が下されぬうちは、仇討ちの大義名分が調《ととの》わぬ、

「大義なき仇討ちは、ただの叛逆《はんぎゃく》である」

　その意を安兵衛を前にして確かめ合った。

　内蔵助からだけではなく、新井白石のような厳格な武士から、理路整然と説《と》かれると、堀部安兵衛とて剛直の士であるだけに、今は軽挙《けいきょ》を慎《つつ》しむべきだと改めて思い知った。

「さりながら、大石殿が慎重派、堀部殿は強硬派で苛々《いらいら》としている……。外目にはそのように見せておけばよろしいのではございませぬかな」

　新井白石は、二人にそのように勧めた。

　そうすることによって、赤穂浪士は足並が揃《そろ》っていないと人は見るだろう。

浪士の仇討ちを望まぬ者は、必ずそこをついて調略を仕掛けてくるはずだ。自ずと敵の姿が見えてくる。

「調略によって脱落する者も出てきましょうな」

内蔵助が吐息と共に考えを巡らせた。安兵衛は、我ら同志にそんな者がいるはずはないと不服そうな顔をしたが、

「揺さぶりをかけられて、木から落ちぬ者こそ、真の同志でござりましょう。それを確かめ合うことがさらに士気を高めましょう」

白石の言葉には頷くしかなかった。

「ははは、これはわたしとしたことが、先ほどから出過ぎたことを申しました」

それから白石は、直情径行《ちょくじょうけいこう》な安兵衛に向けて、あれこれ憂国《ゆうこく》の論を語り、はっきりと言葉に出さなかったが、今この時代に、赤穂浪士の仇討ちが叶《かな》わば、緩み切った武士の心に風穴を開けられるであろうという意を言葉に込めた。

安兵衛は次第に、この不思議な学者に心を開き始めた。それと共に、白石の言葉を通じて、内蔵助の仇討ちへの真意がはっきりと理解出来たのである。

五

内蔵助は、江戸の強硬派を懐柔《かいじゅう》し、再び山科へと戻った。そして安兵衛は、いつまでも腰を上げぬ内蔵助に苛々としている風を装った。

新井白石と大石内蔵助の読みは正しかった。

その様子を見て取って、大きな力が動き出そうとしていた。

大石内蔵助が江戸を去った三日後、将軍・綱吉から松平の姓と、〝吉〟の一字と、美濃守《みののかみ》への遷任《せんにん》を得た、柳沢美濃守吉保が、その正体であった。

保明から吉保になったことで、ますます綱吉の寵《ちょう》を確かめられた。

吉保はひとまずそれに胸を撫で下ろしていた。

綱吉がまだ館林《たてばやし》の領主であった頃から出仕《しゅっし》し、十七の時に家督を相続。小姓組となった時の家禄は五百石余り。それから、綱吉が将軍後継となり、五代将軍に就くまでの間に大きな出世を遂げ、川越城主として七万余石を領する大名にまで昇りつめた。

綱吉は大老・堀田正俊が刺殺《しさつ》された後、大老は置かず、老中を遠ざけ自《みずか》ら治政に乗り出した。それによって吉保が務める側用人の地位は向上し、大きな権勢を握るようになった。

しかし、ここまでくると、好むと好まざるとに拘《かかわ》らず今や老中の上席となった地位を保全しなければならなくなる。

権力者の傍に寄り添う者は、何かと怨嗟《えんさ》を受けるものだ。いつ誰が追い落しをはからんとも限らない。

いっそ隠居して、川越に引っ込み、領内統治にいそしみながら生きていくのも悪くないが、一旦《いったん》権勢の中心にいた者が追い落されると、川越からも追われ、惨《みじ》めな最期をとげることにもなりかねない。最早戦うしかないのだ。

吉保は決して自分自身、切れ者であるとも、権力者であるとも思っていない。彼にしてみれば、自分を引き上げてくれた主君へ、ただひたすら忠勤を励んだ結果が今となっただけに過ぎないのである。

――だが、自分は嫌われている。

仕方がないことだが、吉保にはそれがわかる。特に清廉潔白《せいれんけっぱく》を旨《むね》とする甲府綱豊などには、

「上様《うえさま》をたぶらかす佞臣《ねいしん》」

と映《うつ》っているように思える。

その綱豊を、近頃綱吉がやたらと気に入っているのが、吉保には大きな恐怖となっていた。

それだけに、この度綱吉の覚えめでたく、松平姓を与えられ、吉保となったのは、彼の心を幾分《いくぶん》落ち着かせたものの、それでも尚、吉保の胸中は不安に充ちていた。

江戸の町では、赤穂浪士達への同情と期待が湧き上がり、まだ冷めていない。その世論に押されたかのように、将軍・綱吉は吉良上野介の屋敷を本所に移した。それによって公儀は浪士達に、仇討ちがし易いように温情を与えたと町では喝采《かっさい》を送っているという。

綱吉にとっては悪いことではない。吉良邸を江戸城の内郭《うちぐるわ》である呉服橋から、外郭になる本所へ移すと、討ち入りが行われた時の用心にもなる。

しかし、吉保にすれば、あの刃傷沙汰が起こった折、綱吉が激怒したゆえに、即日切腹を伝えたわけで、綱吉の気まぐれによって、梯子《はしご》を外《はず》された感がある。

何もかも側近の者のせいにして、懸案《けんあん》を片付けてしまうのはよくあることで、いつしか綱吉が甲府綱豊と繋がっていけば、それこそ自分は世間から非難の標的にされかねない。

そもそも、浅野内匠頭への処分は間違っていなかったと吉保は信じている。綱吉の気まぐれはいつものことだが、このまま赤穂浪士の仇討ちを許しては、天下の法が成り立たぬ。吉良上野介は浅野内匠頭を殺そうとしたわけではない。それを仇と決めつけ、屋敷へ討ち入るなど言語道断の所業ではないか――。

吉保が五百石で抱える儒者・荻生徂徠《おぎゅうそらい》は、そのようにきっぱりと言い切る。

吉保は徂徠の意見に勇を得たものの、初動でつまずいた感は否《いな》めない。有事の折に難題を密かに片付けるために、彼は江田監物《えだけんもつ》なる軍学者に命じ、親衛隊のごとき組織を密かに作らせていた。

江田は、赤穂浪士が後々柳沢吉保にとっての難儀とならぬよう、向井俊太郎《しゅんたろう》なる手下を赤穂に遣わした。

無事、赤穂城の収城《しゅうじょう》が済めば、大石内蔵助の器量を見極め、場合によってはその命を奪えと命じたのである。

向井は内蔵助の城引き渡しの手際《てぎわ》を見て、

「侮《あなど》り難い男である」

と思い、鉄二郎《てつじろう》、卓三《たくぞう》、という手下を内蔵助の周りに張り付かせ、

「狙える時があれば、命を取れ」

と、命じていた。

ところが、この二人は城下の外れのあばら屋で何者かに殺害されていた。

一度失敗すると、赤穂浪士は他家の家中の士と比べても手練揃《てだれぞろ》い、新たな襲撃はなかなか難しくなる。たとえ討ち取ったとしても騒ぎになるのは必定《ひつじょう》。方々に手を廻し、赤穂城下の騒擾《そうじょう》に紛《まぎ》れて切り取りを働かんとした賊が内輪《うちわ》揉《も》めで殺されたと処理した。

内蔵助に対して、襲ったのは我らではないと、言い訳をしたのだ。

その後も、大石内蔵助はじめ、赤穂浪士への監視《かんし》は続けさせていたが、内蔵助はなかなか巧みで、ひたすら浅野大学長広による御家再興の嘆願に奔走していて摑《つか》みどころがない。

しかし、そんな内蔵助への不信を、堀部安兵衛達江戸強硬派の浪士達は抱いているようだ。

「監物……」

吉保は、松平の姓を賜《たまわ》るとすぐに、駒込《こまごめ》の屋敷へ江田監物を呼び出した。

「いよいよ、力攻めにいたしまするか……」

監物は、赤穂での失態を挽回《ばんかい》せんと、日々私兵を養《やしな》っていた。

「いや、力で攻めると世間が騒がしい。戦には調略というものもある。今の浪士共にはそれが何よりも利《き》こう」

吉保は、攻勢に転じた。

まず目を付けたのが、堀部安兵衛、奥田孫太夫と共に、江戸の〝強硬派〟〝急進派〟の急先鋒である、高田郡兵衛であった。

郡兵衛には、内田《うちだ》三郎右衛門《さぶろうえもん》なる伯父《おじ》がいる。

三郎右衛門は、将軍家直参《じきさん》旗本で、しかも子供がいない。

吉保は、密かに三郎右衛門に使者を遣わし、

「内田家が、無嗣廃絶《むしはいぜつ》となるのは忍びないとのお言葉が出ておりますぞ」

と、若年寄からの声がかりであると告げた上で、

「御当家には、高田郡兵衛殿という、武芸に秀でた甥御《おいご》がおられるとお聞きしておりまするが……」

郡兵衛を養子として、家督を継がせることを強く勧めた。

話としては真に当《とう》を得《え》ている。

郡兵衛は今、浪人となっているし、その器量は赤穂浅野家で二百石を食《は》んだ以

上のものがあると、伯父の目から見てもわかる。

家の存続を図ることは、武家としては当然で、務めでもある。

郡兵衛は主君・浅野内匠頭の無念を晴らさんとする浪士の一人である。それゆえ以前より話を切り出せないでいたが、上からの要望でもあるとなれば是非《ぜひ》もない。

この話を早速、郡兵衛に持ちかけた。

初めのうちは丁重《ていちょう》に断っていた郡兵衛であったが、伯父に強く迫られると心が揺れた。

兄・高田弥五兵衛《やごべえ》からも、高田家の先行きを考え、養子になれと促され、郡兵衛は思い悩んだ末、遂《つい》にこれを受けた。

人というものは、どこまでいっても自分が大事である。ましてや、武士として家名の存続という大義をつきつけられると、

「仕方がなかったのだ……」

心は安易な方に傾いていく。

今までは大名の家来であったが、養子となり家督を継げば、将軍家直参となるのだ。そして内田家へのお上からの覚えもめでたかろう。

高田郡兵衛は、この年の瀬に脱盟した。

郡兵衛の離脱によって、赤穂浪士に激震がはしった。盟友・堀部安兵衛が受けた衝撃がいかに凄《すさま》じいものであったかは想像に難《かた》くない。

柳沢吉保はしてやったりであった。

主君への忠義は、一族への孝養を突きつけられると脆《もろ》くも崩れる。

郡兵衛の脱盟は他の浪士達へも影響を与え、そこから脱落者が続出した。

同志として〝神文《しんもん》〟を提出した百二十五名の浪士達は激減していくことになる。

年明けの元禄十五年（一七〇二）の一月十四日には、萱野三平《かやのさんぺい》が、父からの厳命である仕官話と、同志への義の板挟みとなり自刃《じじん》した。

「最早、吉良邸に討ち入る気力も失《う》せているのではございますまいか」

監物からの報告に、吉保はほっと一息ついた。

「後は、浅野大学の処分じゃのう」

吉保は、苦々《にがにが》しい表情で呟《つぶや》いた。

そもそも、彼の頭の中では、大学長広による浅野家再興などは有り得ぬ話であった。

ただ、無下《むげ》に却下すれば、ますます赤穂の浪人共が騒ぎ立てるに違いない。

それゆえ猶予《ゆうよ》してきたが、

「これも、夏をめどに、浅野本家へ預けるといたすか」

ほくそ笑む吉保の腹は決まっていた。

だが、この怜悧《れいり》な官僚には、人の力が義や侠によって思わぬ方へ向かっていくという論理が理解出来ないでいた。

そして、新井白石が大石内蔵助と語らったように、揺さぶりをかけられても木から落ちなかった真の同志達は、人数が激減したとて結束は以前に増して固くなり、恐るべき精鋭となっていくのである。

第五章　討ち入り

一

元禄十五年七月十八日。

前年の春に、無念の生涯を閉じた、赤穂浅野家の当主・内匠頭長矩の弟にして養嗣子《ようしし》である、大学長広に対する徳川幕府からの処分が下された。

内匠頭が殿中《でんちゅう》にて刃傷沙汰《にんじようざた》を起こした罪により、これまで閉門に処されていたが、この度はこれを解き、改《あらた》めて広島浅野本家にお預けとする――

というものであった。

つまり、赤穂浅野家再興は罷《まか》り成《な》らぬとのお達しである。

近頃は、甥《おい》の甲府宰相綱豊の口添えで、赤穂浅野家の遺臣《いしん》達への情を示し始めていた将軍・綱吉であった。

赤穂浪士達が主君の仇《かたき》と狙う吉良上野介の屋敷を、江戸外郭の本所へ移し、浪士達の討ち入りに一条の光を与えたことで、江戸庶民達からは喝采《かっさい》を博した。

それだけにこの厳しい裁定に疑問を覚えた者も少なくなかったが、裏では老中筆頭格の地位にある柳沢美濃守吉保の力が、多分に働いていた。

あの松の廊下での刃傷を〝浅野内匠頭は即日切腹、襲われた吉良上野介はお構いなし〟と処断したのは綱吉の命を受けた吉保であった。

今となって、赤穂浪士に気遣《きづか》いを見せ、大学長広による再興を許しては、幕府の誤《あやま》りを認めたに等しい。

体制側に君臨する吉保としてみれば、何としても許してはならぬ一事であった。誤りを認めた時、責めを負《お》うのは綱吉ではなく自分自身であるからだ。

ただでさえ、甲府綱豊の言に惑《まど》わされている感のある綱吉の心を、この際しっかりと摑《つか》んでおきたかった。

「上様の御慈悲《ごじひ》は、赤穂の浪士達にも民《たみ》にも、しかと伝わってござりまする。さりながら、法は法として厳しき御裁断《ごさいだん》を、御願い申し上げ奉《たてまつ》りまする」

館林の大名であった頃からの寵臣《ちょうしん》に請《こ》われると、綱吉もその道理はわかる。

吉保の具申《ぐしん》を受け入れた。

吉保はこれにほっと胸を撫《な》で下《お》ろしたが、浅野大学を広島浅野本家に預けたことで、新たな局面を迎え、頭を痛めねばならぬであろう。

それは、わかっていた。

赤穂浅野家元城代家老・大石内蔵助良雄《よしたか》は、御家再興の願いが却下《きやっか》されたことで、同志達と共に吉良邸討ち入りを果《はた》す大義を得たからだ。

といっても、吉保とて一個人としては、吉良を守ってやる義理はない。

赤穂浅野家の一件には以後沈黙を貫《つらぬ》いた。

ここに、赤穂浪士達の攻勢があらゆる波瀾《はらん》を含む始まりを告げたのだ。

二

「何やら気が逸《はや》るのう」

甲府綱豊は、大きく息を吐《は》いた。

御浜御殿を吹き抜ける潮風に、初秋の爽《さわ》やかな香りが漂《ただよ》っている。

「これより先は、しばし赤穂の浪人衆の手並を見極めることとなりましょう」

御前に畏《かしこ》まる新井白石が応《こた》えた。その傍《かたわ》らでは、用人《ようにん》の間部詮房が深く相槌《あいづち》を打った。

「さぞかし、赤穂の浪士達は意気が上がっておろうな」

「そのようにございまする」

内匠頭の一周忌をめどとして、吉良邸へ討ち入り吉良上野介の首を取る。

大石内蔵助は、同志達にそう告げていたが、その時期はとっくに過ぎていた。

堀部安兵衛を筆頭とする江戸の〝強硬派〟は、内蔵助への信を深めていたとはいえ、さすがに苛立《いらだ》ちを隠せなかった。

あくまでも泰然自若《たいぜんじじゃく》とした姿勢を崩《くず》さぬ内蔵助に対して、それが兵法だとわかりつつも、

「もしや、本心では討ち入りを諦《あきら》めてしまっているのではないか」

そんな想いも生まれてくる。

頻繁《ひんぱん》に会って話をしていれば気も落ち着くというものだが、内蔵助は依然山科に閑居《かんきょ》している。

安兵衛は先月の半ばに江戸を発《た》ち西上の途についたという。

となれば、十八日に大学の処分が決まったので、二十五日までには上方《かみがた》の同志達にこの報《しら》せが届くであろう。

「今日が十九日にござりますれば、この月の内に大石内蔵助は、京のどこかで軍議を開き、いよいよ討ち入りに向けて動き出すに違いござりませぬ」

白石は言葉を続けた。

「浪士達は、次々と江戸に潜入いたしたそうな」

「江戸は広うて、人が多うございまする。名を変え方々に紛れ込み、いざとなれば駆け参じ、見事本懐《ほんかい》を遂《と》げんと……」

「うむ。余はそれを願うが、本懐を遂げた後はどうなろうの」

綱豊は眉《まゆ》をひそめた。

「その忠義は末代まで語り継がれましょうが、浪士達は生きておられぬことになるかと存じまする」

白石の表情にも苦渋が溢れていた。

「惜《お》しいのう」

「ははッ」

白石は平伏するしかなかった。

脱落していく者の中で、己《おの》が忠義を貫き、赤穂浅野家が受けた仕打ちに対して、武士の一分《いちぶ》を立てる——。

本懐を遂げれば潔《いさぎよ》く散るのが、彼らにとっては何よりのことで、命を惜しむ者は一人もおるまい。

御政道《せいどう》の上では、公儀の裁定を不服として決起したのは罪となるが、それでも本望と覚悟が出来る――。

そのような男こそ真の武士であり、真の武士をみすみす死なせてしまうのはいかにも惜しい。

それでも今は見守るしかない。この場にいる三人は、それをわきまえていた。

赤穂浪士への肩入れの仕方を違えると、次の天下人への道を歩み、世直しを天に誓う甲府綱豊の身にかかわる。

新たな局面を迎えて、彼らへの合力も細心の注意を払った上でいたさねばなるまい。

「さりながら、やはり惜しいのう」

もちろん、この後見事に本懐を遂げてこそ、彼らの組織力や武力は評価されるべきものだが、綱豊は白石を通して耳にしてきた、大石内蔵助率いる、赤穂の浪士達への愛着が沸々《ふつふつ》と湧《わ》き上がってくるのを抑《おさ》えられないでいた。

「ひとまず今は、学者であるそなたが、学問にことよせ、浪士達をたすけてやるがよい」

綱豊は、そのように白石に命じつつ、自《みずか》らは将軍綱吉にひたすら拝謁《はいえつ》を請い、大学講義を受けた。

宮中では、

「いよいよ、御世継《およつぎ》にならんと動き始められたか」

なりふり構わぬ機嫌取りではないかと、陰口《かげぐち》を利《き》く者もいたが、綱豊は涼《すず》しげな顔をして、この叔父《おじ》に大学教授を願った。

元より綱吉には学才がある。膨大《ぼうだい》な書を読んできた博学さは、綱豊とて認めるところであったから、綱吉に学ぶのは楽しかった。

また、異心なくただ学問に没頭するよう己《おのれ》を律したので、

「よう励《はげ》むことよ」

綱吉も楽しくなってきた。

その顔色を窺《うかが》って、綱豊はもし赤穂の浪士が吉良邸に討ち入り、本懐を遂げたならば、浪士達のその後はどうなるものかと巧《たく》みに話を切り出した。

「かの者共は、市中を騒がせた暴徒として裁かれねばなりますまいが、惜しゅうございまする」

綱豊は、あくまでも浪士共は罰せられるものであると決めてかかって言上したが、

「うむ、真《まこと》に不憫《ふびん》ではあるのう」

綱吉は思いの外に、しんみりとした口調で応えた。

寵臣・柳沢吉保の進言を入れて、浅野内匠頭の弟・大学を、広島浅野本家へ預けたが、いかにも綱吉らしい慈悲深さが、心の内を駆け巡り、赤穂浪士達への情が湧いているようだ。

「はい。わたくしも不憫と存じまする」

ここぞと綱豊は話に乗った。

「上様がくだされたお情けに応え、本所の吉良邸に討ち入る……。それもまた、武士としての生き様かと心得まする」

綱吉はしばし押し黙った。

この将軍の心の内には、赤穂の浪士達が我欲を捨て、艱難辛苦《かんなんしんく》に立ち向かい、それを乗り越えて遂に本懐を果すという物語が浮かんでいる。

確かに、浅野内匠頭は不届きであった。

場所柄もわきまえず、勅使饗応《きょうおう》の立場にありながら殿中を血で汚した。切腹の上、御家断絶の憂目《うきめ》を見るのは覚悟であったはずだし、公儀としてとった処置に誤りはないと、今も言い切れる。

一方的に斬り付けられた吉良上野介を、お構いなしにしてやるのも、将軍としての温情であろう。

もちろん上野介にも責められるべき落ち度がないわけではないが、そもそもどれほどの遺恨を受けたというのか。

多少意地の悪いことをしたのかもしれぬ。だが上野介が、今まで他の大名と争い事を起こしたというのは聞き覚えがない。

「喧嘩《けんか》両成敗《りょうせいばい》」

などと世間は騒いだというが、それならばあの折に襲われた上野介にも腹を切らせ、家禄を取り上げればよかったとでもいうのか。

情を絡めては法は成り立たぬのだ。

しかし一方では、法を通すために生まれる齟齬《そご》に想いを馳せるのも、為政者《いせいしゃ》の仕事であると綱吉は考えている。

浅野内匠頭の家来達にとっては、いくら不届きをしでかしたといっても、主君が無念の切腹を遂げたというのに黙っているわけにはいかないであろう。

主君が刃傷に及ぶには、何か理由があったはずだし、たとえそれが誤った理由であれ、主君が果せなかった吉良上野介殺害を、自分達が代わって成し遂げるのは家来の務めではなかろうか。

その想いがあったからこそ、吉良邸を本所へ移し、そのことで世間の者達は大喜びをして、将軍家への信を新たにした。

かくなる上は、赤穂浪士に何とか仇を討ってもらいたくなってくる。

もう既に将軍としては、広くその温情を世間に示しているのであるから、浪士達もそれに応えねばおもしろくないのだ。

そのような情を持ち合わせているのなら、己が強い思い入れによって生まれた〝生類憐れみの令〟が、どれだけの人間を苦しめているかに、もっと気が向いてもよさそうなものだが、綱吉は赤穂浪士に己が武士に対する想いを向けていて、それとこれとは、まったく別の感情として捉《とら》えているようだ。

――正《まさ》しく魔王と仏が背中合せで心の内にいる、恐ろしい御方じゃ。

綱豊は、綱吉という将軍に接すれば接するほどに、その想いを確かなものとしていたが、自分が天から与えられた使命は、

――この御方の心に棲《す》む魔を封じ、仏を引き出すことやもしれぬ。

綱豊は、ひたすらに綱吉の仏を崇《あが》めんとして面会を請い、学問の教えを受けた。

「上様の御心の中にある仏間への扉の鍵《かぎ》……。これはきっと御殿様の御手に渡りましょう」

新井白石の言は正しかった。

人の心が善に働くも、悪に働くも、付合う相手次第なのである。

いつしか綱吉の心の内に潜む、赤穂浪士への愛情は、綱豊の前では如実《にょじつ》に外に出るようになった。

それにつれて、徳川綱豊を、

「ただの機嫌取りではないか」

と、一刀両断にしていた営中の妖怪達も、

「もしや、類《たぐ》い稀《まれ》なる清廉《せいれん》の貴人《きじん》ではないか」

そのように考えを新たにするようになっていった。

そして、妖怪達は清廉の貴人に畏怖《いふ》を覚える。自ずと綱豊の存在感は増していくのである。

三

八月十日となって、堀部安兵衛が帰府を果した。

彼の江戸入り以降、赤穂浪士達は続々と江戸に集結することになるのだが、安兵衛の鼻息は江戸を発《た》つ時より数段荒くなっていた。

なかなかはっきりと吉良邸討ち入りへの意思を示さぬ大石内蔵助に、人目を欺《あざむ》く芝居以上に苛々《いらいら》とし始めていた安兵衛であったが、七月二十八日に内蔵助の招集《しょうしゅう》によって行われた〝円山《まるやま》会議〟に出席して、大いに士気が上がった。

円山会議は、京都《きょうと》円山の安養寺《あんようじ》六坊の一つ、〝重阿弥《じゅうあみ》〟で行われた。

ここに赤穂浪士の主《おも》だった同志十八名が集まり、内蔵助は遅くとも十月には江戸に勢揃《せいぞろ》いした上で、勝手な行動を慎《つつし》み、一致団結して吉良上野介の首を取らんとの意思を確かめあったのである。

内蔵助の口から改めてこの言葉を聞けたのなら、安兵衛にはもう何も言うことはない。

その翌日には、潮田又之丞《うしおだまたのじょう》を伴って京を発ったのだ。

そうして安兵衛は、大胆不敵《だいたんふてき》にも吉良邸近くの本所林《はやし》町に浪宅を構えた。名前を〝長江長左衛門《ながえちょうざえもん》〟とし、剣術指南の触れ込みであった。

長旅の疲れなど何するものぞと、安兵衛は編笠《あみがさ》を目深《まぶか》に被《かぶ》り、浅草花川戸《あさくさはなかわど》の裏路地にある酒屋を訪ねた。

ここは小体《こてい》な枡酒屋《ますざけや》で、店先で飲むことも出来るので、いささか乱暴な町の男が出入りしているところである。

「これは旦那、ようこそお越しくださいました」

この店の主《あるじ》も俠客《きょうかく》風である。荒くれ達を捌《さば》きながらの商いであるから無理もなかろうが、そう装《よそお》うことで主は世間の目を欺いているのだ。

主の正体は、大倉半次郎であった。

「お前がおらぬと、あれこれ真に不便であるが、この度は暇《ひま》をとらすゆえ、しばらくの間、一人の俠客として町に生きよ」

新井白石から、赤穂浪士の江戸入りに際して、かく命を受けた半次郎であった。

「畏まってはござれども、わたしと表向きは縁を切り、忍び働きをさせた上で、都合が悪いことが出来《しゅったい》した折は、関わり無き者と切り捨てる、ということでござりまするな」

「左様《さよう》」

「左様の一言でお済ましになられるとはお情けない。旦那様も日頃のお言葉とは裏腹に、随分《ずいぶん》と悪人でござりまするな」

「大義のためには止むをえぬ局面もある。お前を頼りと思うておるのじゃ。つべこべ申すな」

「とどのつまりはつべこべ申すなでござる」

「ふふふ、そう言いながら、半次郎の本心がよう見えるぞ。束《つか》の間《ま》、口うるさい主の側から離れて市井《しせい》に交わる。何やら楽しそうではないか、とな」

「畏れ入りまする」

「こ奴め、ぬけぬけと……」

その折は、このようなやり取りがあったわけだが、実際半次郎は、甲賀から出て来た折に交わった無頼《ぶらい》の徒《と》と再び馴染み、酒屋の男伊達《だて》の主を楽しんでいた。

彼はここで町の情報を集め、新井白石、大石内蔵助、紀伊国屋文左衛門の間の繋《つな》ぎを取っている。

堀部安兵衛もまた、繋ぎを取るべき一人で、半次郎は高田馬場の決闘を見ているだけに安兵衛が訪ねてくれると嬉《うれ》しくて仕方がないのである。

「上方での首尾は上々で？」

「わかるか？」

「へい、そりゃあもう、ご様子を見れば、長江の旦那」

「ついては、屋形船を手配してくれぬかな。皆で月見をしながら、士気を高めとうてのう」

「お安い御用にて……」

半次郎が小声で応えると、安兵衛は生来の酒好きである、枡酒を豪快に呷《あお》ると、また店を後にした。

半次郎は、紀伊国屋に繋ぎを取り、信用のおける船宿に密《ひそ》かに手を廻《まわ》してもらって屋形船を手配した。

安兵衛は月見と称して、隅田川に船を浮かべ、江戸の同志達に円山会議のあらましを伝えた上で結束を図った。

奥田孫太夫、片岡源五右衛門《かたおかげんごえもん》、赤埴源蔵《あかはにげんぞう》、神崎与五郎《かんざきよごろう》達が喜々《きき》としてこれに合し、上方《かみがた》から東下する同志達を待った。

まず、閏《うるう》八月二十五日に、岡野金右衛門《おかのきんえもん》、武林唯七《たけばやしただしち》、毛利小平太《もうりこへいた》が到着した。

そして九月二日に不破数右衛門が出府するのだが、彼がすぐに訪ねたところもまた、この半次郎の酒屋であったのだ。

四

「おのれ、色部め……」

吉良上野介は、このところ何度もこの言葉を口にしていた。

色部というのは、出羽米沢《でわよねざわ》十五万石、上杉家家老・色部又四郎のことである。

呉服橋から本所へ屋敷替えとなってからも、上野介は悠々自適《ゆうゆうじてき》の隠居暮らしを送っているように思われた。

実子で上杉家当主である綱憲を、日比谷《ひびや》の上屋敷に訪ね酒宴を重ねていたし、柳沢吉保が開く茶会、将軍家が催《もよお》す能楽などにも招かれ、高家肝煎《こうけきもいり》を務めた名門の貴人としての面目《めんぼく》を施《ほどこ》していた。

だが、心の内は不安と焦燥《しょうそう》に溢《あふ》れていた。

無理もない。浅野内匠頭に一方的に斬りつけられた上に、町では悪者扱いをされ、厄介《やっかい》払い同然に本所へ屋敷替えとなった。

労《いたわ》ってくれた将軍・綱吉も、観能《かんのう》の会において声をかけてくれることはない。柳沢吉保はあれこれ気遣いを見せてくれているものの、綱吉が赤穂浪士への情を示しつつある今、表立って自分を擁護《ようご》してくれるわけでもなく、どこかよそよそしい。今は傍観を決め込んでいるようだ。

となれば、上野介が今一番頼りに思うのは、上杉家なのである。

上杉家は、先代の綱勝《つなかつ》の妹・三姫《さんひめ》（富子《とみこ》）と上野介の間に生まれた綱憲が現当主である。

綱憲の次子・春千代《はるちよ》は、吉良左兵衛《さひょうえ》義周《よしちか》と改名、祖父である上野介義央《よしなか》の養子となった。今は上野介の隠居に伴い吉良家の家督《かとく》を継いでいるから、上杉家と吉良家は深い絆《きずな》をもって繋がっていた。

当然、上杉家は一丸となって、赤穂浪士の不穏な動きから吉良家を守るべきである。

それが、上杉家の首席家老である色部又四郎は、守るどころか、

「この上野介を侮《あなど》り、目の敵《かたき》とするか……」

と、上野介が息まくほどに冷淡なのである。

上野介の人となりには賛否分かれる意見があるが、まだ二十歳《はたち》を過ぎた頃か

ら、儀式典礼において非凡な才を発揮し、将軍家から全幅の信頼を得てきたことが、彼を権力者寄りの傲岸不遜《ごうがんふそん》な貴族に仕立ててしまったのは確かであろう。

上杉家に綱憲を養子に送り込んだのも、義兄《ぎけい》綱勝の急逝《きゅうせい》によって、家の存続が危ぶまれたための処置であり、これが幕府に認められたがゆえに、上杉家は存続が叶ったのだと上野介は思っている。

上杉家からの援助は、当然あってしかるべきなのだ。

しかし、色部又四郎は、松《まつ》の廊下《ろうか》での刃傷の後、

「斯様《かよう》な刃傷沙汰を起こされたとは、この後上杉家への後難《こうなん》いかばかりのことかと存じまする。ここは、武士としての体面を重んじられてはいかがかと存じまする」

冷徹に言い放った。息子のためを思うなら、いっそ腹を切ってはどうだと、暗《あん》に勧《すす》めたのである。

また、上野介を何としても守らんと号令をかける綱憲にも、

「御家を騒動に巻き込むことにもなりかねませぬ。何卒《なにとぞ》、お控《ひか》えくださりませ」

と、諫言《かんげん》しているという。上野介にとっては許し難き男だといえる。

その色部又四郎の動きを窺い、彼の硬骨漢《こうこつかん》ぶりを高く評価していたのは、新井

白石であった。

色部が上野介を、御家に巣食う害虫であると見ているのは、上杉家側からすると当り前のことである。

上野介は、綱憲の実父であるという権威を振りかざし、綱憲に華美な暮らしを勧め、教え込んだばかりか、毎年多額の金を上杉家から引き出して、己が遊興費に充《あ》てていたのだ。

上杉家は、綱憲を末期養子《まつご》としたので改易《かいえき》の危機は免《まぬか》れたが、三十万石の所領は半減され、ただでさえ財政難であった。

そこに、殿中での刃傷沙汰である。世間では、浅野家の浪士達と、吉良、上杉が戦うと思い込み、大きな迷惑を被っているのだ。

浪士に討たれてしまえば、害虫駆除が出来るとさえ思っている。

白石は、上杉家が吉良家に対しては申し訳程度に警護の付人を出し、極力関わりを避《さ》けているという事実を、密《ひそ》かに大石内蔵助に流していた。

赤穂浪士達の動きを萎縮《いしゅく》させていた、上杉家の影は、何も心配いらぬと内蔵助が悟《さと》ったことによって、浪士達の動きはますます勢い付いたのである。

そのような中、甲府綱豊は、隠居してしまった上野介に対して気遣いを見せ、

「さぞかし無聊《ぶりょう》をかこっておられよう」

と、貴重な書物を大量に贈った。

その使者に立ったのが、新井白石であった。

あらゆる儀式典礼に精通し、高家肝煎を務めた上野介である。

「そのような御方に書をお贈りするのは、汗顔《かんがん》の至《いた》りではあれど、少しでも御気が紛《まぎ》れたならば幸いであると、仰せにござりまする」

白石はそのように言上《ごんじょう》した。

「左様でござるか。甲府様ほどの御方に御気遣いいただくとは真に祝着至極《しゅうちゃくしごく》でござる。そのようにお伝えくだされ」

上野介は、実に丁重《ていちょう》に白石を迎えた。

学問好きの上野介は、儒学者である新井白石の学才は聞き及んでいた。

柳沢吉保が召《め》し抱《かか》える荻生徂徠にひけはとらぬとのことであったが、言葉を交わすと古武士の趣《おもむき》があり、頼りになりそうな男ではないかと相好《そうごう》を崩《くず》した。

上杉家さえ、粗末にする現状である。徳川家の貴人である綱豊が気にかけてくれていると思うだけでも気が晴れた。

「さすれば、書をこれへ……」

白石の手から由緒を語り贈るようにとの、綱豊からの厳命であるとして、書を持った従者を隅《すみ》に控えさせ、白石自らがそれを手に取り披露した。

四千二百石とはいえ、上野介は従四位下左近衛権少将《じゅしいのげさこんえのごんのしょうしょう》という官位を授けられている。

白石は甲府綱豊の侍講《じこう》に過ぎず、身分の違いは畏《おそ》れ多いものがあれど、綱豊は書物贈呈については予《あらかじ》め、上野介に念入りに伝えてあった。

それゆえ、上野介も素直に、書物についての紹介を受けた。

白石は恭《うやうや》しく言上しながらも、そっと上野介の顔を窺い目に焼き付けた。

——なるほど、これが権勢に驕《おご》った老人の顔か。

自分に向けられているにこやかな顔は、ただ甲府宰相と呼ばれる貴人からの使者であるゆえのもので、内匠頭によって刻まれた額《ひたい》の傷が、かえって憎々しさを増す、幻術師のごとき怪異《かいい》な面相《めんそう》に思われた。

——まず、一仕事終えた。

白石は淡々と本の紹介をすませると、すぐにその場から下がって吉良邸を後にした。

先ほど書物を手にして隅に控えていた従者は、白石が披露する段になって、そのまま外へと出ていた。

「真に忝うござりまする……」

従者は、帰りの道すがら、涙を浮かべて白石に礼を言った。

「吉良上野介の姿を、確《しか》とこの目に……」

込み上げてくる想いを抑えきれないこの男は、日雇いの家来であった。

そしてその正体は、不破数右衛門であったのだ。

数右衛門は、厳密にいうと、元赤穂浅野家家臣であって赤穂浪士ではない。既《すで》に内匠頭によって召し放《はな》ちとなっていたからだ。

国表《くにおもて》での家来で、何年もの間赤穂浅野家を離れていたのであるから、数右衛門は特に江戸で顔が知られていない。

そういう不破数右衛門が、内蔵助率《ひき》いる浪士の一団に身を置いていることも、外部の者からは理解出来ないであろうし、江戸の町に紛《まぎ》れ込《こ》むには彼が一番無難であろう。

となれば、新井白石が己の家来として召し抱えたとしても、何ら不思議はない。

そこで大石内蔵助と図《はか》り、白石は数右衛門を家士として日雇いで召し抱え、この日は吉良邸への供をさせたのだ。

目的はただひとつ。吉良上野介の顔を確かめるためである。

赤穂浪士の面々は、吉良上野介の面体を知らない。なかなか顔を拝《おが》める機会など無いゆえに、誰か一人でも早々に見て確かめておく必要に迫られていた。

甲府綱豊は、この先は赤穂浪士の仇討ちをそっと見守り、手を差し伸べられることがあれば外から巧《たく》みに合力《ごうりき》するのを旨《むね》とした。

まず、浪士に上野介の顔を見せてやるにはどうすればよいかを熟考《じゅっこう》した上で、上野介への献書を思いついたのである。

学問の前では身分の差はなく、不要な警戒は妨げになる――。

そのために上野介の用心を束《つか》の間《ま》忘れさせるだけの書を白石に持参させ、解説を命じたのだ。

不破数右衛門は、書を運ぶだけの役儀で、白石に渡せばまたすぐに下がらねばならなかったが、吉良上野介を窺い見るには十分な間があった。

「松井仁太夫殿……」

白石は数右衛門をそう呼んだ。江戸入りしてから、不破数右衛門はこの姓名を使っていた。

「もう少し、我が家来でいてくだされ、ちと供をしてもらいたいところがござってな」

白石が不敵に笑う様子を、数右衛門はしばしの間、仏像を崇めるような目で見つめていた。

五

大石内蔵助はどこまでも慎重だった。

十月二十二日に鎌倉《かまくら》に到着すると、少し様子を見てから、二十六日に川崎平間《かわさきひらま》村へ入り、この地の庄屋・軽部五兵衛《かるべごへえ》の離れ家に逗留《とうりゅう》して、ここから江戸の同志達に、討ち入りに当っての細かな指示を出した。

抜け駆けの禁止、結束の確認、武器の調達、使用についてなど、十箇状に及ぶ訓令を発したのである。

その上で、江戸には十一月五日に入り、〝垣見五郎兵衛《かきみごろべえ》〟の名で、日本橋石町《にほんばしこく》三丁目、小山屋弥兵衛の裏店を住まいとした。

弥兵衛は〝小山屋〟という公事宿《くじやど》の主で、全国から訴訟のために出府した者達が出入りするだけに、この裏店は世間の目を欺《あざむ》くに恰好《かっこう》の場であった。

新井白石は、直に内蔵助と顔を合わすことを避けたが、石町には大倉半次郎が時に出入りして、甲府綱豊の許で新井白石が知り得る情報などをそっと伝えた。

会って、ああでもない、こうでもないと討ち入りについては軍師を気取りたい思いが募ったが、それは余計なお節介であると己に言い聞かせ、淡々と自分の役割を務めんとした。

さらに、従者〝松井仁太夫〟を伴い、旗本・土屋主税《つちやちから》の屋敷を数度にわたり訪ねたのである。

土屋主税は、かつて白石を〝火の子〟と呼んでかわいがった、上総久留里二万石の大名・土屋利直の孫である。

本来ならば、主税逵直《みちなお》は大名の世子《せいし》として跡を継ぐべき身であったが、利直の息子で主税の父である直樹は、素行が悪く狂気の沙汰を見せた。

白石の父・新井正済《まさなり》は出仕を拒《こば》み、それがために白石と共に土屋家を追われて浪人となったのだが、その後、直樹は不行跡を咎められて土屋家は改易となっていた。

それでも、幕府は戦国の名門・武田家の重臣として武名を知られ、武田家滅亡の後は徳川家康に従い功のあった土屋家を存続させせんと、主税に三千石を与え旗本寄合席とした。

主税は白石より二歳下で、子供の頃は神童と謳《うた》われた白石とは、学問の場で何度も顔を合わせていた。長じては学問芸術を好み、造詣を深めていたから、晴れて甲府家の侍講となった新井白石とは交誼《こうぎ》が続いていた。

その土屋主税の屋敷が、何という巡り合わせであろうか、吉良上野介の屋敷の隣家に当るのである。

吉良邸は、北側だけが塀《へい》ひとつを境に隣家に接していて、他はいずれも道に面しているわけだが、その北側に土屋家と旗本・本多《ほんだ》家が並んで建っている。

白石は、吉良家の屋敷替えが決まった時は、狂喜したものだ。既に他界している亡父・直樹と違って主税は聡明で、狂気ではなく俠気《きょうき》を持ち合わせている武士である。

御家断絶の痛みもわかるから、赤穂浪士に肩入れしたくなる気持ちが強かった。白石は、そんな主税に熱弁を揮《ふる》って、赤穂浪士の窮状《きゅうじょう》を語り、大石内蔵助という男の魅力を語り、武士らしき武士が世の中から消えていく世情を嘆いた。

土屋主税が、これに感化されぬはずはなかった。

「赤穂の浪士達が、吉良邸に討ち入ったならば、塀際《へいぎわ》に高張提灯《たかはりぢょうちん》を掲《かか》げ、家来共に弓を持たせて並べ置き、吉良方から当家に逃げ込まんとする者は、容赦なく射落させる所存じゃ」

時来たりなば、討ち入りを報せず、ただ傍観することで浪士達を助けてやりたいと、力強く応えるまでになった。さらに、白石が吉良邸が襲撃に備え、いかなる警護をしているか、

「後学《こうがく》のために、我が家来に見せてやりとうござりまする」

と、願うと、塀から覗き見することを勧めてくれた。

この家来というのが不破数右衛門であるとまでは知らずとも、もしや浪士の一人ではないかと土屋主税は悟っていたと思われる。

それでも主税は、

「勘解由、そなたの話は真に興をそそられるものばかりじゃ。甲府様のお許しがあれば、毎日でも話を聞かせてもらいたいものじゃ」

白石の来訪を喜び、その従者を庭で遊ばせてやった。

吉良邸は東に表門。西に裏門。北側の土屋邸から覗き見れば、台所と庭、祠《ほこら》に繋がる庭と廊下がわかる。

裏門から目と鼻の先には、前原伊助《まえはらいすけ》、神崎与五郎、倉橋伝助《くらはしでんすけ》が米屋と小豆屋《あずきや》を構え、日々邸内の様子を物干し台から窺い、吉良邸の武家奉公人や女中と親しくして、中の様子を捉えていた。

その上に、大倉半次郎が、無頼仲間で渡り中間《ちゅうげん》をしている者を吉良邸に奉公させ、少しずつ屋敷の様子を探っていたから、次第に浪士達は、吉良邸の内を把握し始めていたのだ。

新井白石の面目躍如《めんもくやくじょ》たるところだが、土屋主税よりも尚大きな味方は、紀伊国屋文左衛門であった。

断片的に吉良邸の内部を知ったとて、討ち入りには絵図面が求められた。

吉良邸の前の住人は、松平登之助《まつだいらのぼりのすけ》である。

堀部安兵衛の義父・弥兵衛と、大石瀬左衛門《せざえもん》の努力で、松平登之助屋敷の絵図面は手に入った。

土屋家と共に、もうひとつの隣家である本多孫太郎《まごたろう》の家臣・忠見扶右衛門は、弥兵衛の妻の甥《おい》に当る。さらに、大石瀬左衛門の伯父《おじ》・太田加兵衛は、登之助の家臣であったゆえ、その筋から入手したのだ。

しかし、当然その絵図面は参考にしかならない。吉良上野介が移転してきた後は、要塞《ようさい》とするために大改修が加えられていたからだ。

それが十一月も中頃となったある日。

南八丁堀《みなみはつちょうぼり》の紀伊国屋に、学問教授として招かれた帰りに、文左衛門から渡された菓子折の中に、一枚の絵図面が入っていた。

「材木を商っておりますと、普請場《ふしんば》の様子がやたらと耳に入って参りまして……」

文左衛門は、ただそれだけを伝えた。

恐らくは、普請を請け合った大工棟梁《とうりよう》から入手した物に違いなかろうが、

「それを書き写したものにございますが、なかなかの値打ち物のようで……」

文左衛門は惚《とぼ》けて言った。

「左様でござるか。わたしには、まるで値打ちがわからぬゆえ、しかるべきところへ持参して、見てもらおうと存ずる」

白石は、にこやかに頬笑《ほほえ》むと、それを大倉半次郎を通じて、大石内蔵助の許へと届けた。

正《まさ》しくそれは松平登之助屋敷の図面に、改修が加えられた物であった。

大石内蔵助は、あらゆる情報をこの絵図面に重ね合わせ、これがぴたりと当て

はまるのを確かめると、十二月に入って富岡八幡宮《とみおかはちまんぐう》門前の料理茶屋に浪士一同を集めて、最後の会議を開いた。

だが、吉良邸討ち入りには、まだ問題が残っていた。

吉良上野介が、確実に屋敷内にいるという日時の確認である。

六

新井白石は、十二月四日に大倉半次郎が営む枡酒屋へと出かけた。

「酒を所望《しょもう》……」

床几《しょうぎ》に座って枡酒を頼むと、浪人風の男と隣り合わせた。

「五日は、上様が柳沢様のお屋敷へお渡りになられるとか……」

浪人風の男は囁《ささや》くように言った。

「左様、間違いござらぬ。その日は、市中の警固が極めて厳しゅうござるぞ。また、彼《か》の御仁もお供をなされるやもしれぬ」

白石が応えた相手は、大石内蔵助であった。

浪士の一人で、俳人、茶人でもある大高源吾《おおたかげんご》は、その筋から十二月五日に吉良邸で茶会が開かれるという情報を得たものの、果してこの日を討ち入りの決行日に選んでよいか、内蔵助は決めかねていた。

将軍・綱吉にも動きがあるとされていたからである。

その動きを確かめるには、甲府綱豊の情報網を得るのが何よりと判じた内蔵助は、白石と会うことにしたのだ。

「ならば、五日の夜は日が悪うござるな」

「取り止められた方がようござる」

「相わかり申した」

「さりながら、十四日に〝年忘れの茶会〟が開かれるとのことにござる」

「それは真でござるか」

「まず間違いはござらぬ。我が君、甲府宰相様にも案内がきておりましたゆえ」

「何と……」

内蔵助は嘆息した。

その情報は既に摑んでいたが、真か否か錯綜《さくそう》していた。

甲府綱豊へも、気が向けばお越し願いたいという招待がきていたというのであれば、よもや間違いなかろう。

「御武運をお祈り申し上げまする」

白石は、枡酒を一息に飲むと、頭を垂れた。

「この白石のみならず、色々な義侠に溢れた者達が、皆、願《ねご》うておりまする」

「忝うござる」

内蔵助は威儀を正して俯《うつむ》いた。

目を合わさず、言葉だけをそっとかけ合う一時であったが、互いの想いはしっかりと伝わっていた。

不思議な縁で結びついたこの二人は、元禄太平の世に、武士の花を咲かさんとしていた。

「〝眠牛《みんぎゅう》〟殿の御一念が、人の心を救うでござろう」

「何の、大層なことは申しますまい。何もかも、己が運命にござりましょう」

「運命、でござるか……」

「もう、会うこともござりますまい。どうか御健《おすこ》やかに」

「いや、また、どこぞで会う。そういう運命もあろうもの」

白石は、そう言うと立ち上がり、

「それゆえ、別れの言葉は告げませぬ」

内蔵助の前から立ち去った。

「亭主、うまい酒であった」

やがて内蔵助は、半次郎に万感の想いを込めて一声かけると、彼もまた江戸の雑踏の中へと消えていった。

——この世も捨てたものではない。

あらゆる人々の情けが身にしむ師走《しわす》の宵《よい》、元禄十五年十二月十四日。

大石内蔵助は、いよいよ決起した。

十二月になってからも脱盟する者が出て、その数は僅《わず》かに四十七士となっていたが、固い結束と綿密《めんみつ》に打合わされた戦法がある限り、

「きっと上野介の首を取る」

その自信は全員にあった。

浪士達は、本所二《ふた》ツ目相生《めあいおい》町の、前原伊助、神崎与五郎が開いていた米屋、小豆屋。三《み》ツ目《め》横町に杉野十平次《すぎのじゆうへいじ》が開く剣術道場。同じく林町五丁目の堀部安兵衛道場の三ヶ所に集まり、未明に出陣した。

まだ日の出までには一刻《いっとき》（約二時間）以上の余裕がある。粛 々《しゆくしゆく》と火事装 束《しようぞく》で道行く浪士達を見咎める者はいなかった。

黒い小袖《こそで》の袖口には、白い晒《さらし》の布が縫いつけられてある。右の袖には各人の名が見えた。

元より火事装束は動き易《やす》く出来ている。一目で敵味方の判別もつこう。

その下には鎖帷子《くさりかたびら》を着込み、手甲《てっこう》、脚絆《きゃはん》、帯にも鎖を入れた。

内蔵助の細心は、ここにもはっきりと表れている。

前日から降り積もった雪が、道を白銀に光らせていた。

白と黒が一層映《は》えて、やがてここに赤き血潮が加わるのかと思うと、凍《い》てつく寒さに堪《こら》える浪士達の心身をさらに引き締めた。

本所松坂《まつざか》町二丁目にさしかかったところで、浪士達は二手に分かれた。

仇敵吉良上野介が拠《よ》る屋敷はすぐそこにあった。

赤穂浪士四十七士は、ここの表門と裏門に陣取り、表隊の大石内蔵助は、何ゆえ赤穂浅野家の家来である我々が、今日ここに推参《すいさん》したか、その心情を綴《つづ》った〝浅野内匠頭家来口上〟を小箱に納め、十尺《しゃく》（約三メートル）ばかりの青竹の先に括《くく》りつけ掲《かか》げさせた。

そして遂《つい》に、元禄太平の世に緩み切った武士達の心に風穴を開けた、赤穂浪士の討ち入りの火蓋《ひぶた》が切られたのである。

第六章　本懐

一

元禄十五年十二月十四日の未明。

前夜から降り積もった雪を踏みしめ、しっかりとした足取りで道を急ぐ若者がいた。

彼の名は上本平内《うえもとへいない》という。

甲府宰相・徳川綱豊の家来、新井白石の奉公人である。

同じく新井家に仕《つか》える甲賀出の若党・大倉半次郎が、渡り奉公をしながら町で男伊達《だて》を気取っていた平内を気に入って、屋敷へ連れて来たのだが、

「とにかく韋駄天《いだてん》でござりまする」

と、白石に告げただけあって、駆《か》け出すと抜群《ばつぐん》の速さをみせる。

平内は、つい今しがたまで、本所松坂町に位置する旗本《はたもと》・土屋主税の屋敷に大倉半次郎と共にいた。

そして隣家・吉良上野介邸で起こった一大事を主《あるじ》に報《しら》せるべく、速歩《そくほ》と疾駆《しっく》を繰《く》り返し、湯島天神下の新井屋敷へと向かっているのである。

「何じゃと！　左様《さよう》か、赤穂の浪士がついに吉良邸を……」

平内が屋敷へ駆け込んだ時、白石は紋服《もんぷく》を着し、自室で瞑想《めいそう》していたが、平内からの報《しら》せを受けて小躍《こおど》りした。

「ははッ！　その数四十七人。いずれも火事 装 束《しょうぞく》に身を固め、真《まこと》に堂々たるお働きぶりにござりまする」

報せる平内の声も興奮に上擦《うわず》っていた。

大石内蔵助率《ひき》いる赤穂浪士の一団が、十二月十四日の夜に吉良邸へ討ち入ることは、既《すで》に把握していた白石であった。

土屋主税は、白石のかつての主筋に当り、今尚《なお》深い繫《つな》がりを保っているゆえ、白石は主税に願い出て、土屋邸に大倉半次郎と上本平内を派遣していた。

「土屋様には挨拶《あいさつ》があったか」

「はい。我ら浅野内匠頭家来共、主君の敵・吉良殿御屋敷に、ただ今討ち入りましたと、赤穂浪士の御使者が、まず口 上《こうじょう》を述べられてござりまする」

お騒がせしますとの詫《わ》びと共に、どうか構わずにいてもらいたいとの願いであるが、元より土屋主税は、白石を通じて赤穂浪士贔屓《びいき》である。

「赤穂の浪士達が、吉良邸に討ち入ったならば、塀際《へいぎわ》に高張提灯《たかはりぢょうちん》を掲《かか》げ、家来共に弓を持たせて並べ置き、吉良方から当家に逃げ込まんとする者は、容赦《ようしゃ》なく射落《いおと》させる所存《しょぞん》じゃ」

と、予《かね》て白石に宣言していた。

赤穂浪士の使者は寺坂吉右衛門《てらさかきちえもん》といって、赤穂浪士の副将である吉田忠左衛門《よしだちゅうざえもん》に仕える足軽であった。

主税は口上に対して、

「心得申した」

と即答し、白石に言った通りの処置をしたという。

高張提灯を掲げた時の浪士達の歓声は、心躍《おど》るものであったと、平内は語った。

それを聞いた直後、平内は土屋邸を出て、新井白石の許《もと》に駆けたのだ。

「うむ、御苦労であったな。これより浜屋敷《はまやしき》に向かう。もう一仕事じゃ。平内、供をいたせ」

「ははッ！」

喜び勇んで従う平内を供に、白石は主君・綱豊にこの義挙《ぎきよ》を報せに芝へと向かった。

大石内蔵助のことである。万事抜かりはなかろう。

御浜御殿に着く頃には争闘も終っていよう。

詳細を報せに、大倉半次郎が、ほどなく御浜御殿に駆けつけることになっていたのだ。

二

新井白石が読んだごとく、赤穂浪士達は怒濤《どとう》の進撃《しんげき》をみせていた。

まず表門組《おもてもんぐみ》の大高源吾が用意した梯子《はしご》で塀を乗り越え、中へと降り立った。

その後、吉田沢右衛門《よしださわえもん》、岡嶋八十右衛門が続き、堀部安兵衛の義父《ちち》・弥兵衛も齢《よわい》七十六とは思えぬ意気込みで、大高源吾に助けられつつも、見事敵中に降り立った。

塀も屋根も雪で凍《い》てついている。神崎与五郎などは、足を取られ肩から落ちて負傷したが、それでも負けじと、表門組二十四名と共に討ち入ったのである。

二十四士が邸内に揃《そろ》う間。

「何事ぞ！」

と、門番が飛び出してきたが、奥田孫太夫が長刀《なぎなた》で斬り倒し、武林唯七もこれに続いた。

そうして表門を内から開けて、合図の鉦《かね》を打ち鳴らした。

裏門組《うらもんぐみ》の主将は大石主税《ちから》である。

内蔵助の若き嫡男《ちやくなん》を吉田忠左衛門、小野寺十内《おのでらじゆうない》、間喜兵衛《はざまきへえ》が補佐をして、表門組からの合図を今か今かと待っていた。

「よし！」

裏門に掛矢《かけや》（大木槌《おおきづち》）を振り下ろしたのは、怪力の三村次郎左衛門《みむらじろうざえもん》であった。

七石二人扶持《こくぶち》の軽輩《けいはい》ながら、忠義の深さを大石内蔵助に認められ、同志に加わる栄誉を得た。

脱盟する者もいれば、何としても参陣したいと願う者もいる。

次郎左衛門の振り下ろした掛矢は、見事に門を打ち破った。

ここに残る二十三名の浪士もまた、吉良邸に傾《なだ》れ込んだのである。

「火事だ！　火事だ！」

表門組、裏門組、共に浪士達は口々に叫《さけ》んだ。

火事と聞けば、慌《あわ》てて飛び出してくると予想してのことだ。慌てれば慌てるだけ、敵に対して無防備になる。

この前日の茶会の接待に、気を巡《めぐ》らせていた吉良家家中の者達は、疲れにぐっすりと寝入っていた。もちろん警護の武士もいたであろうが、冬の寒さは人を温かいところに引き留めてものぐさにする。

そのような最中での火事騒ぎである。慌てて飛び出したところを、浪士達は次々と斬り倒した。

浪士達は緊密な軍議を重ねていただけに、諸々方々に気が回った。

裏門組の副長格・小野寺十内の養子・幸右衛門《こうえもん》は、表門から討ち入ると、広間に置かれた武器を見つけ、半弓の弦《つる》を斬り、槍《やり》の柄《つか》をことごとく折ってしまった。

裏門組の磯貝十郎左衛門《いそがいじゆうろうざえもん》は、斬り結びつつ吉良家の家人に蠟燭《ろうそく》を出すよう迫り、方々を明かりで照らした。

さらに、屋外攻守を受けもった面々は、上杉家からの付け人が詰《つ》める長屋の出入り口を封鎖して、敵の戦力を削《そ》いだ。

表門組、早水藤左衛門《はやみとうざえもん》、神崎与五郎、矢頭右衛門七《やとうえもしち》、大高源吾、近松勘六《ちかまつかんろく》、間《はざまじゅうじろう》 十次郎。

裏門組、奥田貞右衛門《おくださだえもん》、間瀬孫九郎《ませまごくろう》、木村岡右衛門《きむらおかえもん》、間新六《はざましんろく》、茅野和助《かやのわすけ》、千《せん》馬三郎兵衛《ばさぶろべえ》……。

これらの浪士が、長刀、弓、刀で、吉良邸から逃げ出す者あれば討ち取り、長屋から出てこれぬようにしたのである。

そして、緊張に強張《こわば》る浪士達を叱咤激励《しったげきれい》しながら、大いに武勇を揮《ふる》ったのが、表門組の武林唯七、裏門組の不破数右衛門であった。

武林唯七は、この時三十二歳。中国人の血を引く豪《ごう》の者である。屋内の攻防に属し、吉良邸の玄関を打ち破り、敵を斬り倒して広間から書院へと駆け抜けた。

ここで一間に突入した唯七を、長刀の若い武士が待ち構えていた。

「うむッ!」

若侍が長刀で斬りつけるのを唯七は難なくかわして、若侍の額《ひたい》に傷を負わせた。

噴《ふ》き出す血潮に、若侍は気も動顛《どうてん》してその場に倒れ込んだ。

非力な若者である。とどめを刺すまでもなかろう、憎き仇《かたき》の吉良上野介を捜すのが先決だと唯七は前を向いた。

すると、部屋の向こうに一際《ひときわ》腕の立つ敵がいて、浪士達を撥《は》ね返していた。この手練《てだれ》は上杉家からの付け人で山吉新八郎《やまよししんぱちろう》という。

山吉はこの後生き逃びて名を遺《のこ》すのであるが、吉良方にも骨のある武士がいたのは、唯七にとっては嬉《うれ》しいことであった。

「参る！」

唯七は山吉と激しく斬り結んだが、やがて敵味方が入り交じり離れゆく。

その間に、件《くだん》の若侍はよろよろと立ち上がり、屏風《びょうぶ》の陰で力尽きて気を失った。

それが幸いして若侍は命を落さずに済んだ。

彼こそが、現・吉良家の当主左兵衛義周であったのだ。

唯七は後にこれを聞いて、

「そうとわかれば首を打ったものを」

と悔《くや》しがったのだが、上野介の顔さえほとんどが知らぬ浪士達である。義周の顔まではわからなかったのは無理もない。

その上野介の面体《めんてい》を知る不破数右衛門は裏門組にいた。

彼の存在は後になるほど重要な意味合いを帯びてくるわけであるから、数右衛門はまず屋外の攻守に努めるよう配されていた。

しかし、勇猛にして荒々しさを好むこの男は、上野介の面体を知るからこそ、早く屋内に斬り込みたくて仕方がなかった。

気がつけば彼は持ち場を離れて、屋敷内に突入していた。

後から大石内蔵助に叱責《しっせき》されるのはわかっていたが、既に浪人していた身で討ち入りに参加したのだ。何ひとつ悔《く》いは残したくなかった。

そして彼は大いに奮闘した。

浪士達とて、堀部安兵衛の他は、そのほとんどが斬り合いに身を置いたことのない者であった。

いつどこから吉良方の武士が襲ってくるやもしれぬ戦闘の場には不安や恐れが付きまとう。

先陣を切って斬り込んでいく数右衛門にどれほど励《はげ》まされ、勇気付けられたことやしれぬ。

「山」

「川」の合言葉を口にしながら、浪士達は実によく戦った。

半刻《はんとき》（約一時間）ばかりで、吉良方の死者は十数名（最終的には十八名）、負傷者二十数名、逃亡者は数知れず、赤穂浪士に死者はなく圧勝のうちに戦闘は終わった。

残すは吉良上野介の首だけとなった。

三

屋敷内は制圧したものの、依然、吉良上野介の姿が見つからなかった。

紀伊国屋文左衛門からもたらされた絵図面を見ながら、探索してみたものの埒《らち》が明かず浪士達に焦《あせ》りが出始めた。

とっくに上野介の首を打っているはずが、徒《いたずら》に刻《とき》が経《た》つのが辛《つら》かった。

もう夜は明けよう。日が高くなれば、公儀とて放ってはおけまい、ここへ取締りの兵を送ってくるはずだ。

それまでに上野介の首を取らねば、これまでの苦労も水泡《すいほう》に帰すだろう。

吉良方の護衛は不甲斐《ふがい》なかったが、その中にあって気の利《き》いた者が上野介を誘導し、隠れ場所に導いたのに違いない。

「逃亡した者の中に交じっていることはない。じっくりと、ひとつひとつ当ればきっと見つかろう」

大石内蔵助は、それでも落ち着いていた。

床下、天井裏、押入れ、物置、庭の植え込み……。これらを龕灯《がんどう》の明かりをもってしらみ潰《つぶ》しに当れば、必ず見つかると確信していた。

「もう一度、隠居部屋の周囲から当るのじゃ」

すると、隠居部屋から北西側に続く物置に人の気配がした。

低く圧《お》し殺した声が洩《も》れ聞こえたのだ。

間十次郎が気付いてそっと手をかけたが、引戸は閉ざされていて動かない。

そこへ堀部安兵衛が現れて、二人は目で合図をした。武林唯七、矢田五郎右衛門《やだごろうえ》もいつしか駆けつけていた。

「うむッ!」

間十次郎は、一気に戸を蹴《け》破った。

途端《とたん》、人影が見えた。浪士達は慎重に中を窺《うかが》う。

物置には、茶道具や炭俵《すみだわら》などが保管されていた。

間十次郎が、炭俵を槍で突《つ》いた。

その刹那《せつな》、茶碗や土器が浪士達に向かって投げつけられたかと思うと、三人の武士が物陰から討って出た。

浪士達は応戦したが、三人はなかなかに手強《てごわ》かった。

その内の一人は二刀流を遣い、乱戦となったが、武林唯七が間、矢田と共に勇を揮い、堀部安兵衛が二刀流を相手に斬り結んだ。

安兵衛はこの時三十三歳。直心影《じきしんかげ》流の達人、堀内源左衛門《ほりうちげんざえもん》の道場にあって奥田孫太夫、菱沼式兵衛、塩入主膳と共に四天王と呼ばれ、高田馬場の決闘で剣名を大いに上げたのは、既に何度も述べている。赤穂浅野家改易《かいえき》の後は、浪人暮らしを剣術で慰《なぐさ》めたから、その剣技は円熟の極みに達していた。

変則な動きを見せる二刀流に対して、まったく動ぜず、右へ左へ回り込み、二刀の剣を寄せつけなかった。

後に、この二刀流の武士は、吉良家の所領、三州幡豆郡《さんしゅうはずぐん》の出で、武芸優秀を買われて江戸屋敷に仕えた清水一角《しみずいちがく》なる猛者《もさ》であるとわかった。

「えいッ！」

機を見て安兵衛は、一角が大刀を握る右手を小手に斬り、一角が大刀を取り落したところを逆胴に斬り捨てた。

「お見事！」

唯七が声をかけた。

既に他の二人も、庭先を血に染めて倒れていた。

「まだ誰かいるぞ……」

安兵衛が同志達を見廻した。

耳を澄ませると、幽《かす》かに荒い息遣いが聞こえる。

注意深く探ってみると、炭俵の向こうに何者かが潜《ひそ》んでいるようだ。

安兵衛達は炭俵を次々と外へ放り投げた。

すると、そこに踞《うずくま》っている人影があった。暗い物置の中でそれはぼうっと白く見えた。

白髪に真白き寝衣を着た武士が一人――。

「ええい！　表へ出い！」

武林唯七がこの老人を外へ連れ出すと、老人はその場に座り込み、荒い息を吐いた。

横腹からは血が流れていた。

先程、間十次郎が入れた槍が炭俵を貫き、老人の横腹を切り裂いたようだ。

この老人こそ！

浪士達の目が輝いた時、

「いかにも吉良上野介……！」

と、声がした。

不破数右衛門が駆け付け、老人を確《しか》と見たのだ。

やがて、大石内蔵助がやって来て、数右衛門と頷き合った。

「吉良上野介殿でござりまするな」

内蔵助は老人の傍《そば》へと寄り、静かに問うた。

老人は無言のまま俯《うつむ》いていたが、額に残る刀傷が、

「いかにも左様」

と告げていた。

「御免《ごめん》……」

内蔵助は浪士達に命じて、老人の寝衣をずらしてその背中を改めた。

そこには、主君・浅野内匠頭の無念が刻《きざ》まれた刀傷があった。

「最早疑いもなし」

内蔵助は止めを刺すと、この探索に功《こう》のあった間十次郎に命じて、仇敵・吉良上野介の首を打ち落させた。

吹き鳴らされる合図の笛。

隣家の土屋主税の耳にも、どこか物哀しくその音色は届いていた。

「天晴《あっぱ》れ、赤穂の浪士達よ……」

土屋主税は込みあげる感動を抑えられずにいた。

塀際《へいぎわ》にて様子を窺っていた大倉半次郎も、

「やった……！　ついに本懐《ほんかい》を遂《と》げられたか」

小躍りすると、

「御免くださりませ！」

縁側に出て来た土屋主税に深々と頭を下げ、御浜御殿へ向かって駆け出した。

隣屋敷から聞こえてくる物音は、ところ憚《はばか》らぬ浪士達の嗚咽《おえつ》に変わっていた。

大石内蔵助は、彼が日頃見せる捉《とら》えどころのない、どこか人を食ったような趣《おもむき》を消し去り、今はこの二年足らずの間の辛苦《しんく》を思い、あらゆる人の情けを噛みしめ、感涙にむせんでいた。

「さて、参ろう……」

やがて内蔵助は、吉良上野介の首を、彼が死に際して着ていた白小袖《こそで》に包むと、これを槍の穂先《ほさき》に括《くく》りつけさせ、引き上げを開始した。

その折には、再び吉田忠左衛門をして使者を出し、隣家に御首《おかしら》を掲げたことを報せた。

そして、赤穂浪士が目指す先は、亡き主君、浅野内匠頭が眠る、高輪泉岳寺であった。

四

「いよいよ本懐を遂げたか。真《まこと》、武士の鑑《かがみ》よのう」

日頃は穏《おだ》やかで物静かな徳川綱豊が、何度も膝《ひざ》を打ち、興奮気味に言った。

大倉半次郎によって、赤穂浪士達の吉良邸討ち入りの様子が、いち早くこの御浜御殿にもたらされた。

綱豊は、浅野内匠頭が無念の最期を遂げてよりこの方、侍講《じこう》であり軍師ともいえる新井白石と共に、赤穂浪士へ肩入れしてきただけに、感激も一汐《ひとしお》であった。

「少なくともこれで、泰平《たいへい》に緩《ゆる》み切った武士達の心の中に、大きな風穴が開《あ》いたのは確かでござりましょう」

新井白石は、主君の手放しの喜びように、彼もまた顔を紅潮させて思い入れをした。

御浜御殿には、その後町に放った手の者から、次々と赤穂浪士達の行動が報告されていた。

大石内蔵助は、泉岳寺へ向かうに当って、目と鼻の先の両国橋《りようごくばし》を渡らず、本所一ツ目橋《ひとめばし》から一旦《いつたん》南へ進路を取り、永代橋《えいたいばし》を渡ったという。

そこから築地鉄砲洲を通って高輪を目指すのだが、これでは遠回りである。

「なるほど、他家への無礼がないようにいたしたか」

綱豊は感じ入った。

一刻も早く泉岳寺に到着したいところであろうが、夜が明けると十五日となる。

この日は、諸大名の登城日に当る。両国橋を行けば、神田《かんだ》筋から日本橋《にほんばし》通りに出るわけだが、その辺りは大名屋敷を始め武家屋敷が建ち並んでいる。

生首《なまくび》を掲げ、血にまみれた姿で行進すれば、これから登城せんとする諸行列と遭遇《そうぐう》するやもしれぬ。

予《あらかじ》め表通りを避《さ》けることで無礼無きようにしたのであろう。

やがて、浪士の行列が、御浜御殿からはほど近い汐留橋《しおどめばし》にさしかかったと報がもたらされた。

綱豊自身、ほどなく登城いたさねばならぬ。それに託《かこつ》けて、すぐに浪士達の姿を見てみたかったぐらいであるが、

「それでは大石内蔵助の気遣いを無にすることになるのう」

苦笑いを禁じえなかった。

そこへ慌《あわただ》しく遣いの者が御座所《ござしょ》へ注進《ちゅうしん》に来て、赤穂の浪士より御近くを通らせていただきまするという挨拶の使者が参ったとのこと。

「左様か。これへ通せ！」

綱豊の声は弾《はず》んでいた。

長らく側近くに仕えてきた間部詮房は、主君・綱豊のこのような浮かれぶりに初めて接した。

彼の目から見ると、赤穂浪士の快挙は、世に埋《うも》れることも止むなしと諦《あきら》めていた感のある徳川綱豊の心にこそ風穴を開けたのではあるまいか。そのような気が

していた。

やがて庭先に火事装束を返り血に染めた浪士が罷《まか》り出《いで》て畏《かしこ》まった。

「赤穂浪士、不破数右衛門にござりまする」

その使者の姿を見た途端、新井白石の目頭が熱くなった。

心の友・大石内蔵助と諮《はか》って、ほんの一瞬、白石は不破数右衛門を〝松井仁太夫〟として家来にした。

そうして彼を吉良邸へ従者として連れていき、吉良上野介の面体に触れさせ、土屋主税邸へ伴った折は、隣家の吉良邸の様子を塀越しに窺い見させてやった。

内蔵助は、その感謝の想いを込めて、数右衛門を使者として遣わしたのだ。

「吉良邸へ、いよいよ討ち入ったか」

綱豊は、つかつかと縁《えん》に歩み寄り、自《みず》ら声をかけた。すべてを知っていながらも、知らぬ素振りをみせてのことだ。

粗忽者《そこつもの》の数右衛門とてそれはわかる。

「ははッ！　晴れて亡き主君の仇を討つことが叶《かな》いましてござりまする。つきましては主君が墓所、泉岳寺へことの報せに参る道中にござりまするが、お騒がせのほど何卒《なにとぞ》御容赦下さりまするよう、伏してお願い申し上げまする」

万感の想いを込め、新井白石にも届くよう声を張った。

「委細《いさい》承知いたしたぞ。こ度《たび》のことは真に重畳《ちょうじょう》。勘解由、そなたも申すことはないか」

白石を勘解由と呼んだのは、学者としてではなく武士としての言葉をかけてやれという綱豊の気遣いであろう。

白石は畏まって進み出ると、

「祝着至極に存じまするが、これで終ったとは、思うてはおりませぬぞ……」

ただそれだけを、祈るような目で数右衛門に伝えた。

数右衛門は、ぐっと涙を堪《こら》え、

「忝《かたじけの》うござりまする。確と申し伝えまする。それから、松井仁太夫が、くれぐれもよしなにと申しておりました」

数右衛門は拝《おが》むように白石を見つめた後、

「御免下さりませ！」

と、下がっていった。

綱豊、白石、詮房――。

日頃はいずれも思慮深い彼らが、高まる想いに胸が溢れ、しばらくの間、ただ黙って浪士達の本懐を心の内で祝った。

「真に見事じゃ……」

その後の報せで、大石内蔵助は汐留橋にさしかかったあたりで、二人の使者を愛宕下《あたごした》の大目付・仙石伯耆守《せんごくほうきのかみ》の屋敷へ向かわせていたということがわかった。

まず自ら公儀へ申し出ることで、この度の騒動を幕府が裁断すべき事柄にしてしまったというわけだ。

こうなれば、吉良邸討ち入りを知った上杉家が、赤穂浪士を勝手に追討《ついとう》出来なくなる。

自らの処し方も、すべてが公儀からの命を受けて行うべきものとなるから、浪士達も今すぐに切腹を出来なくなる。

事後の騒乱を極力抑制せんとする、これも大石内蔵助の見事な差配であったのだ。

ここまで、内蔵助はほぼ完璧に仇討ちを進めたといえる。

浅野内匠頭の刃傷《にんじょう》により、突如改易《とつじょかいえき》となった赤穂浅野家の事後処理を、適材適所に人員を配置し、そつなく執り行った。金品を旧臣達に分け与え、出入りの商人、領民への害を極力抑えた。

その際、自分は一切《いっさい》受け取らなかったのも潔《いさぎよ》い。

そして、家中の暴発《ぼうはつ》を防ぎつつ、赤穂城の受け渡しを滞《とどこお》りなく済ませた後、吉良上野介への仇討ちを密《ひそ》かに着実に進めていった。

江戸の急進派を宥《なだ》め、内匠頭の弟・大学長広の処分が決まり、御家再興の望みが叶わぬと確かめてから、いよいよ決起した辺りは、真に心憎い配慮に充《み》ちた采配であった。

「勘解由……」

綱豊は、しばし思い入れの後、白石を再びその名で呼んだ。

「こ度のこと。真に大儀であった。大石内蔵助も、今頃は内匠頭殿の墓前に手を合わせつつ、そなたのこれまでの厚情に想いを馳《は》せているであろう」

白石は、生まれて初めてともいえる激情に襲われ、体をわなわなと震わせながら、

「もったいのうござりまする。この勘解由は、何もかも殿様の思《おぼ》し召《め》しによって、働いただけにござりまする……」

と、平伏してみせた。

「そなたは最前、不破数右衛門なる者に、これで終ったとは思うておらぬ、その

ように申したな」

「ははッ……」

「その想いは我も同じじゃ、こ度の浪士達の働きを、ただ忠義者よと誉めそやすだけでよいであろうか。あれほどの一軍が、今どこにある。まだ終ってはおらぬぞ……」

綱豊は決意に充ちた表情で虚空《こくう》をきっと睨みつけた。

五

赤穂浪士達は、泉岳寺で亡き浅野内匠頭の墓前に吉良上野介の首を供え、仇討ちの成就を報告し、次々と焼香をした。

その頃になると、江戸の庶民達が浪士達の快挙を知り、続々と集まってきた。

誰もが、忠義を貫《つらぬ》き主君の仇を討ったことを称《たた》え、声援を贈り、中には金品を差し出す者もいたという。

余りの熱狂ぶりに、泉岳寺の僧達は対応しきれずに門を閉め、浪士達に食事を用意して、丁重にもてなした。

やがて、幕府からの処分もひとまず決まり、赤穂浪士達は使者の口上を受け、吉田忠左衛門と富森助右衛門《とみのもりすけえもん》が待つ、大目付・仙石伯耆守の屋敷へと出頭した。

泉岳寺周辺は、相変わらずの大騒ぎであった。今や、〝赤穂義士〟と称えられた彼らの姿を一目見んと、町の衆も武士も沿道に大勢詰めかけた。

その中には、義士になりそこねた高田郡兵衛の姿もあった。

彼は、吉良邸討ち入りの後、泉岳寺へ向かう道中の浪士達の姿を求め声をかけたが、空《むな》しく黙殺されていた。

江戸急進派の三羽烏《さんばがらす》であった、奥田孫太夫と堀部安兵衛が、僅《わず》かに会釈《えしゃく》を返してくれたのは救いであった。

旗本内田三郎右衛門の養子となったものの郡兵衛はあれからずっと落ち着かぬ日々を送っていた。

やはり頭を下げてでも浪士達の仲間に加えてもらえばよかったと、彼は今、仲間を裏切り保身に走った赤穂浪士として末代まで汚名を残したと痛感していた。

――見よ、あれが赤穂の武士よ！

叫び出したい彼の想いなど、誰も知る由《よし》がなく、たちまち高田郡兵衛は人混みの中に吞み込まれていった。

市民の熱狂が続く中。

赤穂義士達は、仙石伯耆守邸に、十五日の夜に到着した。

ここは大名屋敷が甍《いらか》を争うところである。

幕府が一旦ここに浪士達を収容させたのは当を得た処置であったといえる。

何よりもほっとしたのは、上杉家と芸州浅野本家であろう。

芝高輪泉岳寺からほど近い白金《しろかね》に、上杉家下屋敷がある。

武門の意地としては、泉岳寺に入るのを黙って見過ごしにして、寺を出る折も指をくわえて見ていたとあっては世間の物笑いにならないか気になるところだ。

しかし、大名小路の中にある仙石邸となれば、上杉家としても出陣出来ずとも、公儀を慮《おもんぱか》ってのことだと面目《めんぼく》が立つ。

元より上杉家家老・色部又四郎は、当主・綱憲の実父である吉良上野介を、御家に絡みつく厄介者《やっかいもの》だと断じていた。上野介が討たれたのは上杉家にとっては吉事であると内心は思っていたから、初めから赤穂浪士に襲撃を加える気などなかっただけに頭痛の種がひとつ取れた想いであった。

浅野家とて同様で、芝にほど近い南部坂《なんぶざか》には、内匠頭の妻・瑤泉院《ようぜいいん》が身を寄せている三次浅野家の下屋敷がある。

かつて赤穂浅野家断絶による赤穂城収公の際、浅野本家は一隊を送り赤穂浪士達を牽制《けんせい》し、火の粉が降りかからぬよう努めたが、今は状況が違う。

本家として、世間から喝采《かっさい》を博している赤穂浪士達を、何としてでも守らねば武門の意地が立たない。

両家は不毛な軍事衝突を、これによって回避することが出来たのである。

やがて浪士達は、大名四家へお預けとなる。

細川越中守綱利《ほそかわえっちゅうのかみつなとし》邸へは、大石内蔵助、吉田忠左衛門、原惣右衛門、間瀬久太夫、片岡源五右衛門、小野寺十内、間喜兵衛、磯貝十郎左衛門、堀部弥兵衛、近松勘六、富森助右衛門、潮田又之丞、早水藤左衛門、赤埴源蔵、奥田孫太夫、矢田五郎右衛門、大石瀬左衛門、以上十七名。

松平隠岐守定直《まつだいらおきのかみさだなお》邸へは、大石主税、堀部安兵衛、不破数右衛門、大高源吾、中村勘助《なかむらかんすけ》、菅谷半之丞《すがやはんのじょう》、千馬三郎兵衛、貝賀弥左衛門《かいがやざえもん》、木村岡右衛門、岡野金右衛門、以上十名。

毛利甲斐守綱元《もうりかいのかみつなもと》邸には、武林唯七、岡嶋八十右衛門、杉野十平次、吉田沢右衛門、倉橋伝助、村松喜兵衛、勝田新左衛門《かったしんざえもん》、間新六、前原伊助、小野寺幸右衛門、以上十名。

水野監物忠之《みずのけんもつただゆき》邸には、奥田貞右衛門、間十次郎、村松三太夫、神崎与五郎、間瀬孫九郎、横川勘平《よこがわかんべい》、三村次郎左衛門、茅野和助、矢頭右衛門七、以上九名。

ところが、これをすべて足してみると四十六名しかいない。

討ち入りは四十七士であったとされている。

大石内蔵助もそれを認めているのだが、

「彼《か》の者のことは、最早よろしかろう」

と言って、討ち入り後に一人いなくなったことについて、雑兵の一人や二人が戦の後に欠けていたとて大事ではないと打ち捨てる態度をとった。

彼の者とは、寺坂吉右衛門であった。

吉右衛門は四十七士の中で、ただ一人の足軽身分の武士であった。

浪士達の副長格である吉田忠左衛門に仕える忠義の者で、彼がここに及んで脱走するはずはなかった。

しかし、吉田忠左衛門は、苦々《にがにが》しい表情を浮かべて、

「あ奴は、討ち入りをした途端に姿を消した」

吐き捨てるように言った。

これは、明らかに誰か一人をその後のために生かしておこうという、大石内蔵

助の意図と思われた。

それには足軽身分で、その存在を深く追及されにくい寺坂吉右衛門が適任だと判断したに違いない。

その辺りのことは、取り調べに当った公儀の役人達にも薄々はわかっていたが、名も無き軽輩の身で討ち入りに加わった吉右衛門を不憫《ふびん》に思い、何とかして逃がしてやりたかった内蔵助の慈悲からであると解釈した。

それゆえ、この一件については誰も深く詮索《せんさく》はしなかったのである。

その、寺坂吉右衛門が、夜になって火事装束を脱ぎ捨て現れたのは、甲府徳川家桜田《さくらだ》屋敷であった。

これが、新井白石と大石内蔵助の密約であったことは言うまでもない。

内蔵助は、吉右衛門をして、この度の吉良邸討ち入りにおける過程を詳細に報せ、浪士達の願いである、浅野大学長広における御家再興への熱き想いを伝えておこうとしたのである。

さらに、浪士達の討ち入りによって、何らかの処分を受けるであろう、遺族達への減刑嘆願など、頼りとする最後の友へ、その心情を述べた。

新井白石は、武士の情に厚い男である。必ず何らかの形で動いてくれるであろうから、その際は、四十七士の代表として手足となって動くよう、内蔵助は吉右衛門に因果を含めたのである。

甲府宰相綱豊の上屋敷である桜田邸への出入りを咎《とが》める者もいまい。

新井白石は、ここで吉右衛門を迎え、下城後に屋敷へ入った綱豊の御前に連れて出て、いかにして大石内蔵助率いる赤穂浪士達が吉良上野介を討ち果したか言上させた。

綱豊は深く感じ入り、時には目頭《めがしら》を熱くさせ聞き入り、その夜は朝まで、側近の間部詮房を交え新井白石と今後の策を練ったのであった。

六

将軍・綱吉は、随分《ずいぶん》と不機嫌であった。

赤穂浪士達が、十四日に降り積もった雪の中、吉良邸に討ち入り見事本懐を遂げたと聞かされた時は心が躍った。

能楽を好む綱吉の頭の中には、さぞやこの仇討ちは感動的な物語となって映ったことであろう。

その舞台となった本所は、自らが呉服橋から屋敷替えをさせたところであった。

江戸の庶民達は、将軍の粋《いき》なはからいと、喝采を贈り、浪士達はその厚情を無にすることなく首尾を果したのだから、綱吉が興奮するのも無理はなかった。

もちろん、去年の三月に起こった浅野内匠頭の刃傷による裁定が、赤穂浅野家を一方的に断罪したもので、それが引き金となって起こったのがこ度の討ち入りであるのは明白である。

しかし、綱吉の中では、それはそれ、これはこれの痛快事で収まっていた。己《おの》が判断も為政者《いせいしゃ》としては当然であったし、赤穂浪士達のとった行動も、武士としては間違っていないということなのだ。

だが、公儀としては、この討ち入りを、

「真に天晴れ！」

と、すますわけにはいかなかった。

老中筆頭格として、綱吉の政《まつりごと》を支えてきた、柳沢美濃守吉保は、大きな衝撃と共に怒りを覚えていた。

彼が召し抱えていた儒者で論客である荻生徂徠は、

〝そもそも吉良上野介は、浅野内匠頭を殺そうとしていない。内匠頭は、それを一方的に敵と決め付け刃傷に及び罰せられたのである。家来達が上野介を仇と狙うのは筋違いであり、屋敷を襲撃し殺害するなどとは、御上を恐れぬ大罪である〟

という持論を述べた。

その考えは正しく吉保の想いと同じであった。

これまで赤穂の浪士達には、厳しく切り崩しを行ってきたし、その成果は多くの脱盟者を出すことで現れていた。

討ち入りなどを真剣に実行することなどまずあるまいと、高を括っていたのが悔まれた。

おまけに、世情の声は幕府が赤穂浪士の討ち入りを黙認していたかのように広がっている。

「討たせてやったと思うのならば勝手に思えばよいが、御府内《ごふない》で私闘に及べば厳しき裁きが待っているということも知らしめねばなるまい」

吉保は、幕閣にあってそう主張し、綱吉にも上申した。

怜悧《れいり》な官人である吉保のことだ。綱吉が赤穂浪士達に同情していると見て、方々に根回しをした上で、浪士達を断罪するのは止むなしと迫ったのだ。

吉保の言うことも間違ってはいない。

上野寛永寺の公弁法親王《こうべんほっしんのう》は、

「〝義士〟と称えた上で、罰してはいかがでございましょう」

と言う。

つまるところは、そこへ落ち着かねばならぬのであろう。

しかし、現在大名四家に預けられているという義士は四十六名。これをことごとく切腹させるのは気が引けてならない。

一人も討ち死にせず、主君の仇を討ったとは真に見事であるというのに、その武勇の士を死なせてしまうのか――。

これまで綱吉は、将軍になって以来数多《あまた》の人々の命を奪ってきた。

だがそれは総じて〝泣いて馬謖《ばしょく》を斬る〟もので、己が心の根本は慈悲に溢れていると自負していた。

そう思わねば、自分はただの暴君として、いつか仏罰を蒙《こうむ》るのではないかと、夢見が悪いからだ。

博学で信心深い一面も持ち合わせている綱吉は、心のどこかで、世継《よつぎ》に恵まれぬのは自分がかつて粛清《しゅくせい》した者の怨念《おんねん》かもしれぬ、などと思っていた。

そのような恐れを払拭《ふっしょく》する意味でも、生類憐れみの令を施行したのである。

——義士達を称して罰する。それも止むをえぬか。

心に引っかかりを覚えながらも、四十六人の命を奪うことにやり切れなさを覚える将軍の脳裏に、一人の男の顔が浮かんだ。

甥の甲府綱豊であった。

思えばこの男だけが、自分の赤穂浪士への想いをわかってくれていたような気がする。

いつも好い間合で拝謁《はいえつ》を願い、講義を請《こ》うてきた。

——彼の者は何と心得ているであろう。話を聞きたい。

そのように思い始めた時に、甲府綱豊が講義を願ってきた。

——真に間の良い奴よ。

綱吉は嬉しくなって、早速、綱豊のために講義を開いてやった。

講義というのがまた気が利いている。

その場でならば、気軽に、しかも内密な話が出来るであろう。

「上様《うえさま》におかれましては、さぞや御心痛のこととお察し申し上げておりました」

綱豊は、対面が叶うや、思い詰めた表情を浮かべた。

「赤穂の義士達のことか」

綱豊は〝義士〟という言葉を使って、まず己が想いを綱豊に伝えた。

「ははッ……！」

綱豊は畏まってみせる。

「腹を切らすも止むなしかのう」

「御公儀の御威光に関《かか》わることかと存じまするゆえ、何とも申し上げられませぬが、天晴れなる忠義の四十六人を殺すは、忍びのうござりまする」

綱豊は声を震《ふる》わせた。

「うむ……」

綱吉は胸に込み上げる激情を抑えつつ、

「何ぞよい手立てはないものか」

と、本音を吐露《とろ》した。

「義士達の忠義を称した上で腹を切らせる……。それが御公儀の裁定とあらば、いたし方はござりませぬが、義士を預かる大名衆や、検使に赴く者も、辛《つろ》うござりましょうな」

綱豊はしみじみとして嘆息すると、やや間を置いて、

「御手討ちを覚悟で申し上げます」

その場で威義を正した。

綱吉は穏やかな顔で、

「申してみよ」

綱豊の言葉に期待した。

綱豊は、懐中から一通の書付を取り出して、

「恐れながら……」

と、手に掲げた。

「構わぬ、これへ持て」

綱吉の胸は躍った。

――甲府宰相め、いったい何を企んできよったのか。

書付には、思いもよらぬことが認《したた》められてあるのだろう。

綱豊は礼法よろしく書付を差し出す。

綱吉はそれを手に取ると、いそいそと広げ、一気に読んだ。

「何と……」

たちまち綱吉の顔が、困惑と希望に輝いて、

「ふふふ、これはおもしろそうな。ははは……」

やがて将軍は高らかに笑ったのである。

第七章　切腹

一

元禄十五年十二月二十三日。

赤穂浅野家の浪士達が、吉良邸へ討《う》ち入り、隠居の上野介を殺害した一件について、幕府評定所での寄合が開かれた。

吉良上野介に遺恨を覚え、殿中《でんちゅう》において刃傷《にんじょう》に及び、切腹に処せられた主君・内匠頭の無念を晴らさんと仇討《あだう》ちに出た——。

市中では、それを天晴《あっぱ》れだと称する者が溢《あふ》れているが、

「正《まさ》しく夜盗に等しき所業《しょぎょう》である」

と、柳沢吉保を始めとする幕閣の重役達は、当初吉良家を気遣《きづか》った。

ところが、この日の評定ではそれが一転して、

「赤穂の浪士達は、真に忠義の士である」

と、一同は誉《ほ》め称《たた》え、

「それに比《くら》べ、吉良家は〝武道不覚悟〟である」

逆に吉良家を断罪した。

父を討たれおめおめと生き残った当主の左兵衛義周《よしちか》。中にはまるで手合わせもしなかった家来達もいたという。言語道断《ごんごどうだん》であるというのだ。

そして、赤穂浪士達はひとまず大名四家に預け、彼らについての裁《さば》きは急ぐものではないとした。

これは、浪士達の助命の可能性をも含む内容であり、幕府重役達の変貌《へんぼう》ぶりには、いささか呆《あき》れるものがあった。

理由はただひとつ。将軍綱吉の赤穂浪士礼賛《らいさん》に倣《なら》ったのである。

感情が移ろい易く、妙なところで情深さを見せる綱吉の性質については何度も述べてきた。

それがこの先も、綱吉の人生に大きな影を落とすことになるのだが。

「忠義は忠義として大いに称えるべきかと存じまするが、私闘に及び、多くの者を殺害いたしたことについては、幕府の法をもって裁かねば、この後の示しがつきませぬ」

重用《ちょうよう》している柳沢吉保から、事を分けて説《と》かれ懇願《こんがん》されると、さすがの綱吉

も、大名四家に預けている浪士達四十六名の切腹を、

「止《や》むをえぬことじゃ」

と、了承した。

吉保は、綱吉に長く仕《つか》えているゆえ、その性質をすべて把握している。

評定においても、ひたすら赤穂浪士を称え、吉良を断罪することで、綱吉への同意を示し、幕府の権威を守ろうとしたのだ。

幕府の権威——それはすなわち、柳沢美濃守吉保の権威そのものでもあるからだ。

その点において、吉保はこの度《たび》も気難しい主君を宥《なだ》めすかすことに成功した。

そうして赤穂浪士達は、永遠に人の心に残る忠義と武勇を世に知らしめ、年が明けて二月四日に、それぞれ預けられていた大名屋敷にて切腹の運びとなった。

吉良義周は、知行《ちぎょう》召し上げの上、諏訪安芸守《すわあきのかみ》へ預けられることが決まった。

ところが、柳沢吉保の表情はまるで冴《さ》えなかった。

正月の半《なか》ばを過ぎた頃。

綱吉は、吉保に信じ難い命を下したのである。

吉保は、自分の意を尊重してくれた綱吉に対し、謹《つつ》しんでこれを受け実行する

しかなかった。

二月四日に先立って、綱吉は密《ひそ》かに浪士を預かっている、細川、松平、毛利、水野の四家の当主を召《め》し、それぞれに言葉をかけた。

さらに屋敷へ赴《おもむ》く、目付《めつけ》、使番《つかいばん》をも召し出して言葉を与えた。

彼らは一様に当惑の色を隠せなかったが、

「上様《うえさま》、真《まこと》に畏《おそ》れ入ってござりまする……」

細川越中守は、涙を流さんばかりに綱吉の言葉を賜《たまわ》り、かつて赤穂城収公《しゅうこう》に赴いて、大石内蔵助の人となりを知る目付役の荒木十左衛門は、

「真に、胸を撫《な》でおろす思いにござりまする」

と、綱吉の御前で感動を顕《あらわ》にした。

何よりも驚いたのは赤穂浪士四十六人の面々であったが、将軍綱吉の想いが籠《こも》った切腹の儀は、予定通り二月四日に粛々《しゅくしゅく》と執《と》り行われたのであった。

当日は、目付、使番に随行《ずいこう》させて、公儀は各屋敷内と外に、百人ばかりの兵卒を騒擾《そうじょう》に備えて送り込んだ。

しかし、兵卒が内外合流して引き上げる段になって、その数が微妙に変化していることを、当日出動した兵卒自身ですら気付かずにいた。

二

徳川綱吉は、大名屋敷を訪ねることを好んだ。

その訪問先は臣下の屋敷にまで及び、柳沢吉保の屋敷には既《すで》に何度も足を運んでいた。

二月四日に、赤穂浪士達の切腹の儀が執《と》り行われてから数日後、綱吉は僅《わず》かな供廻りで、いそいそと甲府宰相・徳川綱豊の御浜御殿に足を運んだ。

余《よ》ほど楽しみにしていたと見えて、到着してからは、綱豊が綱吉のために普請《ふしん》をした、海庭が望める新御殿へ向かう足取りが、次第に早くなっていた。

「甲府殿、首尾《しゅび》よう参ったな」

迎える綱豊にかける言葉も弾《はず》んでいた。

供廻りは少ないが、持参した土産《みやげ》の品は、豪勢なもので、間部詮房、新井白石に至るまで、衣服、扇《おうぎ》などが下賜《かし》されたのだが、綱吉があれこれ与えた上で声をかけたかったのは、甲府家の家臣ではなかった。

「上様のこ度の御英断、真に心が洗われる想いにござりまする」

綱豊は、大いなる感動をもって綱吉を書院に迎え、上段の間に奉《たてまつ》ると、

「あれこれ申し上げるまでもございませぬ。まず、会《お》うてやってくださりませ」

恭《うやうや》しく申し上げた。

いつしかこの間には、綱吉、綱豊の二人だけとなっていた。

窓の外には美しい春の海が広がっているのだが、今は戸が閉められていて、温かな光だけが書院に射《さ》し込んでいた。

綱吉が座す上段の間の向こうには、白砂青松《はくさせいしょう》が描かれた襖戸《ふすまど》が閉ざされている。

「うむ、すぐに顔を見たい。苦しゅうないぞ」

綱吉は、満面に笑みを浮かべた。

「ははッ、されば皆の者を……」

綱豊は畏《かしこ》まると、

「開けよ！」

と、襖の向こうに号令した。

すると、件《くだん》の襖戸がゆっくりと開き、平伏する大勢の武士達の姿が明らかになった。

皆一様にこの日のためにと、裃《かみしも》姿のいかめしい姿であったが、興奮に這《は》い蹲《つくば》る指の先が震えている。

当然である。将軍に会えるのは御目見得《おめみえ》以上の身分を持つ者に限られるのだ。その意味において、ここに居並ぶ武士達には、夢のような話なのだ。

「構わぬ、皆の者、面《おもて》を上げよ！」

綱吉は自《みずか》ら叫んだ。

「ははッ……！」

武士達の力強い声が、御殿の内に響き、一同は恐る恐る顔を上げた。その数は四十七人。

そうである。

ここに居並ぶ武士達は、去年の十二月十四日。亡君・浅野内匠頭の仇・吉良上野介を艱難辛苦《かんなんしんく》に堪《た》えながら見事討ち果した〝赤穂義士〟であった。前《さき》に甲府徳川家屋敷に密《ひそ》かに入った寺坂吉右衛門も加えて、その数四十七士――。

義士と称えつつ腹を切らせる。

仕方がないことかと、赤穂浪士の処分について気を揉《も》んだ綱吉であった。

しかし、綱豊からあれこれ彼らの噂《うわさ》を聞かされ、心の奥底にあった赤穂浪士への同情と慈《いつく》しみが込み上げてきた。

そして、綱豊から、

「腹を切らせた体《てい》にして、赤穂浪士達を密《ひそ》かに生かしてはいかが……」

という提言をされ、綱吉はその案に我が意を得たのである。

綱吉にとって、四十六人の命を一度に奪うのは忌《い》むべきことであった。

吉良邸討《う》ち入りにおける、吉良側の死者は十八人である。

これに加えて命を奪えば、この儀において六十四人が死ぬことになる。

そう考えると空《むな》しくなってきた。生きとし生ける者を慈しまんとして生類憐《しょうるいあわ》れみの令を発布《はっぷ》した自分が、一方でこれだけの人間が死んでしまうきっかけを作ってしまったとは——。

世間的には殺したとしても、実際には生かしておけば仏罰も受けまい。

徳には、陰で積む〝陰徳〟というものもある。

それによって、祟《たた》りもなく、夢見もよかろう。

「わたくしに浪士達を下されませぬか。これだけのことをしてのけた武士達でござりまするる。徳川一門のわたくしが、生かして上様の御役に立つよう、考えさせていただきまする」

綱豊の進言は、綱吉の心に深く突き立ったのである。

この案を伝えれば、柳沢吉保は大いに反対するであろうが、いつかこれが明るみに出たとて、公儀が死んだと認めたのなら、それはもう死んだことなのだ。

どこまでも自分に従順《じゅうじゅん》で、諸事つつがなくこなす吉保ならば、これを上手《うま》くやりとげるに違いない。

実際、吉保は綱吉の命に難色を示しながらも、その顔色を読んで己《おの》が気持ちを切り換えて、この作業を淡々とこなした。

大名衆や、目付、使番を務めた者達は、一様に目を輝かせた。

切腹が武士の栄誉でもあるとわかっていても、大勢の人間が次々に首を刎《は》ねられる姿など見たくはない。

彼らは罪人ではないのである。

赤穂浪士達の切腹の様子は、後にあれこれ語り継がれることになるが、それらはいずれも作られたもので、浪士達の〝切腹〟はごく秘密裡《り》に行われ、その場を見た者はこの偽装に関わった者だけであったのだ。

三

「大石内蔵助は、そちか？」

浪士達の中央にいて、一人だけ物腰穏《おだ》やかに落ち着いている武士に、綱吉は声をかけた。

そこは征夷大将軍《せいいたいしょうぐん》として、数々の男達を見てきたゆえ、目は肥《こ》えていて、的確な観察眼《かんさつがん》を備えている。この度の討ち入りを見事に指導した男が誰かはすぐにわかるようだ。

「ははッ……」

落ち着いているとはいえ、将軍から声をかけられては、いつものようなとぼけた顔をしていられなかった。

内蔵助は、平蜘蛛《ひらぐも》のごとく平伏して、

「大石内蔵助にござりまする。この度は、我ら一同にお情けを頂戴《ちょうだい》いたしましたこと、真に恐悦至極にござりまする」

まず礼を述べた。

自分達が生かされると知った時、浪士達は当惑を隠せなかった。

この世からはいなくなった者として、新たな人生を歩み、いつか世の中の役に立つよう努めてもらいたい。

それが将軍家の望みであると告げられても、死を覚悟していた一同は、それをどう受け止めてよいかわからなかったのである。

「せっかくの思《おぼ》し召《め》しではござりまするが、罪を受け切腹とのお裁《さば》きを下されたのでござる。潔《いさぎよ》う腹を切りとうござりまする」

そのように断ってはどうかと内蔵助自身考えたが、最後まで共に戦った四十七人で、何かまた新たなことに挑《いど》むのも夢がある。

別れ難い愛着と共に、内蔵助自身、皆を死なせたくはなかった。

「まず、他の者と話をさせていただきとうござりまする」

綱吉の望みとあれば、これに逆《さか》らって腹を切るとは言えない。黙って下知《げじ》に従えばよいのだが、俄《にわか》なこととて他の三家に預けられている者達も動揺していることであろう。自分の口から伝えたいと、内蔵助は願い出た。

柳沢吉保も、これはもっともなことだと、細川越中守と諮《はか》って、内蔵助をそっと屋敷から出して、他の三家に遣《つか》わして、話をさせたのだ。

そこには紆余曲折《うよきょくせつ》があったに違いないが、討ち入りの際、赤穂浪士が誰一人命を落さなかったのは、大石内蔵助の同志達に対する深い思いやりがあった、何よりの結果である。

一同は、何事も御家老に従いましょうと、今日を迎えたのであった。

何よりも、内蔵助はこのような事態をもたらしたのは、心の友というべき新井白石の意図が多分に含まれていると解釈していた。

白石が、

「生きろ」

というのなら、そこには必ず深い意味があるはずだと確信出来たからである。

もちろん、今の内蔵助はそのような余計な話はしない。

「上様の思し召しでこの度は生き返り、必ずや御役に立つよう精進《しょうじん》いたしまする」

まともな応えを返した。

綱吉はそれで満足であった。今、世間では千両役者以上の話題を集めている者共を、一堂に会して謁見《えっけん》するのである。これほどの楽しみはなかろう。

綱吉は、今日の謁見に際して綱豊からあれこれ話を聞いていた。

四十七人は、主君の仇を討ったとはいえ、法を犯していることは自覚している。それゆえ、連中がいかに仇討ちに備えたかについてはさらりと触れ、吉良邸討ち入りの様子をゆっくりと訊《き》くことにしていた。

いかに世間の目を欺《あざむ》いたかを問えば、何として公儀に楯《たて》を突いたかを述べることになるゆえ、浪士達は固く口を噤《つぐ》むであろう。

そこを綱豊は気遣ったのだ。

既に綱豊は、新井白石同席の許に、浪士達の言い知れぬ苦労を打ち明けられている。

彼らの想いをさりげなく綱吉に伝えていたし、綱吉が何よりも聞きたかったのは、十二月十四日の討ち入りについてであった。

兵を表と裏の二手に分けて、いかなる組編成によって、どのような武器をもって攻め入ったか。

攻め入った後の戦法は？　合言葉などはあったのか。

綱吉はそれらを矢継ぎ早に問うて、これに内蔵助がひとつひとつ、ゆったりと応えていく。

この辺りは、大石内蔵助も遊芸に通じている。見事な役者ぶりで、吉良上野介

を討ち取った時の浪士達の感慨を語ると、何ともいえぬ謡曲のような味わいがあり、

「うむ、かくして本懐《ほんかい》を遂《と》げたか……」

綱吉は思わず目頭《めがしら》を熱くさせた。

「その上、そち達は一人も兵を失うこともなのう、今ここにいる。天晴れなことじゃ。諸 侍《しょさむらい》はかくありたいものよのう」

甲府綱豊が思った以上に、綱吉はこの日の謁見に満足をしたようだ。

「そち達の身は、甲府宰相に預けることにいたすゆえ。もう一度、その力を天下のために活《い》かしてくれ」

やがてそのように申し渡すと、四十七士は再び襖戸の向こうに消えたのである。

四

将軍綱吉の〝御成《おなり》〟があった翌日。

新井白石は、大石内蔵助と久しぶりに盃《さかずき》を交わす機会を得た。

この先の四十七士をいかに生かせるか――。

甲府徳川家の策士である新井白石。

四十七士の首領である大石内蔵助。

「まずこの二人で意見を交わすがよい」

との、綱豊からのありがたい命であったのである。

二人は、御浜御殿の小書院に入って、ゆったりとした小宴を開いた。

給仕役として、ただ一人部屋に呼ばれたのは、若党の大倉半次郎であった。

半次郎は飛び上がらんばかりに喜んだものだが、白石にとっても、内蔵助にとっても、陰の力となって動いたこの度の半次郎の働きは、二人共に認めるものであった。

秘事を共有出来る給仕役を考えるに、半次郎が誰よりも適任であることを告げ、半次郎への労《いたわ》りとしたのだ。

半次郎はうきうきとして二人に傅《つ》いた。

それでも余計な口は一切挟《はさ》まず、聞いていないふりを続けた。

その辺りの心得が、陰に徹する男の信条として伝わり、白石は大いに気に入っている。

内蔵助は嬉《うれ》しくなって、

「そなたは四十八人目の同志じゃと思うておりますぞ」

そんな言葉をかけずにはいられなかった。

「これはお戯《たわむ》れを、わたしなんぞの苦労は、皆様方の足許にも及びませぬ。天下の一大事に関わらせていただきましただけで、この身の誉《ほま》れにござりまする」

黙々と給仕を続けていた半次郎も、この時ばかりは顔を真っ赤にして、内蔵助の言葉に応えたものである。

「大石殿をはじめ、浪士の方々を亡霊としてこの世に止《とど》めたことは、真に出過ぎたことと、改めてお詫《わ》び申し上げまする……」

白石は、既に何度か口にした謝罪を再び告げて、姿勢を正した。

「もうその儀については、お気遣《きづか》い無用に願います。武士の面目《めんもく》を施《ほどこ》し、亡き主君に忠節を尽くし、世に名を遺《のこ》した……。それを冥途《めいど》で見届けるか、生きて見届けるか、それだけの違いでござりまするよ。何がさて亡霊に詫びることは何もござらぬ」

内蔵助はふっと笑った。

白石は真顔で、

「忝《かたじけの》うござる。ただ、方々を憐《あわ》れんで、かく助命を願《ねご》うたわけではござらぬ」

「でしょうな。貴殿の想いに乗ってみとうござる」

内蔵助の目の奥が光った。

昼行燈《ひるあんどん》と人に言われ、摑《つか》みどころのない風流人であった大石内蔵助であったが、思いもよらぬ統率力と、目的遂行のための忍耐、智力を備《そな》えた傑物《けつぶつ》であることは、この度の吉良上野介への仇討ちで明らかとなった。

特に新井白石には、煙《けむ》に巻いて己が存念を表さぬような小細工をしたとて仕方のないことだと、内蔵助は悟っている。

もう何事もずばずばと本音で語り合う間柄となっていた。

この世にはおらぬ式神《しきがみ》が赤穂浪士達で、式神を現世において巧《たく》みに使いこなす陰陽師《おんみようじ》が新井白石と、立場は決まったのである。

鬼の頭目となって、白石が理想とする武士の社会の実現へ、今一度血刀を揮《ふる》うのもおもしろそうではないか。

内蔵助はそのように思い定めていたのである。

「まず我ら亡霊は、それぞれ新たな名を付けねばなりませぬな」

「いかにも。大石殿は御家老と呼ばれていたが、この後は〝お頭《かしら》〟と呼ばれることになりましょう」

「なるほど、頭でござるか。そこで何をいたさばようござろう」

「欲に憑《つ》かれた者共が、この先闇《やみ》の中で爪《つめ》を研《と》ぎ、牙《きば》を剝《む》きましょう」

「その者共と、闇の中で戦い、討ち果せばよいのでござろうか」

「左様《さよう》」

内蔵助は、少し思い入れをして、

「されどそれは、我らを生かさんとお情けをかけられた、上様に逆らうことになりませぬかな？」

と、訊ねた。

内蔵助は、白石の真意を理解していた。

赤穂浪士が吉良を討つことを望まず、内蔵助を亡き者にしようとした者がいた。そもそも、それを助けてもらったところから二人の交誼《こうぎ》は始まったのである。

その時の刺客《しかく》二人は、今ここで涼《すず》しい顔をして給仕に当っている大倉半次郎が人知れず始末をした。

だがそれによって、刺客二人が口にした、

「向井のお頭……」

なる者の行方は知れぬままとなっていた。

この〝向井のお頭〟が、誰の手の者かは大よその察しがついていた。

内蔵助が、上様に逆らうことにならないかと問うたのは、正しく柳沢吉保が関与していたと見抜いての言葉であったのだ。

「柳沢美濃守。これが次なる敵となりましょう」

白石は、はっきりとその名を口にした。

「わたしが、大石殿をはじめとする赤穂の方々に亡霊となっていただきたく苦心いたしましたのは、方々に本当の仇を討ってもらいたかったゆえにござります る」

「本当の仇……」

内蔵助は、深く感じ入った。

吉良上野介は憎き仇であった。

「上野介に遺恨《いこん》これあり」

浅野内匠頭は、遺恨についての理由は述べぬまま亡き人となってしまったゆえ、上野介が内匠頭にいかなる仕打ちをしたか、詳しくはわからぬままである。

だが、上野介が権勢を得て、人を人とも思わぬ態度をあからさまに見せたのは間違いなかろう。

武士が質実剛健を忘れ、華美《かび》で情けを知らぬ振舞を見せる世の流れをもたらしたのは、柳沢吉保や荻原重秀といった、綱吉に取り入る官吏《かんり》達ではないか。

人間には正邪両方の心がある。

将軍綱吉がそれを物語っている。

だが人の上に立つ者には、正しい心をこそ持っていてもらいたいものである。

為政者が正しい方向に歩むよう努めるのがその臣下の役目である。

赤穂浪士の吉良邸討ち入りは、法に照らすと決して正しいことではなかったが、あの一件には今の武家社会の闇がある。

その暗黒を造りながら、赤穂浪士の動きをまず封殺しようとした者がいたのは歴然たる事実であった。

これは正とは言えぬであろう。

それゆえ、甲府綱豊は将軍の心の内にある武士の情けを引き出し、赤穂浪士達に向くよう努めた。

その結果、向井某《なにがし》が登場することはなくなり、赤穂浪士は本懐を遂《と》げられたといえる。

それでも依然、向井を操《あやつ》り権力者の手先となって動く者がどこかに潜《ひそ》んでいるのは明らかだ。

綱吉の心を動かし、赤穂浪士を密かに生かして己が手の内に収めた徳川綱豊は、この先柳沢吉保の脅威となるに違いない。

まず、ありとあらゆる手を駆使して、暗闘を仕掛けてくるかもしれぬ。

また、綱豊が次期将軍候補の筆頭となれば、巧みに追従《ついしょう》をして近付いてくるかもしれぬ。

「ひとつ言えることは……」

白石は言葉に力を込めた。

「上様のお跡を継ぎ、天下を知ろしめされるのは、甲府宰相様でのうてはならぬ。その折《おり》に、柳沢吉保とその一派は権勢の座から払いのけねばならぬ……」

内蔵助は、深く相槌《あいづち》を打った。

「我らの仇討ちはまだ終っておらぬということでござるな」

「いかにも、それはこの新井勘解由の仇討ちでもありまする」

白石は低い声で言った。

内蔵助は口を引き結んだ。

白石とは、考えてみれば何度も会ったことはなかったのだが、もう以心伝心《いしんでんしん》で肚《はら》の内がわかる。

以前、新井白石は仕《つか》えたばかりの主君を、殿中で殺されている。

将軍綱吉を擁立《ようりつ》した後、謎の死を遂《と》げた、大老・堀田正俊であった。

思えばあれから、世は元禄の色に染まりゆき、白石にとって、

「怪《け》しからぬ世」

となったような気がする。

内蔵助にも、その想いは痛いほどわかる。

「影の力は、影の力によって制する。我らに似合の御役目でござるな」

「そのように思うてくださるなら、心強うござりまするよ」

「皆に申し伝えておきましょう」

「同心くださるか、それが大いに気にかかります」

「いや、恐らくは斯様《かよう》な御役目と思うておりましたゆえ、皆にはもう一暴れいたそうと告げたところ、すっかりと士気が上がってござる」

大きな戸惑いは、それぞれがあるものの、一人の死者も出さず吉良上野介の首

を獲《と》り、そうして生かされた興奮は、四十七士の心を揺り動かしていた。

また、内蔵助とて切腹を覚悟した折に気がかりであったのは、四十七士の妻と遺児の処分であった。

しかしこれも、自分達でさえ生かされている今、寛大な処分が下るのは間違いない。

それが、浪士達の心を軽やかにしていたのだ。

「さて、大石殿に率《ひき》いていただく一隊の名でござるが……」

白石は嬉々として、幽鬼《ゆうき》組、亡霊《ぼうれい》番、四十七鬼《しじゆうしちき》組……。など楽しそうに挙《あ》げたが、

「そんなものはもう、ただの〝庭番〟でよろしかろう」

内蔵助は、照れくさそうに応えた。

「いやいや、それでは何やら物足りませぬ」

白石はしばし思案したが、

「〝御園番《みそのばん》〟は、いかがでござろう」

やがてにこやかに言った。

「〝御園番〟。なるほど、庭の意に加えて、神に捧《ささ》げる青物を拵《こしら》えるところ、でご

ざるな」

内蔵助は相槌《あいづち》を打って、

「うむ。これはよい」

無邪気《むじゃき》に喜んだ。

「ならば早速、我が君にお伝えいたしましょうぞ」

半次郎は、にこやかな表情で二人の盃《さかずき》に酒を充《み》たし、御園番の成立を無言の内に祝った。

白石と内蔵助は、互いに酒盃を掲《かか》げて、これをぐっと飲み干した。

五

かくして〝御園番〟は、甲府徳川家御浜御殿の内に成立した。

将軍綱吉の御成は、様々な口実を作るのに幸いした。

この後もあるであろう、新御殿の警護と管理に、綱豊が間部詮房に命じ、新たな組織を編成させた。それが表向きの理由で、もうひとつは、綱豊が将軍家継嗣《けいし》の有力候補である限り、この先どのような妨害工作がなされるかも知れぬ。それに対して、日頃より諜報に努める必要がある。この者達は新御殿番の裏でこれに当る——。

そういう選び抜かれた猛者《もさ》達の集団と位置付けられていて、甲府徳川家内でも、彼らが赤穂四十七士であるとは、一部を除《のぞ》いてほとんどが知らなかった。秘密裡に動く集団ゆえ、家中の者さえその実体を知らぬ。それで話は通っていた。

その後も二度の御成があり、浪士達は召され、綱吉の問いかけに応《こた》え、時に庭先で武芸を披露して大いに喜ばせたが、そもそも綱吉は気まぐれである。

「この後は、しばし休息し、武芸鍛錬に励み、変事に備えよ」

そう言い置いた後は、ぱったりと御浜御殿に足を運ばなくなった。

このところは、すっかりと御浜御殿に詰《つ》めている新井白石は、

「あれこれと理屈を並べて、上様をお引き留めしている者がいるのであろう」

不敵な笑みを浮かべていた。

恐らくは柳沢吉保が、

「赤穂の者共は、最早《もはや》死人同然にござりますれば、度々の御成は忌むべきことかと存じまする」

などと言って、世を憚《はばか》るべきだと這《は》いつくばるようにして諫《いさ》めているに違いない。

「じゃが、それこそ幸い」

〝死人〟が着々と一隊を形成する時が出来たというものだと、白石はほくそ笑《え》んでいた。

まず、四十七人の動揺を鎮《しず》め、新たなる生き甲斐《がい》と喜びをいかに与えるか。

白石は、そのための静かな暮らしを四十七士にもたらしてやりたかったのである。

二月六日に、幕府は赤穂浪士の妻子への処分を決めてこれを告げた。

まず、妻と娘は処分の対象外とした。

男子も、数え歳十五未満は処分留保として、十五歳になって改めて通知するとした。

ただし、僧侶は罪に問わない。

ゆえに十五を目前にした男子は、ひとまず出家して不問となった。

十五歳に達していた男子は四名いた。

村松喜兵衛の次男・政右衛門《まさえもん》、二十三歳。

吉田忠左衛門の次男・伝内《でんない》、二十五歳。

間瀬久太夫の長男・定八《さだはち》、二十歳。

中村勘助の長男・忠三郎、十五歳。

四人は伊豆大島《いずおおしま》への遠島と決まったが、

「赤穂義士の御子息となれば、島では歓待されましょうし、密かに物品が届くよう手配いたしております。あくまで形だけの処分でござれば、数年もすれば島から戻れるようにいたしましょう」

白石は、浪士達にそのように説《と》いた。

本来ならば、四日に腹を切り、遺族に心を残すことになったであろうが、その無事を報《しら》されたのは、

「真に忝いことでござる」

吉田忠左衛門以下、子を持つ者は皆一様に感じ入り、穏やかな処置に対してありがたがったものだ。

未だ、浅野本家に預けられている、内匠頭の弟・大学長広とて、折を見て処分を解かれることであろう。

憂《うれ》いがなくなると、生きる望みも生まれる。

大石内蔵助は、〝御園番〟の面々に、山鹿流兵学を教え、

「影となって戦うには、あの討ち入りの折のように槍《やり》、長刀《なぎなた》の類《たぐい》は使えぬ」

と、刀法の稽古を奨励《しようれい》した。

刀法というならば、名門堀内《ほりうち》道場でその名を知られた堀部安兵衛、奥田孫太夫、間十次郎がいる。さらに諸流を学び、剣には一家言ある不破数右衛門、武林唯七といった猛者もいる。

内蔵助は、白石を通じて新御殿の隅《すみ》に二十坪足らずの武芸場増設を願い、ここで猛者達に腕を競《きそ》わせた。

錬達者同士の稽古は大いに盛り上がり仲間意識をさらに高める。

今は鬼となった武士達の生き甲斐は、さらなる剣技を磨くこととなった。

内蔵助とて、東軍《とうぐん》流剣術を修めている。

時には、

「年寄りの冷や水と笑われるやもしれぬが、各々方《おのおのがた》、そこはまあほどよう手加減を願いたい」

と言って、自らも稽古に参加し、同志達を喜ばせた。

木太刀の代わりに袋竹刀《ふくろしない》を使い、防具なども考案し、独自の刀術を日々練《ね》っ

て、自分達が最強の集団になるよう努めたのであった。

吉良邸討ち入りによって、実戦を経験した強みが一同には、自信となって身に備わっていた。

そして内蔵助は、新井白石、間部詮房と諮り、御園番士達を何組かに分けて、御浜御殿の警衛に当らせた。

形式的な巡回警備ではなく、密偵が現れそうな場所を取り上げて、そこを重点的に、そっと見張ったのである。

恐らく、赤穂浪士の動向が気になる柳沢吉保が、御浜御殿を探ろうとするであろう。

綱吉の寵を頼りに生きる吉保にとって、甲府綱豊の台頭は気になって仕方がない。

その甲府家に、赤穂浪士四十七名が養われているのである。私兵としてこれほど強いものはなかろう。ますます気になっているはずだ。

案の定、御浜御殿の周囲に、夜ともなれば怪しげな影が走り、日の高い内は見慣れぬ物売りや、托鉢僧《たくはつそう》などがうろついた。

内蔵助は、これらにまったく気付かぬふりをして、ある夜、海側から塀《へい》にとりついた密偵二人を、満を持して追い詰めた。

堀部安兵衛、不破数右衛門、武林唯七、潮田又之丞という腕自慢に、甲賀忍びの技を持つ大倉半次郎が加わった。

半次郎は大屋根の上にいて、密偵二人が塀に取りついたところで、手裏剣《しゆりけん》代わりの駒《こま》をなげつけた。

密偵二人は、読まれていたと知り、慌《あわ》てて塀から飛び下りて逃走をはかったが、

「それ！」

外には、袋竹刀を手にした安兵衛達がいて、赤子の手を捻《ひね》るかのごとく、手足を打ち据え、容易《たやす》く捕えてしまった。

これを縛りあげ、舌を嚙《か》まぬように、きつく猿轡《さるぐつわ》をして、翌日に二人を塀の外で取り押さえたと、甲府徳川家から正式に奉行所へ引き渡した。

大名屋敷内では、その家の法をもって罰することが出来る。ましてや曲者《くせもの》の類を手打ちにしたとてお咎《とが》めもなかろう。

密偵達も、捕えられれば密かに始末されてしまうと覚悟していたはずだし、送り込んだ者もそのように考えていたに違いない。

しかし間部詮房が、

「物盗りの類でござろうが、当家に忍び入らんとするは真に不届きな者でござる」

などと空惚《そらとぼ》けてみせたので、奉行所もそのままにしておけず、御浜御殿周辺の警備を一時的に強化した。

新井白石と大石内蔵助は、

「狐狸妖怪《こりようかい》の類が、苦々《にがにが》しき顔をしているのが手に取るようにわかりまするな」

「いかにも。影の戦いに引きずり込もうなどと考えているのかもしれませぬが。今はその手には乗らぬもの」

まず頰笑《ほほえ》み合い、智恵を絞ったのであった。

六

柳沢吉保は、近頃吐息《といき》ばかりをついている。

御浜御殿へ密偵を差し向けたのは、もちろん吉保の仕業《しわざ》であった。

彼の諜報機関の頭である江田監物が手配したものだが、まさか堂々と町奉行所に賊《ぞく》として差し出すとは思いもよらなかった。

赤穂浪士達は、綱吉の意向の通り、黙々と御浜御殿で、いつか将軍家の役に立つよう精進を続けている。屋敷に賊が入らば、甲府徳川家の一員としてこれを捕えるために出動し、速やかに町奉行所へ届け出る。

甲府徳川家に異心ある者などいるはずもない――。

その建前を前面に出されると、探りようもなかった。

――落ち着け。落ち着くのだ。

吉保は自分に言い聞かせた。甲府綱豊がそのようにくるなら、こちらも相手をせず、淡々と綱吉の寵《ちよう》を確かなものとして、己が基礎を固めていくしかなかろう。

しかし状況は、彼にとってはかばかしくなかった。

甲府徳川家は、御浜御殿を窺う曲者《くせもの》の存在を、巧みに流布《るふ》したので、それが将軍綱吉の耳にも入り、

「赤穂の義士らにおかしな探りを入れんとする者がいるような。墓穴を掘り返すような真似はやめさせい」

すっかりと春の暖かさが心地よくなったある日、吉保は叱責《しつせき》を受けた。

綱吉は、その一件を吉保の老婆心《ろうばしん》ゆえのものと達観《たっかん》していた。

「その力は、赤穂の者共が実は生きている、それを疑い、探らんとする者へ向けるべきものであろう」

吉保は畏《かしこ》まって、

「こ度のことにつきましては、赤穂の義士達を探らんとする者はおらぬか、密かに取り調べんとする最中に起こったことにござりまして、何とも面目がござりませぬ」

苦しい申し開きをした。

それでもその事実を素直に認めたのは、綱吉の心中を察するに敏なる、吉保の咄嗟《とっさ》の判断であったといえる。

叱《しか》りつつも、綱吉は怒りを秘めているわけではない。

長年の勘で、吉保にはそれがわかる。このような折は、よかれと思ってしたことが裏目に出たと、素直に認めて、ひたすら申し開きをした方がよいのだ。

「まあよい。いずれにせよ、赤穂の者共は、余の私兵となる」

吉保は、はっとして綱吉を仰《あお》ぎ見た。

綱吉のその言葉が、胸に突き刺さるように届いたのだ。

これは将軍家継承に繋《つな》がることではないのか——。

未だ綱吉には男子がなく、いよいよ次期将軍を誰として、綱吉の養子にすべきか、意見は分かれ錯綜《さくそう》していた。

徳川綱豊か、紀伊徳川家の当主・綱教か、それが大勢を占めていた。

綱豊は、綱吉の兄・綱重の子であるから、血筋としては綱豊であろう。

しかし、綱教は御三家の一人で、綱吉の娘・鶴姫を妻としている。綱吉の心情としては綱教に傾く。

柳沢吉保としては、綱教の方が与《くみ》し易い、何よりも綱豊が、自分達側近を嫌っているのは明らかである。

とはいえ、綱教自身、鶴姫との間に男子はなく、やがて綱吉の孫が将軍職を継ぐことになるかどうかは甚《はなは》だ疑問である。

綱教は、さほど身体壮健とはいえぬようで、孫の誕生を、綱吉はほぼ諦《あきら》めていた。

その上に、こ度の赤穂浪人の一件で、綱吉は甥《おい》の綱豊と接近し、彼の才智と自分への忠誠を認めていた。

いよいよ、甲府綱豊を世嗣《せいし》と定めたのであろうか。

「恐れながら、上様におかれましては、甲府様を……」

吉保は恐る恐る言上《ごんじょう》し、将軍の真意を問うた。

「うむ、それがよかろう。いや、そうと決めたぞ」

綱吉は、はっきりと吉保に申し渡した。

吉保が大きな衝撃を受けたのは、筆舌《ひつぜつ》に尽《つ》くし難い。

「じゃが、今はまだあれこれ思うところがある。そちとの話に止めおこう」

綱吉はニヤリと笑い、吉保に気を持たせつつ、その日の話はそれまでとした。

吉保は、それからしばらくの間、政務が手につかなかった。

自分にだけ本意を打ち明けたのであるから、将軍の自分への信頼は変わっていないと捉えてよいであろう。

しかし、綱豊が世嗣となれば、吉保が次第に営中の隅《すみ》へと追いやられるのは必《ひっ》定《じょう》。眠れぬ夜が続いた。

時節が夏に移ろっても、綱吉は〝あれこれ思うところ〟を吉保に伝えぬままであった。

それでも、綱吉という将軍の気まぐれは、相変わらずのもので、やがて吉保を驚かすことになる。

夏の終りに綱吉は吉保を召し、

「甲府綱豊にも未だに世嗣がおらぬ。これは由々しきことではないか」

と、問うた。

「仰《おお》せの通りにござりまする。その点におきましては、紀州綱教侯と変わりはござりませぬ」

吉保が恭く応えると、

「綱豊にも、養子を取らせねばなるまいのう」

綱吉は厳しい目をして、意外なことを告げたのであった。

第八章　嗣《し》子《し》

一

宝永《ほうえい》元年（一七〇四）十二月五日。

徳川綱豊は、〝家宣《いえのぶ》〟と改名して、五代将軍・徳川綱吉の養子となり、江戸城西の丸に入った。

家宣、四十三歳であった。

これによって甲府徳川家は廃され、その家来達は将軍家直参《じきさん》の待遇となった。

甲府徳川家の別邸で、家宣が愛した芝口《しばぐち》の御浜御殿は、海浜に面した壮麗《そうれい》な庭園が朽《く》ちぬよう、番人が置かれて維持されることになった。

その番人となったのが、二年前の十二月に吉良上野介を討ち、主君・浅野内匠頭の無念を晴らした後、昨年二月に切腹して果てたことになっている、赤穂浪士達であった。

彼らは、新井白石を通じ、自分達の吉良邸討ち入りを陰《かげ》で支え、本懐《ほんかい》を遂《と》げた

後は、

「もう一度生まれ変わり、この歪《ゆが》んだ世の中を正すために、皆の力を貸してもらいたい」

一命を賭《と》する覚悟で浪士達の助命を将軍家に進言してくれた徳川家宣の快挙を一様に喜んだ。

四大名家に分かれて腹を切り、武名を世に遺《のこ》す――。

その想いを一度は胸に刻《きざ》み、辞世《じせい》の歌や句まで認《したた》めた浪士達であった。

密かに切腹の場から、甲府徳川家の下屋敷に移された時は、大いに当惑した。

しかし、新井白石への恩義、甲府宰相からの期待と慈愛《じあい》を思うと、

「命は惜《お》しまぬ」

吉良上野介を討ち取って以来続いていた、武人としての興奮も収まってきた。

新井白石、大石内蔵助に説《と》かれると、艱難辛苦《かんなんしんく》を共にした同志達と、もう一度生まれ変わって働ける喜びが、じわりじわりと湧《わ》いてきた。

冷静になってみれば、大石内蔵助に従った彼の長子・主税はまだ数え歳《どし》十六。

同志であった矢頭長助《ちょうすけ》が病に倒れ空しくなった後、父の跡を継いで加わった右衛門七は十八であった。

他にもまだ二十歳を過ぎたくらいの浪士もいる。武士として生を受けたことの意味を確かめるには若過ぎる。

それを思えば、再び生かされるのも天命なのであろう。

彼らは、主君・内匠頭が無念の最期を遂《と》げてから味わってきた、元禄の世の頽《たい》廃《はい》、理不尽《りふじん》への怒りを共に晴らせる喜びを分かち、またひとつにまとまった。

生かされた赤穂浪士を抱えて、甲府徳川家が何を企《たくら》んでいるかを探りに来た、権力者共の犬を捕《とら》えんと武芸を揮《ふる》う。

そのために、また武芸の修練を競《きそ》う。

信奉する大石内蔵助を頭《かしら》に押し頂《いただ》いてのことである。

赤穂浪士達が、新たな暮らしに生き甲斐《がい》を覚えるのに時はかからなかった。

柳沢吉保が、徳川綱吉の寵《ちょう》を独占し、時の権力者であらんとして送り込んできた密偵は、ことごとく捕えて町奉行所に引き渡した。

表沙汰《おもてざた》にしたくない吉保は、やがて御浜御殿に手を出さなくなった。

してやったりの浪士達は、さらなる鍛錬を重ね備えを欠かさず、秘密組織〝御《み》園番《そのばん》〟として、鉄の団結を見たのである。

何といっても、人品骨柄《じんぴんこつがら》申し分のない名君・徳川家宣の江戸城入城は、宝永の世の到来と共に、新たな時代への変革を実感させてくれた。

そうして宝永二年（一七〇五）から三年（一七〇六）にかけて、浪士達は御浜御殿の番人として、しばし穏《おだ》やかな日々を過ごした。

最早《もはや》、将軍嗣子《しし》となった家宣に対して、さすがの柳沢吉保も手出しは出来ず、赤穂浪士達が御浜御殿の番人として静かな余生を送るのであれば、もう忘れてしまえばよいと割り切ったと思われた。

新井白石は、今や将軍家の侍講《じこう》として登城する身分となり、間部詮房と共に一目置かれる存在となった。

そして、度々《たびたび》この御浜御殿を訪れた。

ここにあった家宣の家来達の住まいの多くは取り壊《こわ》されたが、蜂屋源八郎《はちやげんぱちろう》という臣の家はそのままにされていた。

白石は、その住まいを与えられることになっていて、御浜御殿に来た時はそこを宿舎とし、内蔵助と二人であれこれと談合に及んだ。

白石が城中で覚えた幕府の政策について、内蔵助に意見を求めたのだ。

正義を求めるあまり、自分が頑迷固陋《がんめいころう》に陥《おちい》っていないか。

白石はそれが気になっていた。

今までは、元禄の世を憂《うれ》い、

「怪《け》しからぬ」

と、悲憤慷慨《ひふんこうがい》をしていればよかったが、この先、徳川家宣は天下人になるのだ。

批判ばかりしてはいられない。

己《おの》が策に酔い、主君の寵を笠《かさ》に着て権力を握らんとするつもりはない。

ただ政《まつりごと》の理不尽には身をもって抗議し、徳をもって世を治め、いかにすれば民を困苦から救えるのか――。

それだけを思い考え、主君に具申《ぐしん》が出来る武士であり続けるにはどうすればよいか。

そのような疑問を、白石は内蔵助に問いかけたのだ。

内蔵助は、白石にない柔軟な心を持っている。洒脱《しゃだつ》で人に好かれ、かつては赤穂浅野家の家老として政を務めた。

主家を失ってから、浪士達を率いて吉良邸への討ち入りをやり遂げた行動力は大したものである。

白石は、内蔵助には素直に教えを請《こ》うことが出来たのだ。

この気難しく、博学さにおいては誰にも引けをとらぬ白石に物を言える友は、大石内蔵助しかいなかった。

内蔵助は、それだけでもこの世に生き残った価値があったものだと、友の自分への信頼を喜んだ。

新井白石は、必ずやこの先、六代将軍となる徳川家宣の知恵袋として天下国家を導く存在になろう。

そんな彼の心の内に、自分の想いのひとかけらが生きているならば、この上もない幸せではないか。

そう思っても、熱くならずにいつも淡々として白石の話し相手を務められるのが、内蔵助の身上である。

「あまりあれこれ考えぬ方がようござるよ」

内蔵助は、まずこう応えた。

自分がどのように人の目に映《うつ》っているかなど、まったくどうでもよいと一笑に付すのであった。

「白石殿は、間違《まちご》うたことは申されておらぬ。それゆえ耳の痛い者は、恨《うら》んだりするやもしれぬが、正しいことはやがて人の心を把《とら》えるでござろう」

「左様《さよう》でござるかな」

「いかにも」

内蔵助はさらに、白石の前に堀部弥兵衛や、吉田忠左衛門といった、浪士の中の御意見番というべき老人を呼んだ。

老人達は、いずれも内蔵助に同意して、

「某《それがし》は、中山安兵衛を娘婿《むすめむこ》にするために、ただ己が一途《いちず》な想《おも》いのみを掲《かか》げて、半《なか》ば喧嘩《けんか》腰で臨《のぞ》み申した。中山の姓を捨てては、先祖に申し訳がないと言う安兵衛に、〝それならば、堀部の姓を名乗らずともよい！〟などと一徹者の本領を見せんとして向かい合《お》うたところ、安兵衛は某の願いを〝それならば委細承知仕《つかまつ》った！〟と怒りながら受けてくれたものでござる。武士というものは、男というものは、おかしなものでござってな。ぶつかり合うてこそ、相通じる想いを見つけられるものでござるよ。新井先生は、近頃珍しい一徹ぶりでござる。これを生かさぬ手はござりますまい。大いにぶつかり合い、人の恨みを買えばようござりましょう」

堀部弥兵衛は、何度も深く頷《うなず》いてみせたし、にこやかに弥兵衛の言葉に耳を傾けていた吉田忠左衛門は、

「先生は、このお頭（内蔵助）のように、人に対して当りがよく、どこかおかしみを湛《たた》えていれば、人と争わずに何ごともよい方へ向かうと思うておいでてござりましょうが、これでなかなか……、お頭には随分《ずいぶん》と気を揉《も》まされ、苛々《いらいら》とさせられたものでござりまするぞ。ははははは」

穏やかに笑ったものだ。

老人達もまた、新井白石の心の奥底に、自分達が武士として生きてきた信条を、少しでも刻《きざ》みつけることが出来たならば、人生の痛快事だと話す声に力が籠《こも》った。

内蔵助は、己が武術を揮う役儀から、一線を離れて過ごす老人達に、こうして生き甲斐を与えたのである。

二

宝永三年に入って、赤穂浪士を支えた老雄達が次々と世を去った。

まず正月に堀部弥兵衛が、七十九歳で亡くなった。

若き頃から直情径行《ちょくじょうけいこう》が愛され、赤穂浅野家に、あの高田馬場の決闘で驍名《ぎょうめい》をうたわれた中山安兵衛を迎え入れた一徹者であった。

吉良邸討ち入りの際は、高齢をものともせず、大高源吾の手を借りながらも塀《へい》から飛び降りて乱入し、槍《やり》を手に奮戦した。

御園番となってからは、若い隊士達にとっての御意見番として同志達をまとめあげた。

「もう一度、御園番として槍を揮いたかったが、この先は鬼を相手に一戦仕らん。安兵衛、よくぞこの一徹者の息子になってくれたな。真《まこと》に忝《かたじけな》し。このありがたさも、あの世に持って参るぞ……」

いかにも弥兵衛らしい言葉を遺《のこ》し、古武士は旅発《たびだ》った。

「これこそ大往生《だいおうじょう》じゃ。皆で大いに飲んで語り、偲《しの》ぼうではないか」

内蔵助は、目出たいことだと浪士達と弥兵衛を懐しんだものだ。

老人達は、弥兵衛の死にひとつの区切りを覚えたのかもしれない。

五月になって、間喜兵衛が病没した。

若き頃は武芸を極め、討ち入りの際は六十九歳であったが、見事に槍で一人を討ち取った。

息子の間十次郎、間新六もまた四十七士に名を連ね、御園番の重要な士となっていた。

七月に入ると、間瀬久太夫が眠るように息絶えているのが、朝になって確かめられた。享年《きようねん》六十五であった。

討ち入りの意志を鮮明にせず、陰で着々と段取りを進めた大石内蔵助に業《ごう》を煮《に》やし、何度も決起を迫った熱血の士であった。

息子の孫九郎も、御園番の一員としてこの世に残り、内蔵助の下で武芸を磨いている。

切腹すべきところを生かされて御園番なる組織を結成する運びとなった当初。この三人は、複雑な想いに揺れる浪士達の相談役を務め、一隊を落ち着かせる役目を果した。

そして、弥兵衛、喜兵衛、久太夫には、それぞれ誇るべき息子が傍にいた。

今は戦う一団としてまとまったのだ。自分達の役目は息子が受け継いでくれるであろう。その安堵《あんど》が、三人の心を安らかにしたといえる。

小野寺十内、村松喜兵衛もまた六十を過ぎ、それぞれが幸右衛門、三太夫という息子が御園番にいる。

「我らもいつ迎えが来てくれるのであろうな」

いつしかこれが二人の口癖《くちぐせ》となり、今や最長老となった吉田忠左衛門が、

「我らが未だ召《め》されぬのは、まだ天命を果しておらぬということでござるぞ」

と、窘《たしな》める光景が見られた。

吉田忠左衛門もまた、六十六歳となっていたが、

「彼《か》の御仁《ごじん》がおらねば、吉良邸討ち入りはできなんだやもしれぬ」

大石内蔵助が、そのように述懐するだけあって、忠左衛門はこの御園番においても副長格として、番士《ばんし》からは慕《した》われ、崇《あが》められていた。

一同からは、

「ゆめゆめ、お急ぎあるな」

と、達者でいることを望まれている。

心の奥底では、

「先に逝《い》った三人が羨《うらや》ましい」

などと思いながらも、日々赤穂浪士達の日常に目を光らせ、調整役を務めていた。

これによって、大石内蔵助は新井白石の相談役として存分に腕を揮うことが出来たのであった。

この年。江戸市中では、不可解な事柄が起こっていた。

といっても、それをおかしいと感じる者は、ごく限られた者達であったのだが、白石はそれを見逃さなかった。

白石は近頃、間部詮房の取り次ぎにより、北町奉行・松野河内守《まつのかわちのかみ》との知遇《ちぐう》を得て、町方《まちかた》役人からあらゆる市井《しせい》の情報を得ていた。

それによると、町医者が二月に水死体で見つかった。この医者は相当腕がよく、地位も金もある男であり、自害の身投げとも思えなかったという。

さらに、浅草田圃《あさくさたんぼ》で浪人が斬殺されているのが翌月に見つかった。この浪人も念流《ねんりゅう》の遣い手で、容易《たやす》く斬《き》られるような者ではなかった。

さらに、同じ時期に柳原《やなぎはら》の土手で、銀座《ぎんざ》の町人が、その従者と共に殺害されているのが見つかった。これらは辻斬《つじぎ》りの仕業《しわざ》だと一旦処理されたが、先述の医者と併せて考えてみると、この三人はいずれも大黒常是《だいこくじょうぜ》と関わりがあった。

大黒常是というのは、銀座の吹所《ふきしょ》で極印《ごくいん》を司《つかさど》る常是役所の長である。代々世襲でその名を与えられ、公儀御用の丁銀《ちょうぎん》、小玉《こだま》銀を包封する役儀にあるため、大きな財力、権力を握っている。

そして、医者は大黒常是の拝領屋敷《はいりようやしき》出入りの者。浪人は常是屋敷の用心棒。

銀座の町人というのは、常是が重用していた、常是役所に勤める者であった。

少し頭を捻《ひね》れば、ここに銀座絡みの騒動が潜《ひそ》んでいるのではないかと疑われるところだが、

「これを結びつけては、ちと面倒が起こりましてな」

松野河内守が渋面《じゆうめん》を浮かべるがごとく、町方役人は、これを個々の一件として処理し、下手人の行方を追うしかなかった。

明らかに公儀の圧力がかかっていた。

「真にわかり易い殺害《せつがい》でござるな」

内蔵助は、白石に笑ってみせた。

「いや、真に……」

白石にも、それがどのような騒動か、わかっていた。

恐らく奉行の松野河内守も気付いていることであろう。

これは明らかに、柳沢吉保が勘定《かんじよう》奉行・荻原重秀の献策によって進めている、貨幣改鋳に関わることである。

絢爛《けんらん》たる元禄時代を経《へ》て宝永の世となったが、生類憐れみの令に加えて、寺社の改修、朝廷、公家への出費などがかさみ、幕府の財政は傾きかけていた。

荻原重秀は、それを金銀の改鋳により切り抜けようとしてきた。確かにこれは幕府の財政を立て直した。

だが、質の落ちた貨幣を大量に流通させ、これを等価交換させて利鞘《りざや》を得るなど、騙《かた》りのすることである。一時的に財政が立て直されたとしても、それはただのまやかしに過ぎないと白石は考えていた。

そもそも、幕府の財政難は、本来武士が心得ねばならぬ質素倹約の精神を忘れた驕奢《きょうしゃ》な暮しを、将軍家が行ってきたことにある。

柳沢吉保は、その本質に目をやらず、何もかも、騙り者の勘定奉行に任《まか》せてきた。

「真に怪《け》しからぬ」

白石は以前からこの件については、悲憤慷慨してきた。

しかし、柳沢吉保はこれらの悪政が、物価の上昇を生み、庶民を苦しめていることには見向きもせず、さらなる貨幣改鋳を企《たくら》んでいるようである。

吉保は、荻原重秀をして、銀座の大黒常是にも、その構想を伝えたものの常是はそれに対して難色を示しているとの報が、白石の耳にも届いていた。

その常是に関わる三人の謎の死――。

どう考えても、吉保が影の力を用いて、常是役所に揺さぶりをかけているに違いない。

「何よりも気にかかるのは、誰かお偉い方が、鬼を飼っていることでござるな」

内蔵助が、のんびりとした口調で言った。

このような時も、怒りに任せず一歩引いて考えられるのが彼の身上である。

白石はそれを望んでいた。内蔵助と話す時、彼はほとんどの場合、何かに腹を立てていた。

そんな自分をまずはゆったりと宥《なだ》め、怒りの炎を消してくれるのが内蔵助である。

一旦、熱い想いを冷《さ》ましてから物事を考えると、頭が冴《さ》えてくる。

「これはやはり、鬼退治をした方がようござるかな」

白石は呟《つぶや》くように言った。

内蔵助は、ゆったりと頷《うなず》いて、

「貴殿もお気をつけ召《め》されい。紀伊国屋殿も、余《よ》の儀《ぎ》ではござらぬな」

きりりと顔を引き締めた。

三

江田監物は、このところすこぶる機嫌がよかった。

柳沢吉保の親衛隊長という役向きにあり、赤穂浪士の吉良邸討ち入りを未然に防ごうとして暗闘したが、これまでは芳《かんば》しい成果をあげられずにいた。

まず手始めは、赤穂で浅野家城代家老・大石内蔵助の暗殺を企んだが、思わぬ邪魔が入り、かえって刺客《しかく》二人が殺されるという失態を演じた。

巻き返さんとすれば、将軍綱吉が俄《にわか》に赤穂浪士贔屓《びいき》となり、世の人気を得た浪士達を容易に狙えなくなった。

かくなる上は調略によって、浪士達を切り崩さんとした。

高田郡兵衛をはじめとする有力な浪士達を、義理で縛《しば》りつけて引き離した。

それでも、大石内蔵助率《ひき》いる浪士達は巧みに監視の目を逃れ、見事に本懐を遂げた。

敵ながら天晴《あっぱ》れとは思ったが、武士として晴れがましく名を残し、散っていった浪士達への敗北感は並々ならぬものがあった。

その後浪士達は、密かに将軍家嗣子《しし》となった徳川家宣の手の中に生き残った。

しかし、江田監物はその事実を吉保から報《しら》されていなかった。

移り気と思いつきが病的でさえある綱吉は、家宣の献策によって、最重要機密事項として、浪士達が切腹して果てたと見せかけ、その命を救った。

吉保は、浪士達の生存を苦々しく思いながらも、綱吉にはどこまでも従順な姿勢を崩さなかった。それこそが彼の生き方のすべてであったし、出世の秘訣であった。

ゆえに、吉保は己が家来ではなく、剣術指南の一人として出入りさせている監物には打ち明けなかったのである。

吉保にしてみれば、いつでも使い捨てに出来る男に、大事を打ち明け、秘事を共有するほどの情も義理もない。

御浜御殿の浪士達の様子を探らせる時も、

「甲府殿が、浜屋敷にて何やら不穏な動きをなされている気配がある。様子を見てくれ」

とだけ命じた。

監物は、そこに赤穂浪士達がいるとも知らずに密偵を送り込んでいた。

これが見事なまでの番士達の武芸と連携によって捕えられたのは、監物を驚かせたものだが、赤穂浪士が集団で棲《す》む屋敷へ密偵を放つのなら、もう少しやりようがあったものだ。

未《いま》だそれを知らずに、

「甲府宰相は、どこまでも隙《すき》がない」

と、感嘆し、己が不甲斐《ふがい》なさに歯噛《はが》みをしたのは、吉保からすれば真に滑稽《こっけい》なことであったが、監物は相変わらず、道化《どうけ》ともいえる役回りを懸命に演じていた。

吉保は、その懸命さを買った。

探りを入れて失敗したとて、自分の腹は痛まない。それを分析すれば、新たな謀《はか》り事の種になると見ていたのだ。

そして飼い犬は、主人がかわいがってくれれば嬉しそうに尻尾を振る。

吉保の意を受けて、向井俊太郎達刺客に命じて、大黒常是出入りの者達を斬り、揺さぶりをかけたことは、吉保を大いに喜ばせていた。

――これで己が先行きにも光が射した。

監物は胸を撫《な》で下ろしていたのである。

怜悧《れいり》な官吏《かんり》である柳沢吉保のよそよそしさは相変わらずであるが、天下の権勢を握っている男なのだ。

食らい付いていれば、やがて大きな収穫にもあり付けよう。

親の代からの浪人暮らし。武芸に長じ、軍学も修《おさ》めたとはいえ、己が立身はこのような汚れ役を引き受ける他、道がないと、江田監物は割り切っていた。

勘定奉行・荻原重秀は、さらなる貨幣改鋳を企んでいた。

柳沢吉保としてみれば、いかなる時でも将軍・綱吉の望みを叶《かな》えんとすることが一義なのである。

財政において、手元不如意ゆえ、この出費はまかりなりませぬとは、口が裂けても言えない。

悪貨が国を混乱に陥《おとし》いれようが、金を得るための策ならば、これを推し進めるしかない。

その魔法を施《ほどこ》す荻原重秀の願いには、確と応えてやらねばならなかった。

重秀は、銀の含有量を減らした銀貨の改鋳に着手していたが、銀座の大黒常是はこれに難色を示した。

とはいえ、徳川家康が堺《さかい》の銀吹き工であった湯浅作兵衛《ゆあささくべえ》に名乗らせて以来、代々にわたって続く大黒常是を手にかけるのはためらわれる。

常是の身を守る連中を襲い、真綿《まわた》で首を絞める方法をとった。

医者、用心棒、腹心の配下を次々に失った今、常是は恐怖を覚えているであろう。

「常是がそれでも異を唱えるならば、殺すまでもないが、当人に何か思い知らせてやるがよい」

吉保は、さらに監物に指令を出していた。

「常是に入れ智恵をする者がいるやもしれぬが、銀座界隈《かいわい》をうろうろする者は、辻斬りに遭《お》うたとて、身から出た錆《さび》というものじゃのう」

入れ智恵をする者——。これには、新井白石や紀伊国屋文左衛門なども含まれているのであろうか。

四

江戸の町に、しとしとと春雨が降り注《そそ》いだ。

これを喜ぶ者がいた。

江田監物の手下達である。雨となれば、昼夜構わず、笠を被《かぶ》って歩く姿が、ごく自然に町に溶《と》け込むからである。

しかも本降りではないので、体に楽であった。

笠の下には殺気に充ちた鋭い目がある。彼らはこれを隠しながら、銀座界隈を行き通う。

目的は、大黒常是に対する脅しであった。

銀座をうろつき、別段何かをするわけではないものの、

「いつでも命を奪《と》ってやるから、覚悟を決めるがよい」

暗黙のうちに告げているのだ。

この手下達は二隊に分かれていた。

一隊は、わざと存在を見せつける、ただの脅しの一隊。

もう一隊は、いざという時に暗殺を行う実行部隊であった。

こちらの方は、大名、旗本家に仕える武士の体《てい》を装い、町中に蠢《うごめ》いている。

常是屋敷へ出入りする者が、脅しの一隊に気を取られ、その恐怖から逃れたと一息ついたところを狙うのだ。

だが、この春雨を喜ぶ武士達が他にもあった。

彼らもまた、昼夜構わず笠を被って町を歩く任務を背負っていたからだ。

その正体は、大石内蔵助を頭とする、御園番の精鋭であった。

銀座界隈に出張っているのは、堀部安兵衛、武林唯七、杉野十平次、間十次郎、潮田又之丞という、いずれも腕自慢の者達であった。

この五人が散らばって町を行き通い、謎の武士達の動向を探る。

そして、いざという時はたちまち一所に集まって敵を討つ――。

そのように申し合わせていた。

御浜御殿との間の繋ぎは、潮田又之丞が受け持っていた。

又之丞は東軍流《とうぐんりゅう》剣術の遣い手で、内蔵助とは同門。赤穂浪士の中では誰からも信頼されている。あの討ち入りの折は、京と江戸の繋ぎ役を務めていたから、正に適任であると言えよう。

五人が一堂に会するのは戦う時と決められている。あれこれ情報を共有し、状態を確認し合うのは、すべて又之丞を通じて行われたのである。

五人は、町に潜入するのは慣れている。

その経験からあくまでも追う立場を崩さぬのが、大事だと心得ていた。

もし敵に付け狙われたなら、どんな手を使ってでも一旦逃れて、逆に相手の背後から忍び寄って付け回す。

それが何よりであるのだ。

ここで五人は、脅しをかける一隊には構わず、実行部隊が潜んでいるのではないかと見て、周囲に気を巡らせた。

彼らの任務の一義は、大黒常是に迫る危機を救うこと。

さらに、新井白石の身を守るためでもあった。

貨幣改鋳を快《こころよ》く思わず、誰よりも悲憤しているのは白石であった。

徳川家宣が将軍となった暁《あかつき》には、必ず改めねばならぬ悪癖《あくへき》であるとする白石は、

「何も恐れることはござらぬ。貴殿が難色を示すのは、至極もっともと存ずる」

わざわざ常是屋敷に出向き、励ましの声をかけていた。

この辺り、新井白石は儒者《じゅしゃ》であるから、小回りが利く。

学問仲間の繋がりで、講義に出向くと言えば、どこであろうと罷《まか》り通った。

今や、将軍家の侍講となった白石の来訪を喜ばぬ者はいないし、頑《かたくな》に武士の本分とは何たるかを世に問う白石に、下らぬ意見や忠告をする者もいなかった。

もしも、柳沢吉保の機嫌を伺い、

「大黒常是の許へは、あまり出入りなさらぬ方がようござろう」

などと白石に釘を刺せば、

「某《それがし》は、上様《うえさま》がお奨《すす》めになる学問を、少しでも世に広められればと思うのみでござる。学問を修める身に、何の分け隔《へだ》てがござろうや」

堂々たる正論を浴びせられ、どんな議論をしたとて、論破されるであろう。

だが、それゆえに煙《けむ》たがられる。

あわよくば、大黒常是と共に、〝辻斬り〟にでも遭ってもらいたいと願う者も現れようものだ。

それゆえ警護が必要となる。

安兵衛達は、密かな巡回によって、敵の動きが次第に読めてきた。

白石が次に常是屋敷へ出向くのは、三日後となっていた。

その日がかなり危険だと大石内蔵助は分析していて、不測の事態に備えるよう指図した上で、

「いざという時は、鬼退治をするように」

と、言い添えていたのだ。

「今宵《こよい》は引き上げるとしよう」

潮田又之丞が、そっと告げて、その夜も御園番士達は、散り散りとなり引き上げたのだが、その際、堀部安兵衛は、

「ちと気になることがあるので、少し遅れて帰る。なに、心配はいらぬ」

と、又之丞に応え、一人だけ輪を外れて歩き出した。

安兵衛は、笠の下から気になる人影を見つけた。そして、その人影はこの五人の浪人全員が知っている相手ゆえ、彼は気を利《き》かせたのだ。

人影は、高田郡兵衛であった。

かつては堀部安兵衛、奥田孫太夫とで、赤穂浪士急進派の三羽烏《さんばがらす》と謳《うた》われたが、元禄十四年の十二月に脱盟した。

兄、高田弥五兵衛から、高田家の先行きを考えろと促され、悩んだ末に伯父《おじ》である旗本・内田三郎右衛門の養子となったのだ。

一族に対する義と、同志達への義の板挟みとなったわけだが、その後郡兵衛は、本懐を遂げた赤穂浪士達の姿を見に泉岳寺へ走り、浪士達へ讃辞を贈った。しかし、堀部安兵衛と奥田孫太夫が僅かに会釈を返した他は、黙殺された。

当然である。あれだけ主君の仇《あだ》を討つと息まいていた男が、直参《じきさん》旗本の地位に目が眩《くら》み、同志を裏切ったのだ。浪士達が憤慨するのも無理はない。

そんなことは百も承知で、郡兵衛は声をかけずにいられなくなったのであろう。

郡兵衛とは誰よりも親しく、共に浪士達を鼓舞《こぶ》してきた安兵衛にとって、彼の脱盟は何よりも応えたが、今となれば罵声《ばせい》を浴びるのを覚悟で、浪士達の快挙を称《たた》えんとしたことには男気を覚える。

人はあれこれ言うが、その時の当人が置かれていた立場や心情は、誰にもわかるものではないのだ。

赤穂浪士達は、生かされて後、身内の処分や、世話になった者達の動向が気になった。

それらは、甲府徳川家を通じて逐一《ちくいち》報され、一通り安堵に胸を撫で下ろしたのだが、同時に高田郡兵衛の噂《うわさ》も耳に入った。

郡兵衛は身を裂かれる想いで、吉良邸討ち入りを断念したものの、結局、旗本・内田家の家督を継がなかったという。

赤穂浪士に対する讃辞が凄《すさま》じい中、脱盟した者を当主に据えることに、内田家でも引け目を覚えたようだ。

だが、無理矢理《むりやり》脱盟させた手前もあるから、今さら反故《ほご》にするわけにもいかぬと、ためらう様子を郡兵衛は如実《にょじつ》に感じたのであろう。

確とは知れぬが、そんな武士の暮らしに嫌気がさして、自ら身を引いたのに違いない。

口には出さぬが、赤穂浪士の中にも、これを哀れと見る向きもあれば、〝よい様《ざま》〟だと切り捨てる向きもある。

剛直で情に脆《もろ》い堀部安兵衛は、いずれでもない、やり切れぬ想いを抱いていた。

その高田郡兵衛を町角で見かけた。まだこの頃の江戸の町には、気の利いた居酒屋などは見受けられぬが、小売り酒屋の店先で飲むくらいのことは出来た。

安兵衛が見かけた郡兵衛は、明らかに酔態で、店の者から拝《おが》まれるようにしてそこから出てきたのであった。

「馬鹿者めが、もう二度と来ぬよ……」

酒量が過ぎたか、店の者達を罵《のの》しる言葉も弱々しく、足許もおぼつかなかった。

恐らくしつこく酒をせがみ、何度か他の客相手に暴れもしたのであろう。店主がそっと郡兵衛の袖《そで》に心付けを忍ばせたのを見ると、頼むから来ないでくれと懇《こん》願《がん》されている様子がわかる。

か。

——あれが郡兵衛か。

安兵衛は、ますます切なくなった。

衣服は着崩れ、月代《さかやき》は伸び放題で、鉛色《なまりいろ》の顔をしていたが、見間違えではない。その武士は正《まさ》しく高田郡兵衛であった。

内田家からは僅かな捨扶持《すてぶち》を受け、日々酒にうさを晴らしているのであろうか。

「赤穂浪士の意地を見せぬか！」

叱《しか》ってやり、再び武芸の道へ導いてやりたいが、堀部安兵衛は既《すで》に死んでいる。

死んだ同志達への申し訳なさ、不甲斐ない想いが彼を苛《さいな》んでいるのなら、ますますやり切れぬ。

「ふん、見ておれ。おれは華々しゅう死んでやるぞ……」

独《ひと》り言《ご》ちて路地裏へ去っていく高田郡兵衛の姿が見えなくなるまで、安兵衛はしばしその場に立ち竦《すく》んでいた。

五

それから三日目の夕方から夜にかけても雨が降った。

新井白石は、従者二人を伴い、大黒常是の屋敷へ出かけた。来るなら来いという、柳沢吉保配下の者への挑発ともいえた。

従者二人は、大倉半次郎と不破数右衛門であった。

御園番の精鋭として、数右衛門はこのところ、白石の護衛をしていたのだ。

白石は襲撃を待ち望んでいた。

貨幣改鋳を何よりも嫌う白石は、闇の力が反対派である大黒常是を、力で脅すことが許せない。この騒ぎを表沙汰にしてやろうと考えていた。

この日も学問講義を、常是屋敷で行いつつ、

「御貴殿は、何も間違《まちご》うてはおられませぬぞ。胸を張っておられたらようござる」

常是をそっと励ました。

そして新井白石の言葉は大いに常是を勇気付けたのである。

「先生も、くれぐれも御用心なさいますよう」

白石の身を案ずる常是に送り出され、彼は危険に充ちた夜の町にその身を置いた。

「武者震いがいたしまする」

数右衛門が小声で言った。

彼は、ここ数日、堀部安兵衛達から、銀座を暗躍する者の動きを報されていた。

襲う連中は、音もなく方々から現れ、一気に攻めてくるであろうと。

だが、新井白石とて刀術に長《た》けている。半次郎もただの若党ではない。同じく若党姿の数右衛門との三人が、学者の三人連れと見てかかってくればむしろ幸いである。

初太刀さえかわせば、こちらのものなのだ。

――それがいかなるものか、柳沢の犬共に見せてやる。

数右衛門は、今か今かと敵襲を待ち受ける。

白石は、わざと帰路を鉄砲洲経由とした。

ここには、かつて浅野内匠頭の屋敷があった。赤穂浪士達は土地勘があり、かつ無念に涙した土地であった。いざという時、御園番の士気もあがると考えたのだ。

何よりも、海浜に面した通りは心淋《うらさび》しく、敵が白石を狙いたくなる場所であった。

沖を行く大船の灯が、ほんのりと海を赤く染めていた。

「先生、御油断召さるな……」

稲荷《いなり》橋にさしかかった辺りで数右衛門が囁《ささや》いた。

「心得た……」

白石も、ひたひたと迫る殺気を覚えていた。彼自身、久しぶりに太刀を抜くのが楽しみでもあったのだ。

それもこれも、頼もしい後詰《ごづめ》の存在があってのこと――。

「来ましたぞ！」

半次郎が抜刀した。

途端《とたん》、傍らの社《やしろ》の陰から三人、橋の向こうから二人が襲いかかってきた。

数右衛門と半次郎は、社の三人には目もくれず、白石を挟《はさ》み三人で橋の二人に襲いかかった。

橋の刺客二人は戸惑った。かくも迷いなく三人揃《そろ》って反撃してくるとは――。

しかも、従者の二人はかなりの手練《てだれ》である。

半次郎は、駆けながらまず二人に向けて、得意の独楽《こま》の投擲《とうてき》をした。

これに怯む二人に数右衛門と白石が力を合わせて斬り込む。

慌てて、社の三人が、白石達二人の背後から襲いかからんとしたが、いつの間にか三人は、自らもまた背後に敵を受けているのを悟った。

「しまった……」

首領格の一人が振り向いた時、その敵は猛烈な勢いで斬りかかってきた。

これこそ白石が頼る後詰の一隊。堀部安兵衛、武林唯七、間十次郎の三人であった。

夜陰に塗り笠を被ったこの三人が何者かわからぬうちに、刺客三人は橋の袂《たもと》で倒されていた。

その頃には、橋の上で数右衛門が一人を倒し、斬り結ぶ白石に半次郎が加勢し、さらに橋の向こうから救援に駆け付けた潮田又之丞の手によって、残る一人も打ち倒されていた。

この度もまた、御園番は一人も切り捨てず、全員を峰打ちに倒した。

「半次郎、出しゃばりよって……」

白石は、いつもの調子でこの若党を詰《なじ》った。もう少し刀を揮《ふる》いたかったというのに、半次郎の加勢が素早く、その上に又之丞が駆け付けたので、ほとんど何も出来なかったのだ。

「旦那様、そのように仰《おつしや》いますが、相当息があがっておりまするぞ」

半次郎のおもしろみのある応えようも健在であった。

すぐに、近くの番屋から番人がやってきたが、その時には白石は半次郎と二人だけで橋の袂に立っていた。

安兵衛達はその場からすぐに駆け去り、再びそっと白石を見守っていたのである。

「こ、こいつはいかがなさいました?」

番人は、屈強そうな武士が五人も倒れているので驚いたが、白石はきっちりと身分を名乗り、

「不届き者に襲われたところ、通りかかったいずれかの家中の方々にお助けいただきましてな。いや、何も告げずに立ち去るなど、立派な武士もいるものでござるな」

からからと笑ったのである。

六

柳沢吉保は、再び沈黙を強いられた。

暗闘には暗闘で応える。曲者《くせもの》は人知れず始末する。新井白石はそのようなことはせず、いちいち正面から訴えてくる。

襲撃に失敗した五人が死んでくれたら、容易く闇に葬り、うやむやにしてしまうものを、奉行所の手に渡れば面倒であった。

無論、捕えられた五人が、柳沢吉保の名を口にすることはありえない。刺客は江田監物によって、幾重《いくえ》にも巡らされた命令系統の下に放たれている。これが柳沢吉保の内意であるとまではわからない。

しかし、新井白石が何者かに襲われたとなれば、世間の見る目は自ずと柳沢、荻原に向けられる。

柳沢吉保も沈黙するしかなかったのだ。

江戸城西の丸では、新井白石が大石内蔵助と智恵を絞り、痛快な働きを見せていると聞き、徳川家宣は日々機嫌がよかった。

家宣は、綱吉の養子となってからは、ひたすら養父への敬意を示し、学問の教えを請い、今のところ良好な関係を築いていた。

とはいえ、家宣にも継子がないのは頭痛の種であった。

「余が死ねばそなたが継ぐ、そなたが死ねばそなたの子が継がねばならぬと申すに、これでは落ち着かぬのう」

綱吉にそう言われると、家宣も耳が痛かった。

「そなたも、いずれ養子をとることも考えねばならぬな」

綱吉は時折、この言葉を口にした。

元より家宣は、そのことを懸案《けんあん》としていたのだが、己が養子を決めるにあたり、それを巡って、何か政争が起こらねばよいがと心を痛めていた。

そのような折。

夏になって、綱吉が妙な話を家宣にした。

「これは、ごく僅かな者しか知らぬことじゃが、そなたは余の嗣子じゃ。包み隠さず打ち明けておこう」

というのだ。

「お話しくださりますれば幸いにございまする」

家宣は、胸騒ぎを禁じえなかったが、恭《うやうや》しく承《うけたまわ》った。

「他言は無用にな」

「ははッ」

「実はな、美濃守（柳沢吉保）の側《そく》・染子《そめこ》であるが、あれは余が若き頃に、女中に生ませた子でのう……」

「何と。左様《さよう》にござりまするか……」

家宣は、ゆったりとした姿勢で、綱吉の言葉に耳を傾けたが、内心は穏やかではなかった。

「その頃は余も、まだ将軍の身にあらず、奥（信子《のぶこ》）を迎えたばかりでな。ちと気まずうなって、京へ預けたというわけじゃ」

しみじみと語る綱吉は、

「このような話ができてこそ、真の父子というものじゃ。ふふふ、まず心のどかにしもうておいてくれ」

多くを語らず頰笑んだものだ。

このところ綱吉は、めっきりと老いた。

それゆえ言動にも落ち着きがなくなってきたように思える。
家宣は、どこまでも従順を貫《つらぬ》いたが、胸騒ぎは募《つの》るばかりであった。

第九章　将軍家

一

「何ゆえに、上様《うえさま》はそのようなことを我が君に……」

間部詮房は、重苦しい声で言った。

江戸城西の丸にある彼の用部屋には、将軍家の侍講《じこう》となった、新井白石だけが息を潜《ひそ》めるように座っていた。

「胸騒ぎがいたしまするな」

低い声で応《こた》えた白石の額《ひたい》には〝火〟の字が浮きあがっていた。

彼の表情には、詮房から天下に関《かか》わる機密事項を打ち明けられたことへの気負いが含まれている。

その機密事項とは、将軍・徳川綱吉が、将軍家嗣子《しし》となった家宣に、

「他言は無用にな」

と、語り伝えた〝隠し子〟についてのことであった。

家宣は、思慮《しりょ》深く慎《つつし》みのある貴人である。

養父にこのように言われた話を、たとえ己《おの》が腹臣であっても軽々しく漏《も》らすなど、もっての他だと心得ている。

しかしそれを詮房に伝え、詮房もまた白石に知恵を借りるべく打ち明けねばならなかったのは、止《や》むを得なかった。

その内容は、

「実はな、美濃守（柳沢吉保）の側《そく》・染子であるが、あれは余が若き頃に、女中に生ませた子でのう……」

というものであったからだ。

まだ将軍となる前で、京より正室・信子を迎えたばかりの頃であったゆえ、それに気遣《きづか》いをして、綱吉はその子を京の大納言《だいなごん》・正親町三条実久《おおぎまちさんじょうさねひさ》に預けたというのだ。

やがて成長したその娘を柳沢吉保に側室として迎えさせたのは、吉保が有能な官吏《かんり》であり、その将来性に期待をしたからである。

この秘事を知っているのは、ごく一部の者だけなのだが、家宣は将軍家の嗣子であるゆえ、まず話しておかねばならぬ。

それが真の父と子ではないか。

「まず心のどこかにしもうておいてくれ」

綱吉は、家宣に親しみを込めて話したのだが、

「父上のお言葉には含みがある」

家宣は、心中穏やかではなかった。

これは我が身の一大事ともいえることで、

「そちはどのように見る」

と、間部詮房には綱吉の本意が何か問わねば、気が済まなかった。

そして詮房に問うというのは、詮房の判断で新井白石に下問せよとの意でもある。

将軍家嗣子となり、家宣が一介《いっかい》の侍講の立場である白石の意見を直《じか》に汲《く》み上げるのは、今まで以上に難しくなっていた。

白石の想いは、詮房が胸に抱く危惧《きぐ》と同じであった。

「つまるところ。柳沢美濃守の嫡男《ちゃくなん》は上様の孫であると、仰《おお》せになられたのでございまするな」

「いかにも、そのようにとれる……」

「このところ上様は、亜相様《あしょう》（家宣）に、養子をとってはどうかとお勧《すす》めの由《よし》」

「左様《さよう》」

詮房の目に強い光が宿っていた。

綱吉は、柳沢吉保の嫡男《ちゃくなん》・伊勢守吉里《いせのかみよしさと》を、自分の孫ゆえ、養子にしてはどうかと暗に勧めている――。

家宣が気にかけ、問わずにはいられなかった事柄がここにある。

詮房も白石も、当然のごとくそのように捉《とら》えていた。

「上様は正気をなくされたか……」

白石は険《けわ》しい表情を崩《くず》さずに、大きな息を吐《は》いた。

美濃守吉保の側室・染子が、実は綱吉の娘であったなど、

――よくもそんな嘘《うそ》をつけたものだ。

白石は呆《あき》れ返る想いであった。

染子は、柳沢吉保の家臣・飯塚正次《いいづかまさつぐ》の娘とされている。白石はそのように調査していた。

それがいつの間に、正親町三条実久の娘だと変わったのであろう。

宮中で噂《うわさ》されているのは、綱吉が柳沢邸へ御成をした折、吉保の側室である染

子を気に入り、吉保は綱吉にこの愛妾《あいしょう》を差し出したというものであった。

綱吉の家臣の屋敷への度が過ぎた訪問には、そのような事情が含まれていた。

そのように考えると納得がいく。

綱吉は漁色家《ぎょしょくか》で、これまでも家来の娘だけではなく、妻までも容赦《ようしゃ》なく大奥へ召《め》し出した。

かつて側用人《そばようにん》・牧野成貞《まきのなりさだ》は、三人の子を生《な》した妻を奪われ、その娘までもが綱吉の許へ召された。

しかもこの時、娘には成時《なりとき》という婿養子《むこようし》を迎えていた。哀《あわ》れ成時は、妻を奪われた悲憤から、腹を切って果てた。

成貞もやがて側用人の役儀を辞《じ》した。それから十一年が経《た》つが、成貞はすっかりと酒浸《びた》りの日々が続いていて、かつての精彩は、もうどこにも見当らないという。

白石が徳川綱吉を許せないことのひとつでもある。

牧野成貞だけではない。綱吉の気まぐれと、偏執《へんしゅう》によって命を落した臣下、能役者、学者などは数知れない。

白石は、綱吉のそんな気性《きしょう》を逆手《さかて》に取れば、甲府宰相綱豊が次期将軍になれるやもしれぬと、赤穂浪士達の仇討《あだう》ちを通じて働きかけるよう、これまで具申を続けていた。

それは見事に実を結び、綱豊は家宣となって江戸城西の丸に入り、赤穂浪士達も密《ひそ》かに助命され、その配下となるを得た。

白石の頭の中では〝魔王〟とされていた綱吉も、歳《とし》を取り、角も取れ、元より持ち合わせていた都合のよいやさしさが前面に出て、やがて〝仏〟になるやもしれぬ——。

そのように信じて将軍を敬《うやま》い奉《たてまつ》ることが、家宣のためであり、士民のためであると考えを改めようとしてきたが、

——やはり〝魔王〟が〝仏〟に変わるものではなかった。

と、思わざるをえなかった。

家宣を養子とし、赤穂浪士の命を救《たす》けたのも、結局はただの気まぐれに過ぎなかったのだ。そして、そういう主君に仕《つか》えここまでの寵《ちょう》を得た柳沢吉保は、大した者かもしれぬが、

——〝魔王〟の眷属《けんぞく》は〝鬼〟でしかない。

愛妾を差し出し延命を図《はか》り、主君を諫《いさ》めることもなく悪事に加担した極悪人だ

と白石は断じた。

柳沢吉保の嫡男・吉里は、実のところ綱吉の子供ではないのか。この噂も地下深く流れていた。

「信じとうはござりませぬが、密かに囁《ささや》かれているというその噂、わたしには確たるものと思われてござりまする」

白石は、詮房に神妙な面持《おもも》ちで頷《うなず》いた。

「やはり上様は、その布石《ふせき》を打たれたか……」

ただ一人この世に生した男子ゆえ、家宣の次の将軍にしたい。

本当のところは、吉里が己《おの》が実子かどうか怪しいものだが、迫り来る老いが〝魔王〟の心を狂わせているのであろう。

「何としても、これは避けねばならぬ」

詮房は思慮深くもの静かな男であるが、この一件を語る時だけは、闘志を顕《あらわ》にして、声に力を込めた。

男子がおらぬ家宣ならば、嗣子にした後、吉里を養子として押しつけ易《やす》い。

そんな理由で西の丸に迎えられたのならば、家宣もその臣下の者達も立つ瀬がない。

あらゆる手段を行使して、吉里を撥《は》ねつけねば、後々《のちのち》騒動の種を残すことになろう。

綱吉が死ねば、家宣は天下人となる。その時に改めて吉里を廃嫡《はいちゃく》にする手もあるが、柳沢一派は先君の御遺志を掲げて反撃してくるは必定《ひつじょう》。

それを考えると、今決着をつけるべきであった。

解決の道はただひとつ、家宣が己《おのれ》の意思で世継ぎを決めることである。

養子をとるには、綱吉の許しが要《い》る。

家宣に実子誕生が望まれた。

とはいえ、これればかりは、詮房と白石がいくら知恵を絞《しぼ》ったとて、いかんともしがたい。

それから数日。白石は詮房と共に頭を痛めていたが、やがて思いもかけぬ朗報が届けられたのである。

二

江戸城西の丸は、徳川家宣の側室・古牟《こん》の方《かた》の懐妊に沸きあがった。

未《いま》だ男か女かはわからぬものの、これで和子誕生までの間、時が稼《かせ》げる。

詮房はまず、

「確《しか》とせぬことで、城中をお騒がせしてはならぬ」

と、奥向きに箝口《かんこう》を敷《し》いた。

今騒げば、家宣に養子を勧めんとしている綱吉を刺激するかもしれない。

あれこれ波風が立つと、古牟の方の母体に響くというものだ。

まず体を落ち着かせてから、懐妊に気付いたという様子を取り繕《つくろ》わねばならなかったのである。

やがて、見た目に古牟の方の体の変化がわかるようになった頃を見計《みはか》らって、家宣は側室の懐妊を各方面に伝えた。

このところ体力も落ち、機嫌の波もある将軍綱吉の動向が気になったが、

「それはめでたい。でかしたぞ」

綱吉は、手放しで喜んでくれた。

〝魔王〟がいつどのように豹変《ひょうへん》するかわからぬが、ひとまずはほっと一息をついた家宣主従であった。

それからは新井白石にも、大石内蔵助率いる御園番《みそのばん》にも、穏やかな日々が続い

た。

やがて宝永四年（一七〇七）となり、徳川家宣は、その温厚篤実《とくじつ》な人柄に加え、諸芸に通じた貴人との評を広く受け、ますます存在感を増していた。

こうなると、将軍家に仕える重臣達や諸大名から、金品などの付け届けがくることになる。

しかし家宣はそれらを受け取らず、

「領民のために使われるがよろしかろう」

と言って、気持ちだけを受け取った。

その姿勢がさらに評判を呼び、

「徳川将軍家の先行きは、真《まこと》に明るうござりまするぞ」

と、方々で囁かれた。

新井白石は鼻高々で、

「これぞ君主である」

時に美酒に酔い、大石内蔵助の前で熱く語った。

内蔵助が率いる御園番の面々も、白石によってもたらされた話を聞くにつけ、深く感じ入った。

彼らの頭の中には、賄《まいない》に馴れ、権威に驕《おご》る吉良上野介の姿が依然強く焼き付いていたので尚《なお》さらであったのだ。

「この御方のために、新たに生かされた我が命を捧げん」

と、爪《つめ》を研《と》ぎ、牙《きば》を磨くことに余念がなかったのである。

五月十九日。

新井白石は、若年寄・永井伊賀守《ながいいがのかみ》、大久保長門守《おおくぼながとのかみ》から、雉子橋《きじばし》の外に三百五十五坪の敷地が下されることになったとの伝達を受けた。

既《すで》に彼は御側衆支配から、西の丸若年寄支配となっていた。

侍講の役料は二百俵。儒者として旗本《はたもと》として、堂々たる出世ぶりであった。

白石はすぐに御礼言上に奥へと参じた。

側室・古牟の方の体調もよく、近頃は体内で和子が大暴れをしているというので、

「さぞかし、強い男子が生まれることであろう」

家宣はこのところの上機嫌のまま、白石を迎えた。

「そちには、御浜屋敷に残した、（蜂屋）源八郎の屋敷を与えるつもりであったが、これを移すよい土地がなかなか見つからず今となった」

「もったいのうございます……」

白石は思わず涙ぐんだ。

雉子橋の内は、もう江戸城の御曲輪《おくるわ》内で、有力な武士達の屋敷や役所が建ち並ぶ大名小路《こうじ》である。

その外に宅地を賜《たま》わるというのは、家宣がいかに白石を重用《ちようよう》し、この先何かと出仕を促《うなが》すであろうという期待の表れであった。

「御浜屋敷から、その資材を移すにおいて、金百両を下さるとのことにござるぞ」

家宣の御座所に臨席して言葉を添える、間部詮房の声も弾《はず》んでいた。

「足らねば、また百両を、な」

すかさず言葉を足す家宣には、もうすっかりと将軍家嗣子の威が備わっている。

「忝《かたじけの》うございまする。若君様の御前にも参上仕《つかまつ》りとうございまする」

「ははは、白石先生も気が早いの」

少しはにかむ家宣であったが、男子誕生を確信しているように白石には見えた。

三

夢のある平穏な日々はさらに続いた。

雉子橋の新井白石新邸の普請《ふしん》は、調子よく進んでいたし、七月十日の明け方、ついに徳川家宣待望の子が誕生した。

家宣が予想したように、玉のような男子であった。

江戸城西の丸が歓喜に包まれたのは言うまでもない。

男子は家千代《いえちよ》と名付けられ、かつては将軍綱吉の小姓を務め、書院番頭の任に就《つ》いていた九千石の旗本、松平勝以《まつだいらかつゆき》が傅役《もりやく》として付けられた。

綱吉の機嫌が気になったが、

「我が孫よ……」

将軍はいたって上機嫌で、無事に出産した古牟の方を労《いたわ》り、徳川家の血を色濃く受け継ぐ男子の誕生を手放しで喜んだ。

思慮深く、誰からも信頼されている勝以を傅役に付けたこともそうであるが、同じ月の十八日には、源氏《げんじ》の名族・新田《にった》の姓を家千代に与えたのは、綱吉が深い情愛を注いでいるのを如実《にょじつ》に示していたといえる。

やがて、雉子橋の新井屋敷も七月の末に完成した。

二十六日になって、白石がここへ転居したことを知った家宣は、

「出仕に道のりが近《ちこ》うてすむように、取り計ろうてやるがよい」

との意を家臣に伝え、八月一日に新井白石は、紅葉山下《もみじやました》、および裏御門《うらごもん》からの出入りを許されたのである。

「立派なものでござりまするな」

大倉半次郎は、喜々として雉子橋屋敷へ入った。

甲賀忍びの出で、忍びの腕もろくに発揮出来ぬまま、町のやくざ者達の中に身を投じ、無為《むい》な暮らしを送っていた男が、立派な旗本の家来となった。

屋敷は片番所付きの堂々たるもので、広めの御長屋の一軒を与えられ、

「武士になった心地でござりまする」

半次郎は白石におどけてみせたものだ。

奉公人も増え、上本平内も、

「これで、殿様（白石）の御用をしっかりと務められるというものでござりまする」

白石が、御園番と連携して行う、陰の仕事への意欲を滲ませたのだ。

御浜屋敷とを行ったり来たりしながら、白石の護衛を務めていた不破数右衛門は、

「ここは居心地がようござる」

と、新邸にいる日が増えていった。

八月三十日には、江戸城本丸において、家千代誕生を祝う、観能《かんのう》の宴が執《と》り行われた。

この日もまた能好きの綱吉は終始上機嫌で、列席する柳沢吉保は、家宣への辞儀を正し、何かにつけて機嫌を伺う素振りを見せた。

「柳沢殿におかれては、そろそろ己が先行きを気にされはじめたか」

少しずつ権勢の座が、家宣とその側近に移りいく様子を確かめて、幕閣の重役達の中で柳沢吉保を疎《うと》む者が、そんな声をあげ始めていた。

家宣には元禄十二年（一六九九）に長男が誕生していたが、その日の内に亡くなり夢月院殿幻光大童子となっていたので、家千代の成長も案じられた。

しかしそれも杞憂《きゆう》に終りそうだと周囲の者は一様に思った。

綱吉が愛情を注いだゆえか、家千代はすくすくと育つ気配を見せていた。

ところが、徳川家宣を巡《めぐ》る、幸せで平穏な日々は、一転して悲嘆に包まれた殺《さつ》伐《ばつ》としたものに落ち込んでしまう。

九月二十八日に、家千代が急逝《きゅうせい》したのである。

昨日までの健《すこ》やかさが、朝から一変して、ぐったりとした様子になり、ついにはそのまま息絶えてしまったのだ。

家宣の悲しみは計り知れなかったが、ここでもこの次期将軍は、限りなき慈愛を見せて、

「騒ぐでない。近侍《きんじ》していた者に罪を問うではない。家千代の死は天命であったと心得よ」

と、家来達に自重を促したのである。

しかし、間部詮房は黙っていられなかった。

綱吉は、柳沢吉保の息・吉里が自分の血を引く者であると家宣に伝えていた。

それは暗に、家宣に子が出来ぬなら、吉里を養子にしてはどうかと持ちかけていたと解釈出来る。

そのようなところに生まれたのが家千代である。

この誕生を喜ばぬ者がいることは、初めから危惧《きぐ》されていた。

家千代は何者かに毒を盛られたのかもしれない――。

その疑念が、詮房の頭から離れないのだ。

油断をしていた向きもある。

綱吉の家千代誕生に対する喜びようは、素直に受け入れられるものであった。家宣にいざとなれば自分の血を引く柳沢吉里を養子とすれば嬉しい。しかし、家宣にこうして男子が生まれたのならば、それでよかろう。吉保の側室・染子が、若き日に自分が手を付けた女中の娘であったと、世間に知らしめてまで吉里を徳川将軍家の養子にするまでもない。

綱吉はそう思い直したのではなかったか。

そもそもが気まぐれで、思いつきの多い将軍であり、歳を取って体力に衰えを感じ始めてからは、特に精神が落ち着かぬようになってきているから、元より吉里を養子に勧めようなどとは、さのみ考えていなかったのに違いない。詮房をはじめとする家宣の側近達は、家千代誕生に浮かれ、家千代が狙われることへの警戒が薄れていたと言える。

家千代を死なせてしまった家臣達の罪は大きすぎる。

「家千代君に関わった者は奥に押し籠め、一人一人厳しき詮議をいたさん」

詮房は、そうすべきだと思っていた。

新井白石は詮房の意を受け、大石内蔵助と膝《ひざ》をつき合わせて策を練った。

やがて聡明なる将軍継子《けいし》として成長する家千代に講義を務める。

ぼんやりとそんな夢を見ていた白石は、悲しみに打ちひしがれていた。

まだ生まれて二月ばかりの若君を天に召すとは、何たる無常《むじょう》か。やり場のない怒りが彼を支配していたのだ。

さすがに頭脳明晰《めいせき》なる苦労人の白石も、頭の中が空《から》になり、何も考えつかない。

このような時こそ、大石内蔵助が頼りになるのであった。

「最早《もはや》あれこれ言うたとて詮《せん》なきことでござるが、なかなか前を向けぬ……」

白石は、愚痴《ぐち》になると知りつつも、友と恃《たの》む内蔵助ゆえ繰《く》り言をした。

「それは仕方なきこと」

内蔵助は、すぐに前を向けぬ白石であるからこそ、人として信頼出来ると思っている。

元より人の話を辛抱《しんぼう》強く聞けるのが内蔵助の身上である。同じ繰り言でも新井白石が発するものだ。そこにはえも言われぬ滋味《じみ》もある。

興味深く聞きながら、いちいち相槌《あいづち》を打ち、さりげなく問いを挟《はさ》む。そうするうちに、白石の頭も整理されて、その冴《さ》えが戻ってきた。

「家千代君の御体に不審はございましたか」

内蔵助が機を見て問うた。

「これというものはござらなんだ」

その診立《みた》ては、家千代の急変を聞いた将軍家から遣わされた御典医《ごてんい》が務めたのだが、特に毒による症状は見られなかった。

赤子というものは、何かの拍子に口から異物が入り、それが毒気のない物でも体に合わず、俄に体調を変じることがあると言うのだ。

家千代付きの典医も、これに異を唱《とな》えるだけの診立ては出来ず、その死は突発的なものであったとされたのであった。

博学なる白石も、御典医の言うことを覆《くつがえ》すだけの医術への見識はない。家千代付きの典医とて同じで、当代一の医師の言に従うしかない。

だが、悪意をもって赤子に接すれば、わからぬように何かを口に含ませたりして、体を弱らせることも出来るのではなかろうか。

家千代に触れる機会があった侍女は数人いた。その中には、本丸の大奥から西の丸に来た者もいる。

詮房は、侍女が何者かの意を受けて、家千代の命を奪ったのではなかったかと、詮議を続けている。

「して、女達は、ただ涙ながらに、やましいことなど何もござりませぬと訴えるばかり、ということにて？」

内蔵助はさらに問うた。

「いかにも」

「ならば、信じてやるべきでござるな」

「不問にしろと……？」

「それが亜相様の仰せでござろう」

「いかに仰せであっても、そのようにいたせば、御《ぎょ》し易し御方と、ある者はます図に乗るでござろう」

「そこが狙い目ではないかと存ずる」

「なるほど……」

白石は内蔵助の意図が呑《の》み込めてきた。

やさしさ、寛大さを見せると、人からの尊敬を受けると共に、

「人がよいのも馬鹿の内よ」

と、侮《あなど》ってかかる者もまた出てくるかも知れぬが、それによって自分に敵対する者の影が浮かんでくるものだ。

内蔵助はそう言いたいのだ。

家宣は神仏のごときやさしさを持っていて、少々のことでは怒らぬ、〝総領《そうりよう》の甚六《じんろく》〟の味わいを持つ人物である。

そう思い込ませれば敵に油断が生じるであろう。

「まず、侍女達は不問とし、親元へ戻すを罰といたせばいかがかと」

内蔵助は、侍女達の詮議を解き、泳がせてみれば、そこに蠅《はえ》もたかってこようと言うのである。

白石の顔に朱がさした。

まずは確と敵の正体を確かめることが大事なのだ。

四

徳川家千代付きであった侍女二人が、親元に戻されたのは十月十三日のことであった。

この日は御命講《おめいこう》といって、日蓮上人《にちれんしょうにん》の忌日に当り、江戸市中は法華《ほっけ》の太鼓《たいこ》が打ち鳴らされて、いたく賑《にぎ》やかであった。

侍女はお八重《やえ》とお志乃《しの》。

いずれも歳《とし》は十八で、それぞれが酒問屋、薬種問屋の娘であった。

二人が実家に戻る道中、賑やかな町に溶け込むように跡をつける御園番による一団があった。

お八重を見張る一団は、前原伊助、神崎与五郎、倉橋伝助の三人。いずれも吉良邸討ち入りに際しては、商人に姿を変えて屋敷の様子を見張り、大いに活躍した者達である。

お志乃を見張るのは、磯貝十郎左衛門、村松三太夫、茅野和助であった。彼らもまた、酒屋に化けたり、あらゆる姿に身をやつし、吉良邸の動向を探った経験を生かし、前述の三人同様、巧《たく》みに市井《しせい》に身を置いていた。

彼らの見るところ、お八重とお志乃を取り巻く黒い影はなかった。

お八重は、小網《こあみ》町の酒問屋へ、お志乃は下谷《したや》車坂《くるまざか》町の薬種問屋へ無事に入った。

だが、異変はその夜すぐに起こった。

お八重とお志乃が、部屋で喉《のど》を短刀で突いて自害したのだ。

この二軒の店の周りには、当然のごとく御園番の者達が見張りについていたが、二人が自害したと思われる時刻に、怪しい人影が出入りする気配は見受けられなかった。

二人は家千代君の急逝に責めを覚え、示し合わせて自害に及んだ――。

ちょっとした美談として処理されたが、

「何者かが、口止めのために、自害と見せかけ始末した」

大石内蔵助はそのように見ていた。

まんまとしてやられた恰好《かっこう》だが、間部詮房、新井白石はすぐに策を練った。

まず、酒問屋と薬種問屋の奉公人について徹底的に調べる一方で、もう一人の侍女・美代《みよ》に暇《ひま》を出したのである。

この美代も、お八重、お志乃と並んで、家千代毒殺に関わったのではないかと見られていたが、詮房もそこは智恵者である。

美代だけは、詮議の対象にせずにいた。

何かの折には泳がせることも出来ると考えての処置で、ここに内蔵助の献策を生かせんとして、先の二人が自害し果てたという報《しら》せが江戸城内に届いたところで、実家へ帰したのである。

美代の実家は、五十俵取りの小普請《こぶしん》、朝川《あさかわ》家で、当主は兄の作右衛門《さくえもん》であった。

美代は十九で、幼い頃から利発で縹緻《きりよう》のよさを謳《うた》われていた。

奥奉公に召されたのは、その評判あってのことで、美代は無役の兄の出世のためと、奉公に精を出した。

ところが、元より病弱であった兄は、妻帯もせぬままに、十月に入った頃に亡くなった。

家千代が早逝して間無しのことで、美代が受けた衝撃ははかりしれない。

朝川家は改易となり、暇を出された美代は親類の家に預けられることになった。

そこが、探りを入れる点で、詮房、白石にはお誂《あつら》え向きであった。

美代に目を付けたのは勘定《かんじょう》奉行・荻原重秀で、柳沢吉保を通じて奥勤めに上がったとされていた。

行き場のなくなった美代を、徳川家宣は哀れんで、そのまま奥勤めをさせてもよいではないかと言ったそうだ。

家宣のやさしさには詮房も心を打たれたが、美代が毒殺に関わっていた疑いは、日増しに高まっていった。

「そなただけは残ってもらおうと思うたが、やはり奥向きには居辛《いづら》かろう」

表向きは疑ってなどいない振りをしてそのように労いつつ、奥から放逐《ほうちく》したのである。

美代が引き取られる先は、朝川家の本家であった。ここは百五十石の旗本で、当主・森右衛門《もりえもん》は、新井白石にもひけを取らぬ、頑強《がんきょう》な武人であるといわれている。

もしも、お八重、お志乃と同じく、美代の口を封じるつもりであれば、朝川屋敷に入られると具合が悪かろう。

奉公人の数が多い、酒問屋、薬種問屋ならば密偵も紛《まぎ》れ込《こ》ませ易いが、百五十石くらいの旗本屋敷は元より奉公人も少なく、そうもいかないからだ。

朝川屋敷は本所の外《はず》れ、柳島《やなぎしま》村の南方にあった。

城からは道中、巨刹《きよさつ》・平河山法恩寺《ほうおんじ》の前を通ることになる。

美代は昼下がりに城を出る段取りとなったので、ここに到達するのは夕方になる。

詮房は従者を一人付けて朝川屋敷へ送った。朝川家には明日城を出ると伝えてあったので、急遽《きゆうきよ》一日繰《く》り上げての送還となっていた。

これもまた意図したものである。

美代に付けられた従者というのは、若党姿の大倉半次郎であった。

新井白石は、大石内蔵助と策を練り、美代が帰りの道中、襲われると読んでこれに勝負をかけていた。

半次郎は着物の内に鎖帷子《くさりかたびら》を着込み、攻撃の的になることへの備えとしていた。

そしてもちろん、美代と半次郎の周りには御園番の精鋭が、そっと陰に隠れて張り付いているのだ。

敵はよきところで従者共々美代をさらい、今度は身投げにでも模して、美代を殺害してしまうつもりなのであろう。

美代は、城を出てから、俯《うつむ》き加減で何も喋《しやべ》らずに歩いたが、人目につかぬところを通る度に緊張を巡《めぐ》らせた。

「美代殿、ご案じめさるな。わたしは貴女の命をとるような真似《まね》はしませんよ」

半次郎は、本所にさしかかった辺りで美代に告げた。

美代は既に抹殺《まっさつ》されることを覚悟していた。

朝川家に伝えた日を繰り上げたのも、従者がつけられたのも、そのような理由からだと思ったのだ。

「貴女は誰に命を狙われていると思っているのです？」

その辺りの気持ちを察して、半次郎は穏《おだ》やかに問いかけた。

美代は体を震わせた。

殺されるのではないかという恐怖を見破られ、さらに、この若党は自分に危害を加えるつもりはないと言う。

美代は、張り詰《つ》めていた緊張から一瞬解き放たれて、思わず体に震えを覚えたのであった。

しかし、自分の命を狙う者の存在があることを、迂闊《うかつ》に口にも出来なかった。

「存じませぬ……。わたしは何も存じませぬ……」

美代は低い声で取り繕《つくろ》った。

これだけで、美代が家千代の死に、何らかの形で関わっていたと知れたようなものである。

しかし、この若党とて何者かわからぬ。美代にとっては、敵か味方かも知れぬのだ。

家千代の死に関わることは、天下の一大事である。

下手《へた》をすれば、これから世話になろうとしている朝川本家に迷惑がかかるかもしれない。容易《たやす》く口に出来る話ではない。

半次郎は、美代の動揺を確かめつつ、

「お八重、お志乃という女中が自害したとのことでござるが、美代殿は、それが真の自害とお思いか」

「それは……」

「真は何者かに殺された……。そのように思うているのでは？」

「存じませぬ」

「使われるだけ使われて、後は口を封じられる。真に割が合いませぬな」

半次郎は、新井白石直伝《じきでん》の話術で、美代を追い詰める。

「存じませぬ……！　わたしは何も存じませぬ……！」

それでも美代は何も語らぬ。

「左様でござるか……」

半次郎は不意に立ち止まった。そこで彼は威儀《いぎ》を改め、

「ここまで来れば、御屋敷はもう目と鼻の先。某《それがし》はこれにて御免《ごめん》！」

確と声を張って、一礼するとすたすたとその場から立ち去った。

いつしか法恩寺近くの心寂《うらさび》しい通りに美代はいた。この場に来たのを見計らって、供として付けられた若党は帰っていったのであろうか。

一人取り残され、美代の不安は募《つの》った。

呼び止めようとしたが、ためらううちに、半次郎の姿は美代の視界から消えていた。

日は暮れ始めていた。周囲に人影は見えない。心細くて走り出したくなった時、周囲の木立《こだち》がざわついた。

美代はおびただしい殺気を覚え、足が竦《すく》んだ。

この時、木立の中では激しい闘争が展開されていたのである。

五

闘争は、美代に襲いかからんとしていた塗《ぬ》り笠《がさ》の武士の集団に、頭巾《ずきん》を被《かぶ》った

武士の一団が立ちはだかったことで起こった。

塗り笠の一団が、どこからの回し者かは、もう言うまでもなかろう。

柳沢美濃守吉保の傭兵を率いる、江田監物が放った刺客であった。

これまで、家宣の周囲にあれこれ仕掛けては謎の一団に邪魔をされてきた。

未だその相手が、赤穂浪士達の生き残りを中心とする一隊とは思いもかけず、

何度も苦杯をなめさせられたゆえに、この度の奥女中達への口封じにも、きっと連中は現れるであろうと、対決を覚悟していた。

お八重、お志乃は首尾よく口を塞《ふさ》いだ。

自害と見せかけ、家の内で殺害し、その痕跡《こんせき》を残さずやり遂げた。

御園番も、敵の出方を予期していただけに、酒問屋と薬種問屋を見張ったが、怪しき影を捕えることさえ出来なかった。

だがこの度は違う。美代を襲い捕えるのは朝川屋敷へ入るまでだと見て、供の大倉半次郎と合図を決めつつ、美代の道中に張りついたのであった。

監物の一隊もこれを読んでいた。それゆえ、特に手練《てだ》れを選んで、ここへ投入していた。

抜刀隊が五人。さらに半弓の名手を二名、いざという時のために潜《ひそ》ませた。

この弓隊は、供の大倉半次郎を、場合によっては射殺するつもりであったが、半次郎は朝川屋敷まで送り届けずに去っていった。

ゆえにその狙いをこれから現れるであろう、徳川家宣の影の一団に向けんとしていた。

半次郎が立ち去ったのをきっかけに、まず二人の刺客が、美代を捕えんとして木立から飛び出さんとした時に、御園番は反応した。

二人に向かって、木立の内から堀部安兵衛と不破数右衛門が駆《か》けて、有無《うむ》を言わさず斬《き》りつけたのだ。

待っていたとばかり、東西に潜んだ弓矢の名手が矢をつがえた。

ところがこの伏兵を、御園番士はしっかりと捉えていて、近在の百姓姿に変じた半弓隊を編成していた。

隊士は、早水藤左衛門、神崎与五郎、間新六、茅野和助。いずれも吉良邸打ち入りの時に、弓を使った面々であった。

彼らは、安兵衛、数右衛門が出た刹那《せつな》、これと目星をつけた場所に向かって、矢を乱射した。

当らずとも敵を動揺させればよかった。

監物隊の射手は思った通り、矢から逃れんとして弓の弦《つる》から手を放した。安兵衛と数右衛門は、無言で敵とまみえると強烈な一刀を見舞い、たちまち二人を斬り捨てた。

今までは、峰打ちで捕えて役所に突き出す方法をとってきたが、この度は違った。

ことは家千代君の死に関わる。怒りと共に容赦なく斬った。

敵は戦《おのの》いた。腕自慢とはいえ、実際に強者と斬り合ったことなどほとんど無いに等しい者達であった。

その意味において、この堀部安兵衛、不破数右衛門などは、間違いなく当代随一の真剣勝負師であったといえる。

血煙をあげて倒れた二人を見て、弓矢の二人はさらに怯《ひる》んだ。そこに、さらなる精鋭、奥田孫太夫率いる、武林唯七、潮田又之丞、間十次郎の一隊が殺到した。

孫太夫は、六十歳に近くなり、実動隊から外れることが多く、このところ達人の域にある剣を使えずにいた。

その鬱憤《うっぷん》を晴らさんとして、この日は大いに張り切っていたが、さすがに腕は衰《おとろ》えておらず、浮き足立つ抜刀隊の一人を見事に袈裟《けさ》に斬り捨てた。

弓矢の射手二人は、弓を捨てて逃げ出したが、弓矢には弓矢で対する御園番の四人の射手は、落ち着いて矢を放った。

弓は正確に敵の射手を襲い、射手の動きを止めた。

それへ、血に飢えた猟犬のように、潮田又之丞と間十次郎が襲いかかった。

既に敵の抜刀隊の残る二人の内、一人は武林唯七が仕留めていて、もう一人は逃げ出していた。

又之丞と十次郎は逃げた一人には目もくれず、二人は矢に傷ついた敵の射手二人に止めを刺した。

逃げた一人は泳がせた。

既に、別動隊として控《ひか》えていた大石主税が、大倉半次郎と共に跡を追っていた。

内蔵助の息子・主税は二十歳《はたち》になっていた。

若年でまだ体が固まっていなかった彼は、天性の柔軟な肉体に身軽さを兼ね備《そな》えていた。

内蔵助は、自分達が生かされた時、主税に、忍び働きが出来るよう鍛練させた。

この先、諜報《ちょうほう》活動に従事する時が来よう。そうなれば、あらゆる術を肉体に覚え込ませることが主税には求められると思ったのだ。

主税はそれに応え、大倉半次郎の指導の下、忍術を修得した。

これに、そもそも修練していた刀法を合わせれば、ますます役に立とうものだ。

この度は、師といえる半次郎とで、その成果を試すべく、逃げた一人の跡を追ったのだ。

監物の手の者を苦もなく葬《ほうむ》った、堀部安兵衛達の一団は、それから寺の近くの道に立ち竦《すく》む美代の前に現れて、無言で彼女を囲んだ。

「わ、わたしに何用があるというのです……」

美代は、この一団が敵か味方か、いったい何者かがわからず、まず心を落ち着けて問うた。それでも安兵衛達は何も言わず、じりじりと間を狭《せば》めた。

――ここで斬られる。

恐怖に美代の顔がひきつった時であった。

安兵衛達、御園番士の一角を斬り崩し、乱入してきた一人の若侍がいた。

「さあ、早く！」

若侍は美代の手を取り、その場から逃げ出した。

「おのれ！」

安兵衛、数右衛門は若侍に斬りつけたが、若侍は見事な太刀捌《さば》きを見せ、美代を守りつつ駆け、その場をまんまと逃げ果《おお》せたのである。

不思議と安兵衛達は、若侍を追いかけもせず、ニヤリと笑っていた。

「右衛門七、好い役どころだな……」

安兵衛が笑うように、若侍は赤穂浪士の一人で今は御園番士の矢頭右衛門七であった。

討ち入りの折は、主税に次いで若かった彼も二十二となっていた。そして、〝義士の中には女もいる〟と言われた美男子ぶりに、磨きがかかっていた。

「いささかあざとい手かもしれませぬが……」

大石内蔵助は、恐怖と絶望に追い込まれた若い娘を、右衛門七が救い出せば、娘も或《ある》いは心を開くのではないかと思った。そしてそれは見事に功《こう》を奏《そう》したのである。

右衛門七は、美代を連れて逃げると、回向院《えこういん》の境内《けいだい》に身を潜め、

「ここまで来れば大事なかろう。某は清水又七《しみずまたしち》と申す者にて。まず、話を伺いましょう。悪いようにはいたしませぬぞ」

しっかりと美代の顔を見つめて言った。

改めて正面から右衛門七と向かい合い、その色白で、眉目秀麗《びもくしゅうれい》なる容《かんばせ》に、美代は夢を見ているのではないかと思うほどにボーッとして、

「忝うございます……」

夢心地で応えていた。


一方、逃げた一人の跡をつけた大石主税と大倉半次郎は影のようにつきまとい、この男が深川洲崎《ふかがわすさき》の海岸近くの百姓家に入っていくのを遂《つい》に確かめた。

そして新井白石は、北町奉行・松野河内守との交誼《こうぎ》を深め、その内与力から情報を集めていた。

自害したとされるお八重の実家である酒問屋〝大村屋《おおむらや》〟、同じくお志乃の実家の薬種問屋〝伊豆屋《いずや》〟についてである。

それによると、両店ともに柳沢家御用を務める大店で、奉公人の何人かは、柳沢家の領地であった武州川越《ぶしゅうかわごえ》から雇い入れた者であると知れた。

少しずつ、はっきりと、家千代の死の真相が浮かび上がってくる。

家千代の死が毒殺ならば、まず柳沢吉保の影がちらつく。そしてそれは、確かなものになろうとしていた。

しかし、いかな吉保とて、家千代の命を奪うのは危険過ぎると逡巡《しゅんじゅん》するはずではないか。

疑いが、限りなく黒く染まっていくにつれ、新井白石は、吉保の背後にいるさらなる影の存在に想いを馳《は》せ、暗澹《あんたん》たる雲行きに終始額《ひたい》に〝火〟の字を浮かべていた。

第十章　公方《くぼう》狂乱

一

「少しは、気も落ち着きましたかな」

清水又七は、美代に頰笑《ほほえ》んだ。

「はい。何とお礼を申し上げてよいやら……」

美代は、うっとりとした表情を浮かべ、頭《こうべ》を垂《た》れた。

ほんの二刻《ふたとき》（約四時間）ほど前に不気味な浪人風の武士達に襲われそうになったというのに、美代はすっかり夢心地《ゆめごこち》となっていた。

危ないところを武士達と斬《き》り結び、又七は美代の手を引いて回向院《えこういん》の境内《けいだい》まで共に逃げてくれた。

「まず、話《はげ》を伺《うかが》いましょう。悪いようにはいたしませぬぞ」

美代を励まし見つめる又七は、錦絵から抜け出てきたかのような美丈夫で、恐怖から逃れられた安堵《あんど》と共に、娘の胸を切《せつ》なく締《し》めつけたのである。

とはいえ、さすがに美代は、この美しい若侍にさえも滅多《めった》なことは話せなかった。

話せばことの重大さに、清水又七なる若侍を驚かせるであろうし、見限られるのも恐かった。

沈黙をせずにはいられぬ美代は、又七の問いに口ごもった。

又七はその様子をやさしく見守り、

「何やら深い理由がありそうでござるな。見たところ、戻るあてもないようだ。某《それがし》の住まいで休まれるがよい」

又七は、何も問わずに舟を仕立てて、芝《しば》の浜辺にひっそりと建つ庵《いおり》へと美代を連れ帰った。

庵からは美しい砂浜と、袖《そで》ヶ浦《うら》の青い海が見えた。

「お帰りなされませ」

朴訥《ぼくとつ》で大柄な四十絡《がら》みの下僕《げぼく》が、又七を迎え出て、驚いたような顔をした。

「仔細《しさい》は後で話す。次郎左《じろうざ》、このお女中を休ませてあげておくれ。何か温かい食べ物もな」

「ははッ」

次郎左という下僕は、美代を奥の一間に案内して、芋粥《いもがゆ》を給した。

そうして、美代が食べ終った頃を見計らって、又七は再び語りかけたのである。

腹も膨《ふく》らみ、体も温まり、目の前には美しく腕の立つ武士がいる。これで気が落ち着かぬはずはなかった。

「あれこれ理由があるのは某も同じで、この寮はさる御方から借り受けているのです。じっとしていれば、まず見つかることもござるまい。気遣いは無用ゆえ、落ち着くまでここにおられよ。どうすれば身が立つか、某も考えて進ぜよう」

「はい。忝《かたじけの》うございます」

ずっとこの御方のお傍《そば》にいたい——。

甘美な想いが、既《すで》に美代の心を支配していた。

又七は、一間を出ると次郎左に、

「何とか聞き出せそうでござるな」

と、囁《ささや》いた。

次郎左はにこりと笑った。

清水又七が、実は赤穂浪士の一人で今は御園番士《みそのばんし》の矢頭右衛門七であるのは既に述《の》べたが、下僕の次郎左もまた、右衛門七の年来の同士・三村次郎左衛門が扮《ふん》していた。

三村次郎左衛門は、吉良邸討ち入りの折は、〝掛矢《かけや》〟という大きな木槌《きづち》で、屋敷の裏門を打ち破った怪力の持ち主である。台所役《だいどころやく》、酒奉行《さけぶぎょう》を務めた七石《こく》二人扶持《ぶち》の軽輩《けいはい》。それが赤穂義士四十七名の一人として武士の本懐《ほんかい》を遂《と》げられたのは、彼にとっては夢のような出来事であったが、その夢はまだ御園番士として続いていた。

大石内蔵助は、家千代の死の真相を探るため、美男の矢頭右衛門七に三村次郎左衛門を付けて、美代に接近させた。

若い娘の心を弄《もてあそ》ぶのは、いささか気が引ける右衛門七であったが、

「生まれたばかりの家千代君が殺されたとあれば、それに関わる者へは遠慮はいらぬ。拷問《ごうもん》にかけて訊《き》き出すよりは情けもあろう」

内蔵助は、女に夢を見せてやり、夢の中で余すところなく真実を話させるよう命じた。

「これも戦《いくさ》のひとつじゃ。ゆめゆめ女に情けをかけるな。よいな……」

その戒《いまし》めを付け加えながら。

——お頭は、恐ろしい御方じゃ。

右衛門七は心の内で呟《つぶや》いていた。

二

一方、美代を襲わんとした刺客《しかく》達は、逃亡した一人を残し、堀部安兵衛、不破数右衛門達、御園番の精鋭に、木立の中で人知れず討ち果された。

安兵衛達は、斬り捨てた武士達に成り代わって美代を襲うふりをして、それを矢頭右衛門七扮する清水又七が助けたわけだが、逃げた一人は洲崎《すさき》の海岸近くにある百姓家へ駆け込んでいた。

こ奴を泳がせて、敵の基地を探り出さんとする御園番の策は功《こう》を奏《そう》した。

生かされた刺客の一人を、大倉半次郎と大石主税が追っていたのだ。

「若は、もうわたしより余ほど体が動きますな」

主税を〝若〟と呼ぶ半次郎は、追跡の間、何度も目を細めた。

二十歳《はたち》の主税は、父・内蔵助に命じられて忍び働きが出来るよう体を鍛《きた》えると、見事に順応した。

素早い走り、人間離れした跳躍、気配を消す術など、いずれも甲賀の出である半次郎を上回る勢いなのである。

「師匠がよかったからですよ」

指南してくれた半次郎を喜ばせる言葉の返しも、すっかりと大人びていた。

二人は百姓姿に身を変えて、遠巻きに百姓家を見張り、小半刻《こはんとき》（約三〇分）様子を見て動きがないとわかると、主税が駆けた。

敵の隠し砦を味方に告げるためである。

中継場は、深川の木場《きば》である。ここには紀伊国屋文左衛門の材木置場があり、人足の休息場として設《しつら》えられた小屋がいくつか建っている。その内のひとつが、御園番の基地になっているのだ。

天下の豪商・紀伊国屋文左衛門は、赤穂浪士に密《ひそ》かに合力《ごうりき》した上に、新井白石に大学講義を願い、彼らと気脈を通じていたのだが、赤穂浪士が御園番として生きていると、正式に伝えられてはいなかった。

だが白石は、文左衛門に会う時は、何度か彼らを伴《ともな》い、

「これは皆、御浜屋敷《おはまやしき》の御園番の衆でござってな」

と、紹介していた。

文左衛門は、堀部安兵衛をはじめとして、何人かの浪士達には会ったことがある。彼らの生存を知り驚いたが、白石が言外《げんがい》に何を告げんとしたかはわかっていた。

口には出来ないが察してくれという想いに男気を覚え、変わらず彼に合力していたのである。

そして、紀伊国屋の陰の力は絶大なものがあった。

彼は、権力を握る柳沢吉保とも御用商人として深く繋がっていた。

質の悪い十文銭の鋳銭《ちゆうせん》を請け負《うお》う話が、秘密裡《り》に進められていたのだ。悪貨の改鋳は、白石が忌《い》み嫌う事業のひとつで、文左衛門もその政策には内心反対を唱えていたが、この事業を請け負うことで、柳沢吉保の庇護《ひご》を受ければ、それが白石の諜報《ちようほう》活動に役立つと考えていたのだ。

実際、紀伊国屋の息のかかった寮や家屋は、大名、旗本屋敷と同じくらいに、外部からの干渉もなく、これらを提供された御園番は、どんな時でも楽に諜報戦を行えた。

木場の小屋には、小野寺十内、村松喜兵衛という老人の二人が詰《つ》めていて、繋ぎ役を務めていた。

刀槍《とうそう》を揮《ふる》う力も薄れてきた老番士には、このような役目が生き甲斐《がい》となっているのだ。

「確《しか》と承《うけたまわ》ってござる」

二人は、大石主税の報告をにこやかに受けた。しっかりと頷《うなず》き、すぐに踵《きびす》を返す主税を見て、

「ふふふ、頼もしい限りよ……」

十内がしみじみと主税の成長に目を細めていると、またすぐに堀部安兵衛達がやって来て、主税からの報《しら》せを老人二人から告げられて洲崎へ向かう。

番士達は元より息が合っている。自《おの》ずと態勢が整《ととの》うのである。

御園番士達は、巧《たく》みに散りながら件《くだん》の百姓家を見張った。

夜を待って一気に襲ってもよかったが、ここは慎重に敵の動向を探った。

「相手も我らと同じく、方々に砦《とりで》を築いているのであろう。大事なのは本城じゃ。それがどこにあるのかつきとめてから、ひとつひとつ潰《つぶ》してくれるわ」

それが頭目・大石内蔵助の指令であった。

やがて、御浜屋敷の内蔵助の許《もと》に次々と報せが届いた。

内蔵助が見た通り、敵もまた方々に散っていて、洲崎には常時三人から五人く

らいの武士が詰めているようだが、とりわけ人数が多いのは、鉄砲洲の明石町《あかし》にある屋敷であった。

一見すると大身《たいしん》武士の抱え屋敷に見えるが、中にいる者はむくつけき浪人風の武士ばかりで、頭目《とうもく》と思《おぼ》しき武士は向井俊太郎と言うそうな。

「向井……」

内蔵助に、あの日の記憶が蘇《よみがえ》った。

初めて新井白石と赤穂で会った時のこと。内蔵助は曲者《くせもの》に命を狙《ねら》われ、そこを白石と大倉半次郎に助けられた。

半次郎は逃げた刺客を追い、その二人が、白石の面体《めんてい》を覚えた、きっと仕返しをしてやると話しているのを聞き、密かに二人を始末した。それゆえ、彼らの頭目の正体は突き止められなかったが、〝向井〟という名が二人の口にのぼっていたという。

「向井俊太郎か。いよいよ決着をつける日が来たようじゃな」

内蔵助は、さらなる敵の巣《す》を調べるよう指令して、

「後は、右衛門七の方じゃが、少しばかり辛《つら》い役目を与えてしまうたかもしれぬ」

と、独り言《ご》ちた。

三

美代は、よんどころなく芝の庵に閉じ籠《こも》っていた。

矢頭右衛門七扮する清水又七は、相変わらず、何も訊かずに、ひたすらやさしく美代に接した。

「何《いず》れの家中の者かは御容赦《ごようしゃ》願いますが、わたしは御家《おいえ》の騒動に巻き込まれ、命を狙われているのです」

やがて右衛門七は、大石内蔵助作による清水又七の物語を吶々《とつとつ》と美代に告げた。

「よくある御世継を巡っての争いでござる。家老が娘をお殿様の側室に差し出し、生まれた子を世継にせんとして、若君様暗殺を企《たくら》んだ。それに気付いた某は、家老の正体を暴こうとして立ち上がり、志《こころざし》叶《かな》わず追われる身となった……。だがわたしは諦《あきら》めぬ。きっと奸族《かんぞく》共を、この手で討ち果してくれんと時を待っているのです」

切々と語る右衛門七の姿は、正《まさ》に御家騒動に奮戦する物語の主人公のようで、美代の心を打った。もうすっかりと清水又七に心を奪われているのだ。このような話を聞かされてときめかぬはずはなかった。

同時に、この若侍が今置かれている状況を思うと、自分が関わってしまったことの重大さと空《むな》しさが美代の体中を駆け巡った。

亡き者にされんとした幼君の身はどうなったのであろう。企みが露見し、未だ行われていないのならよいが、その後、悪家老はどのように御家を牛耳《ぎゅうじ》っているのであろう。

自分の立場を又七の話に置き換えると、正しく美代は悪家老が差し向けた悪い女中になる。

美代と同じく、家千代の死に関わった女中二人は、実家に戻った途端《とたん》に自害して果てた。

自分もまた危うく殺されそうになったことから考えると、二人の死は自害ではなく殺されたのかもしれない。

いずれにせよもう帰るところもなくなったのだ、どうせ自分にはろくな先行きは待っておらぬだろう。いっそ死んでしまってもよいが、この若侍にすべてを打ち明けたら、どれほど気持ちが安らぐか――。

「そのようなお話を、よくぞわたしに打ち明けてくださいました。実はわたしも、同じような騒動に身を置いておりました……。身内を引き立ててくださるとのお話をいただいて……。断り切れずに恐ろしいことを……」

「何も言わずともようござる。武家に生まれたならば、義理に身を売らねばならぬこととてござろう」

右衛門七は、やはり訊《たず》ねなかった。詳しい話を一気に訊き出すには、今がその時でないと思ったのだ。それでも大よその察しはつく。

女の哀《あわ》れがひたひたと伝わってきて、若い右衛門七はやり切れなかったのである。

「又七様……」

か細い声が、はかなげな肩を僅《わず》かに揺らしている。

右衛門七は、その震えを止めてやろうとして、ゆっくりと美代の体を抱き締めた。

右衛門七が、御浜御殿に大石内蔵助を訪ねたのは、その三日後であった。

「右衛門七、よくやった。辛い役目を与えてしもうたな」

内蔵助は、右衛門七と二人だけで酒を酌《く》み交しながら、その報告を聞いた。

「いえ、あの女中は、放っておけば殺されたか、自害をしたか、そのいずれかであったと思いまする……。打ち明けることができて、随分《ずいぶん》と気が晴れたようでござりました」

右衛門七は神妙に応《こた》えた。

間部詮房が読んだように、先日、実家へと戻り自害の体《てい》で死んだお八重、お志乃と共に美代は、本丸大奥の沢乃井《さわのい》なる老女から、

「家千代君がおむずかりの折に、お口に含ませてさしあげなされませ」

と、薬草の煮汁のような物を赤子への妙薬だといって渡されたのだという。

「くれぐれも、気取《けど》られぬようにな。御身《おんみ》にお変わりがあった折は、そなた達が怪しまれるゆえにのう」

そのように因果を含まされたが、これはもう毒に違いないと女中達は思ったという。

だが、逆らうわけにはいかなかった。彼女達の働きは実家の繁栄に関わる大事であった。

そして三人は、指図を待って薬を少しずつ隙《すき》を見て家千代が口に含む物に注入したのだ。

その結果、観能《かんのう》の宴《うたげ》の後一月《ひとつき》足らずで家千代は息を引き取った。

わかっていたとはいえ、女中達は後ろめたさに気が狂いそうになった。それゆえ実家に戻らされるのは幸いであった――、女中達に罪咎《つみとが》をかけなかった徳川家宣のやさしさに涙したという。

「そうして、用が済めば口封じに送り込んだ奉公人に二人は殺されたか」

内蔵助は溜息《ためいき》をついた。既にお八重、お志乃の実家である酒問屋と薬種問屋の奉公人のうち、柳沢家の旧領・武州川越から雇い入れた者が姿を消しているのが、その後の調べでわかっていたのだ。

美代は、お八重、お志乃が家千代が口に含むであろう物に、毒を塗《ぬ》る瞬間、周りの目をそらす役割を担《にな》っていたという。

右衛門七が、美代に清水又七の境遇を話したように、美代もまた詳しい名称は伝えぬものの、幼君の毒殺に関わったおぞましい身を述懐《じゅっかい》し、右衛門七の腕の中に逃避した。

徳川家千代は毒殺された。その陰には柳沢吉保の力が働いている。美代の話によってそれがはっきりとわかったのだ。かつての赤穂浪士達は、その仇《かたき》を討たんと、再びの復讐を胸に誓うことになる。

四

御園番士達の向井俊太郎配下の隠れ家探索は、その後も慎重に続けられていた。

洲崎の海岸近くにある百姓家。そして、鉄砲洲明石町にある抱え屋敷風の一《ひと》棟《むね》。その他に、浅草橋場《あさくさはしば》の総泉寺《そうせんじ》の南側に広がる浅茅ケ原《あさじがはら》の一隅にある庵。

探索の結果、この三ヶ所が主な隠れ家で、他にもいくつか繋ぎ場所があったが、どれも取るに足らぬ浪宅などであった。

「洲崎、明石町、橋場の三つを一気に攻める」

大石内蔵助は、新井白石と語らって、御園番に号令を発した。

さすがにこれは大きな騒ぎとなり、柳沢吉保とて黙ってはおられぬかもしれぬ。

だが、吉保の背後に将軍綱吉がいて、あらゆる謀略を示唆《しさ》したとしても、それは闇の戦いである。

この後は、闇には闇で応《こた》えようではないか。これは、徳川家宣の一切関知しないところでの、意地をかけた戦であると白石は内蔵助に告げた。

いざとなれば、責めを一身に受け止めて、腹を切る覚悟の白石であった。

「まず、柳沢は何もできますまい」

内蔵助は不敵に笑った。

家千代が殺されたと世間に知れれば、その主謀者は何があっても徳川綱吉であってはならない。

手を下したのは誰か――。

己が権勢を保たんとして、柳沢吉保が手を回したと世間は解釈するであろう。

そうなると、吉保は新たなる咎人《とがにん》を仕立てて、それに罪を着せる他に道はなくなる。

それをしたとて、人は皆、吉保の策謀だと思うであろう。その悪業は末代まで語り継がれるはずだ。

御園番が、柳沢の陰の親衛隊を討伐しても、歯噛《はが》みしながら沈黙するしかないのだ。

内蔵助は、そうして計略を練った。

洲崎討伐隊。隊長・原惣右衛門。片岡源五右衛門、富森助右衛門、武林唯七、矢田五郎右衛門、勝田新左衛門、吉田沢右衛門。

橋場討伐隊。隊長・潮田又之丞。小野寺幸右衛門、岡野金右衛門、神崎与五郎、間新六、茅野和助。

明石町討伐隊。隊長・奥田孫太夫。大石主税、堀部安兵衛、不破数右衛門、大高源吾、近松勘六、間十次郎、杉野十平次、磯貝十郎左衛門、大石瀬左衛門、村松三太夫。

以上、二十四名を送り出した。

いずれも剣の達人、若手主体の布陣であった。

選に漏れた番士達は嘆《なげ》いたが、いざという時の後詰《ごづめ》は必要で、内蔵助の麾下《きか》として御浜御殿に残ったのである。

三組の番士達は、吉良邸討ち入りの折のように、皆が鎖帷子《くさりかたびら》を着こみ臨《のぞ》んだが、姿は江戸の町を行く大名家の家士のような装《よそお》いとした。

ゆえに、槍や弓のような物々しい武具は持たず、あくまで大小の刀に、棒手裏剣を携帯した。

この度の襲撃は、必ず誰かの首を挙げねばならぬものではない。

相手の力を削《そ》ぎ、二度と刃を揮えないように打撃を与えることが目的であった。

吉良邸のような広大な屋敷に攻め入るわけでもない。

ただ一気に押し入って、斬って斬って斬りまくり、そして退散する。

あの時を思えば、楽なことこの上なかった。

十一月も半ばとなったある夜。

御園番は、深夜に三ヶ所の隠れ家を、ほぼ同時に襲った。

洲崎、橋場は、あっという間にけりがついた。

それぞれ詰めていた敵は五人ばかり、御浜御殿で刀術を鍛《きた》えた御園番士に襲われるとひとたまりもなかった。

番士達は全員が覆面をし、襷《たすき》を十字に綾《あや》なし、袴《はかま》の股立《ももだ》ちを取り、革足袋《かわたび》で動きも軽やかに屋内に崩れ込み、それぞれが敵全員を斬り捨て、夜の闇の中に散り散りに消えていったのだ。

明石町は、激戦となった。

精鋭をもって当ったゆえに、御園番は絶えず優位に戦うことが出来たが、この日は相手も腕自慢が十人も揃《そろ》っていた。

おまけに、屋敷内は広く、敵は方々に逃げ込んでは逆襲する戦法にうって出たので、さすがに手間取ったのだ。

それでも御園番士は吉良邸での実戦経験が身についていた。

あの折は夢中であったとはいえ、修羅場《しゅらば》で剣を揮った自信が何よりも武士を強くする。そして、単独で動かぬ連携のとり方も、あの折の反省が今に生かされ、味方を損《そこな》わぬ戦法が冴《さ》えていた。

味方が減らねば、そのうちに相手を殲滅《せんめつ》させることも叶う。

大石内蔵助の慎重かつ大胆な戦略はここでも強さを発揮した。

堀部安兵衛、不破数右衛門という屈指の猛者《もさ》を両軸にして敵を攻め、剣豪・奥田孫太夫が、安兵衛と同じ堀内道場の同門、間十次郎と二人で、その時々で加勢する。その連携がしっかりと取れていた。

数右衛門の突破力は健在で、敵は一様にその勇を恐れた。

その中で一段と腕の立つ武士が一人。番士達を押し返し、虎口《ここう》を逃れんと屋敷の外へ逃れた。

それこそ向井俊太郎であった。

「おれに任《まか》せろ！」

安兵衛は邸内を数右衛門に託《たく》し、向井を追った。

鉄砲洲の浜で二人は激しく斬り結んだ。

「おのれ、何奴《なにやつ》……。お前達はいったい何者なのだ……」

向井は唸《うな》った。毎度のごとく現れては、圧倒的な連携の強さで攻めかかり、風のように去っていく。この連中はいったい何者なのか――。

向井には今もって謎《なぞ》なのだ。大名の改易《かいえき》、廃絶が次々に行われた、五代にわたる徳川将軍家の政策で浪人暮らしを強《し》いられ、身に備わった一刀流の腕をもって巻き返さんとした向井俊太郎であった。負けるわけにはいかないのだ。

「おれ達は、地獄から来た鬼の遣いよ……」

安兵衛は切《せつ》なさを込めて踏み込んだ。

強烈な一刀が、向井の刀をすり上げ、彼の面《めん》を割った。

「まさか……」

このおれが容易《たやす》く斬られることなどあってよいものか。

その想いを口にするまでもなく向井俊太郎は、浜辺の松の大樹の下にばたりと倒れた。

安兵衛は、大きな息を吐《は》くとその場から走り去った。しかし、向井との勝負は達人の安兵衛とても辺りに気を張る余裕を失わせ、この勝負を密かに窺《うかが》い見ていた者がいたことを、彼は知らなかった。

浜辺の松の陰から食い入るように見ていたのは、浪人風の男であった。

「あれは……、安兵衛……」

しかもこの男は、覆面をしていた安兵衛を、その太刀筋《たちすじ》で感じていた。

「まさか、奴が生きているはずなど……。いや、あれは正しく安兵衛の太刀筋。あのような剣を遣える者は、あ奴しかいまい」

浪人風の男は茫然自失《ぼうぜんじしつ》たる表情で、安兵衛が駆け去った方を見つめ独り言《ご》ちた。

「そうか、生かされていたのか。それならば合点がいく」

浪人風の男は、ふらふらと浜辺から立ち去った。

この男が覆面の武士を堀部安兵衛と見破ったのは無理もない。彼は安兵衛の盟友にして、かつての赤穂浪人・高田郡兵衛であったのだ。

五

宝永四年（一七〇七）十一月二十三日。

江戸に白い灰が降り積もった。

西南の方に黒雲が現れ、雷光がしきりに煌《きら》めいた。

進講《しんこう》のために、雉子橋の屋敷を出て江戸城西の丸に入った新井白石は、昨夜おこった地震と併せて考えると、何か天変地異に日《ひ》の本《もと》が襲われたのではないかと不安にかられた。

二十五日になって、これらの原因が富士山《ふじさん》の噴火によるものだと知った。

「正しく不吉の表れ……」

白石は、百花繚乱《ひゃっかりょうらん》の元禄の世が終り、混沌《こんとん》たる宝永の世が、この国を破滅に追いやるのではないかと憂《うれ》えた。

火山灰は田畑を覆《おお》い、領民達は困窮《こんきゅう》に喘《あえ》ぐであろう。

これをまた幕府は、貨幣改鋳で乗り切ろうとするに違いない。その上に新たなる税を民に課す。

悪政は、もがき苦しむ民の怨嗟《えんさ》を生んで、ますます混乱を引き起こす。

「もう待てぬ。一刻も早く新たな治政を領《し》かねばならぬ」

暗躍する柳沢配下の影の刺客達を一気に討ち、翼をもいだ。

柳沢は沈黙をしているが、焦《あせ》っていよう。

家宣の養子について、将軍綱吉にあれこれ働きかけるに違いない。

徳川家千代の仇討ちはまだ終っていなかったのである。

白石以上に悩み、柳沢吉保以上に焦りを胸にしているのは、家宣も同じであるが、さらにもう一人。

命を投げ出す覚悟で、綱吉の暴挙を押さえねばならないと心に誓う者が江戸城中にいた。

綱吉夫人・鷹司《たかつかさ》信子であった。

左大臣鷹司教平《のりひら》の娘。兄は関白房輔《ふさすけ》。三代将軍家光の正室・鷹司孝子《たかこ》は大叔母《おば》。徳川家宣の正室・近衛熙子《このえひろこ》は再従妹《はとこ》。

高貴な血筋にして、館林の大名であった頃の綱吉に嫁《とつ》ぎ、やがて江戸城本丸の大奥に入った。

しかし、そこからが信子にとっては戦いの日々であった。

綱吉との間に子が無く、綱吉の生母・桂昌院を後ろ盾《うしだて》にする、側室・お伝《でん》の方が、世子徳松を生んで権力を握ると、信子は宮中から大典侍《おおすけ》、新典侍《しんすけ》といった才女を側室として呼び寄せて対抗した。

結局、徳松は五歳で夭逝《ようせい》し、信子は御台所《みだいどころ》としての地位を確かなものとした。

しかし、三十歳で〝御褥御免《おしとねごめん》〟を余儀なくされ、己が手の内の女達を夫に差し出すことで、御台所の務めを果さねばならぬのは、ただただ空しい日々であった。

ゆえに、聡明でやさしい徳川家宣が、綱吉の養子になったと知った折は、

「何よりのことです」

と、喜んだものだが、綱吉が柳沢吉保の息・吉里を、家宣の養子にせんと心に思い始めているのを知り、耳を疑ったのである。

綱吉は老いた。突如《とつじょ》として過去の悔恨《かいこん》が押し寄せてくるのであろうか。このところは時に信子を訪ねては、やさしい言葉をかけたり、腹心を妻にさらけ出すことが増えた。

聡明な信子は、綱吉の考えを見抜く術に長《た》けている。京よりやって来て、今の地位を保ちえたのは、彼女のその感性に負うものであった。

信子には、綱吉が吉里を家宣の養子にせんとするのは、吉里が自分と柳沢吉保の側室・染子との間に出来た子だと信じ込んでいるからだとわかる。

徳松の夭逝によって世子を失い、その後も子を生《な》さんとして男子を授からず、遂《つい》には自分の孫かどうかもわからぬというのに、染子を己が娘と偽《いつわ》り、吉里を将軍にせんとする夫に、信子は哀れみさえ覚えていた。

しかし、家宣に男子が生まれ、綱吉は素直にこれを祝したゆえに、吉里の一件はただの思い付きであったのだろうと信子も一安心した。

それが、家千代の夭逝で、再び雲行きが怪しくなってきた。

綱吉の側妾には信子の息がかかっている。

このところは、老いた綱吉が夜に夢現《ゆめうつつ》の中で口走る譫言《うわごと》のいくつかが耳に入ってくる。

それは恐ろしい言葉であった。

「家千代……、許せ……。家千代……」

「お前を殺したのは、余ではない……」

時折、魔物に取《と》り憑《つ》かれたように、このような言葉を口走るというのだ。

その時の綱吉の表情は、老醜《ろうしゆう》をさらした悲哀に充《み》ちたもので、罪の意識に嘖《さいな》まれ、地獄の閻魔《えんま》に許しを乞うような怯《おび》えがあるそうな。

信子は戦慄《せんりつ》を覚えた。

「くれぐれも口はお慎みなされよ」

大奥の者には、余計なことは人に語るなと厳しく申し付けて熟考をした。

信子が疑いを抱いていた家千代毒殺は、やはり何者かの手によって行われたのに違いない。

そして、綱吉はその事実を知っている。

自分から命を下したかどうかはわからぬが、綱吉の意を受け、家千代を亡き者にせんとする謀略があることは重々承知の上で、これを放置したのだ。

つまり、家千代は綱吉の意志で殺され、嫡男がいなくなった家宣に、吉里を押し付けるつもりでいるのだ。

――何とかいたさねばなりませぬ。

このままでは、幕府は成り立たぬ。邪をもって正とするならば、やがて天下に大乱が起こるであろう。

信子は、家宣が不憫《ふびん》でならなかった。

誰よりも家千代の死に疑いを覚えているのは、家宣であろう。

だが、家宣はあくまでも、隠忍自重《いんにんじちょう》を貫《つらぬ》いているとのこと。

「大納言《だいなごん》殿を見舞《みま》わねばなりませぬな」

信子は、遂にひとつの決意に辿《たど》りついたのである。

六

徳川家宣は動かなかった。

我が子の毒殺は疑いもない事実であると確信していたが、

「何ごともよきにはからえ」

毒殺に関わった者の詮議は、すべて腹心の家来・間部詮房に任せた。

あくまでも、自分は公儀の意向に従う姿勢を貫き、来たるべき時に備えると言うのだ。

しかし、裏から戦を望む者がいるなら、受けて立つ気概《きがい》だけは持ち続けておらぬと、ただの虚仮《こけ》になる。

闇の勢力と戦いつつ、家千代を殺害した張本人を報《しら》せてくれればよい――。

そして家宣は喪《も》に服したのである。

詮房は、新井白石、大石内蔵助を動かして、柳沢吉保が実行部隊の長と断定した。

侍女達に毒を持たせた山乃井なる老女は、その後体調を崩したということで、これもまた実家に戻されたが、その数日後に体調が悪化して死んだとわかった。

「柳沢か……」

それを報された時も、家宣は取り乱さず、

「して、鼻を明かしてやったか」

畏《かしこ》まる詮房に問うと、

「爪《つめ》も牙《きば》も抜いてやりました。御園番がよく動いてくれたようにござりまする」

「左様《さよう》か」

「いっそ柳沢そのものを、討ち果してやりたい想いにござりまする」

「さりながら、そちが柳沢の立場であったとて、同じことをしていたであろうよ」

小さく笑った。

その笑みには詮房への信頼と、自分が将軍になった時、詮房を今の柳沢の地位につけるという想いが込められていた。

「畏れ入りまする……」

詮房は平伏した。

平静を装いつつ、ともすれば我が子を殺した男の息子を己が養子として、将軍職を継がさねばならぬことに、身もだえする想いであるのはわかっている。

やっとのことで生した家千代の死に怒りを覚えぬはずはないが、取り乱せば天下大乱の元になる。

どこまでも堪え忍び、綱吉に対して従順《じゅうじゅん》であることが、自分の戦なのだと家宣は詮房にそっと告げた。

「とは申せ、家千代をこの腕に抱いた折の温もり、吾子の笑顔……。余の指を握らんとする小さな手。いつか大きくたくましゅうなったその手で、臨終《りんじゅう》の折には、余の手を取って見送ってくれるのであろうと思うた喜び……。それを思うと、身が引き裂かれそうになる。きっと、家千代の仇は討ってやる。そのために余は堪え忍ぶのじゃ」

詮房は家宣の本心を明かされ、肩を揺すって泣いた。

「我ら家臣一同、いつ何時でも身命をなげうつ覚悟はできておりまする……」

激情を抑える家宣は、どこまでも穏やかな顔で詮房を見つめ頰笑んでいた。

老いて日々正気を失っていく将軍綱吉に対して、家宣のこの誠実は何よりの武器となるであろう。

実際、綱吉は良心の呵責《かしゃく》に苦しんでいた。

柳沢吉保の前で、

「余は何としても、伊勢守（吉里）を大納言の養子として、将軍に就かせたい、さすればこの先、余は大納言とも睦《むつま》じゅう暮らすこともできよう」

その言葉を発したことが、家千代の死に繋がったのは明白であった。

自分の意を汲《く》んだ吉保を責められまい。

――いや、家千代は殺されたのではない。赤子がすぐに死ぬのは珍しいことではない。それが家千代の定めであったのだ。

綱吉はそのように思い込んだ。

柳沢吉保は何も言わない。ただ不慮の死であったと、淡々とことを済ませてしまったし、家宣は騒ぎ立てず黙って子の御霊《みたま》を葬《ほうむ》った。

そうなると綱吉の不憫は当然、家宣に向かう。

罪の意識を薄めるために、西の丸に見舞ったり、本丸へ呼び寄せたりして、声をかけずにはいられなくなった。

宝永五年（一七〇八）は大雨の中明けて、世の中の不穏を如実に暗示した。

松の内も過ぎた頃。徳川家宣は、綱吉の自分への想いと、この将軍こそが家千代殺しの張本人ではないかと疑いつつ、養父を訪ねたのである。

七

綱吉と家宣は、父子の親密さを見せるため、また互いに二人だけの話をしたいがために、肩を並べて庭園を歩いた。

松の緑が目に沁みる。池の中を悠々と泳ぐ鯉《こい》や、木々を渡り行く鳥などを見ていると、何不自由もない身が、何ゆえに心をすり減らし、懊悩《おうのう》せねばならぬのか。二人共に、そんな想いが頭の中を巡っていた。

二人になると家宣はすぐに口を開いた。

「父上にお許しを請《こ》わねばならぬ儀がござりまする」

「余に許しを請うとな……」

綱吉は、思い詰めたような家宣の表情を見てぎくりとした。

「家千代の侍女を里へ戻したところ、二人が自害し果てました」

「家千代の世話をまっとうできなんだゆえ、生きてはおられぬと思うたのであろう」

「そのようにございまする。奥へ置いておいても肩身が狭《せま》かろうと思い、家来が気を利《き》かせて暇を与えたのでございまするが、哀れなことでございました」

「うむ。そちのしたことは間違《まちご》うてはおらぬ」

「忝うございまする」

そのような話であったかと、綱吉は内心ほっとした。二人の侍女の話は、綱吉の耳にも入っていたが、これはきっと柳沢吉保が気を利かせて自害に見せかけ口を封じたものであろうと綱吉は察していた。

――大納言はどこまでも慈悲深い奴《やつ》よ。

綱吉は感心した。二人の侍女は、もしや毒を盛ったかもしれぬ者達で、家千代の死の悲しみに取り乱し、斬り捨てたとしてもおかしくはない。

それを奥へ置いておいても肩身が狭かろうと里へ戻したとは、いささかやさし過ぎる。

だが、家宣は生来《せいらい》そういう男なのだと綱吉は思い始めていた。

「二人のことがございましたゆえに、今一人を里に戻す折、道中、自害などせぬかと、今度はそっと見張りの者を付けましたところ、何者かに攫《さら》われてしまいました」

「ほう、して何とした」

「ははッ。見張りに付けた者が、その曲者を斬り伏せ、さらにその一味の住み処《か》を見つけ出し、ことごとく成敗をいたしました」

「それはでかしたな。して女中はいかに」

「奪い返したものの、その折に受けた傷が深く、息絶えてしまいましてござりまする」

「左様か。いったい何者の仕業じゃ」

「それが未だわかりませぬが、家千代に関わることで世を騒がせてはならぬと、女中の死も、賊を斬り捨てたことも伏せておりまするが、止むをえぬこととはいえ、市中を騒がせてしまいました。そのお許しを請わねばならぬと存じましてござりまする」

家宣は、子が親に許しを乞うように、少し涙を浮かべて見せた。

「許すも許さぬもあるまい……」

綱吉は寛大な笑顔を見せた。

恐らく、家宣が討ち果した賊は、柳沢配下の者であろう。しかも、調略に使う名も無き武士共のはずだ。侍女の口を封じ、自らも討たれたとあれば尚《なお》都合がよい。

さらに、家千代に関わることゆえ、世間に伏せたというのも気が利いている。

「その一件については、この父に任せておくがよい」

「ははッ、忝うござりまする」

家宣はひたすら畏まって恐縮の体となった。

綱吉の良心の呵責が、またひとつ薄まっていく。将軍は満足そうに頷いて、

「余は嬉《うれ》しいぞ」

「何をお喜びにござりましょう」

「そちが、余を疑《うたご》うておらぬということじゃ」

「はて？　わたくしが父上の何を疑うと仰《おお》せにござりまする」

まるで思い当る節がないと首を傾げる家宣を見て、

「いや、もうよい。これは余の戯言《ざれごと》じゃ」

綱吉は愉快に笑った。

どこまでも慈愛の心を持ち、人を疑わぬ。それが家宣なのだと確信したのだ。

十年前の綱吉ならば、

「油断のならぬ、食えぬ奴よ」

と、どこまでも疑いの目を向けたかもしれない。だが、老いた身には安らぎばかりが欲しかった。自分も家宣のような気持ちでいられれば、残り少ない日々を、心地よく暮らせるだろうと思うのである。

家宣はその隙《すき》を衝《つ》いて、まず綱吉の信を得ねばならぬと、

「先般お話を伺いました、柳沢伊勢守のことでござりまするが、父上の孫となれば、行く行くはわたくしの養子にしてはどうかと存じておりまする」

彼は大きな賭けに出た。

「何と、それはそちの真の想いか？」

綱吉の顔がたちまち輝いた。そのうちに、吉里の話を持ち出すつもりが、家宣の方から持ちかけてきたのであるから綱吉の喜びは一汐《ひとしお》であった。

「さりながら、まだ家千代の死に家来の者共が動揺を禁じえませぬ。また、折よく話を持ち出さねば、柳沢美濃守への風当りも強うなりましょう。まず時節を見極めねばならぬと存じまする」

「うむ、そちの言うことももっともじゃ。家千代を亡くして間もないというに、

このような話をするのは気が引けるが、あの伊勢守はなかなかの器量じゃ。そちとも奥の繋がりが深いゆえ、申し分のない世継ぎとなろうぞ。じゃがこの話は、まだ我ら父子だけのことにしておこうぞ。いや、これほど嬉しいおとないになろうとは思わなんだぞ」

綱吉は、この上もなく上機嫌であった。

そして家宣は、どこまでも次期将軍の座を確かなものにするための忍耐をした。

とはいえ、心が落ち着くと、綱吉はまたあらぬところに気を向けた。

悪銭宝永通宝《ほうえいつうほう》の鋳銭を許し、さらなる生類憐れみの令発布へ乗り出し、新たなる狂乱の態をさらけ出していくのである。

愛憎渦巻く宝永の世は、ますます混沌を極めていた。

第十一章　暗闘

「大納言殿はまさか、柳沢伊勢守を養子として迎え入れるおつもりではございますまいな……」

鷹司信子は、徳川家宣を前にして声を潜《ひそ》めた。

穏《おだ》やかではあるが、ずしりとした重い響きに、家宣はいささか気圧《けお》された。

家宣が嗣子《しし》・家千代を亡くして以来、信子はやたらと家宣を気遣《きづか》い、再従妹《はとこ》である家宣の正室・熙子《ひろこ》を通じて、見舞《みまい》の品などを贈ったりしていた。

時の将軍にして信子の夫である徳川綱吉は、家千代の死に関わっているだけに、彼もまた家宣を気遣う想いが強く、信子の家宣への心尽しを喜び、

「よしなに頼む」

と、声をかけていた。

それゆえ、家宣を気遣うのに遠慮はいらなかったのだが、家宣が御礼言上《おれいごんじょう》に

訪れた折に、どうしても訊《たず》ねておきたかったことが、この件についてであった。柳沢伊勢守吉里は、綱吉の寵臣《ちょうしん》・柳沢吉保と、その側室・染子との間に生まれた子とされている。

しかし信子は、綱吉が吉里のことを自分と染子との間に出来た子供だと思い込んでいる、そのように見ていた。

臣下の屋敷へ御成《おなり》をし、漁色《ぎょしょく》を繰《く》り返した綱吉は、吉保から染子を献上《けんじょう》されていた。

それゆえこのような想いに捉われたのであろうが、信子には、

「まずそのようなことはない」

としか考えられなかった。

くわえて、あろうことか綱吉は、世子《せし》・徳松の死後男子に恵まれず、常軌《じょうき》を逸《いっ》したか、

「染子はその実、余《よ》の娘である」

などと明らかな虚言《きょげん》を吐《は》き、孫である伊勢守を、嗣子なき家宣の養子にさせんと密《ひそ》かに企《たくら》んでいる。

そのために、家宣の実子・家千代に毒を盛ったのも、信子の目には明らかで

あった。

だがそれでも尚《なお》、家宣はひたすら綱吉に恭順《きようじゆん》の意を表していて、信子が張《は》り巡《めぐ》らせている諜報《ちようほう》の網《あみ》には、綱吉の内意を汲《く》んで、柳沢の倅《せがれ》を己《おの》が養子にせんとしているようだと聞こえてきた。

今までも遠回しにそれだけは避《さ》けねばならぬという意を、家宣には伝えてきたつもりであったのだが、当の本人にはまるで通じていないのではないか——。

信子は遂《つい》に家宣の真意を確かめんとしたのである。信子には命をかけて綱吉の暴挙を阻止《そし》する覚悟が出来ている。

家宣にはそれがひしひしと伝わってきた。

家宣は信子の想いがありがたく、また彼女の意思は崇高《すうこう》なものだと感じ入ったが、

「この身は、ただ征夷大将軍《せいいたいしようぐん》であらせられる父上の思《おぼ》し召《め》しに沿《そ》いたいと存じまする」

家宣は、何事にも抜かりのない信子とはいえ、御対面所での発言には注意がいると、いつもの穏やかで疑いなど毛筋ほども抱かぬ物言いで応えた。

それでもこの日は、

「そうして、将軍となった暁《あかつき》には、改めてこの国のためになることを、身命《しんめい》を擲《なげう》ち考えとうござりまする」

言葉を継いだ折に、鋭い目を信子に向けた。

信子はしばし無言で家宣を見返していたが、やがて家宣の気持ちを確かめるように、

「将軍にお成《な》りになった暁には、改めてこの国のためになることをお考えくださるとな……」

「いかにも」

「それを聞いて安堵《あんど》いたしました。天下を領《し》ろし召《め》す将軍家におかれましては、民を苦しめることがあってはなりませぬ。もし、上様《うえさま》がそれをお忘れになった時、妻としては刺し違える覚悟を持たねばならぬと思うておりまする」

信子の目にも強い光が込められていた。

「畏《おそ》れ入りまする」

家宣は、頭《こうべ》を垂《た》れた。

「時に大納言殿」

信子の眼光は衰《おとろ》えなかった。

「上様の御成を何とお思いにござりまするか」

「御身《おんみ》御大事になされて、この後は、お控えくださりますれば幸いかと存じておりまする」

「真《まこと》にもって……」

信子はにこやかに頷《うなず》くと、

「なされるのならば、おしのびで参られるのがよろしかろうと存じまする」

「おしのびで……」

「そのようになされた方が、お気も楽でござりましょう。一声号《ごう》すれば、大勢の供廻《ともまわ》りも連れていかねばなりませぬし、御家来衆も苦労が多うござりましょう」

「お迎えする方も、供の者が多ければそれだけ苦労が増えましょう。なるほど、それは名案にござりまする」

「わたくしの方からも、上様にお勧《すす》めいたしておきましょうほどに、そのような折《おり》は、大納言殿もお供をしてさしあげてくだされば、上様もお喜びになられましょう」

「上様のお供を……」

「気心が知れた大納言殿が、そっとご警護さしあげれば、上様もお心安らかになされるかと」

家宣は、信子が何を告げたいのか、なかなか理解出来ないでいたが、

「上様も、お歳《とし》を召されました。近頃では、〝家千代、許してくれ〟などとご寝所で悪い夢にうなされ譫言《うわごと》を口になされたり……」

さらりと言った言葉に、信子の綱吉への憎悪《ぞうお》が見てとれた。

「たとえば、上様は病《やまい》にお臥《ふ》せになり、宇治《うじ》の間にお籠《こも》りになられている、表向きはそのようにしておけばよろしゅうございましょう。もし万が一、御成先で御体の具合が悪うなられたとて、そっと宇治の間にお運びすれば、御成先の御家来も、あれこれ責められることもござりますまい」

家宣は、はっと顔を上げて、

「そっと宇治の間にお運びする。なるほど、それは一段とよろしゅうござります。父上も御成の先で、御気分がすぐれぬようになったとなれば、さぞ御気を煩《わずら》わされましょう。何ぞの折は、宇治の間で御休息あそばされているということにしておけば、御気も楽でござりまするなあ」

にこやかな口調に、鋭い目の輝きを添《そ》えて、信子に同調したのであった。

二

信子は、家宣の御礼を受けた後、綱吉と顔を合わせる度《たび》にこの将軍家嗣子の器量を称《たた》えた。

「大納言殿は、どこまでも上様のお心のままにと、それはお心を砕《くだ》いておいでのようにござりまする」

そう言った上で、御成の際は、体調がすぐれぬゆえに、宇治の間で臥せている体《てい》にして、微行《びこう》にて出向けばよろしゅうございましょうと耳打ちをした。

「なるほど、それは重畳《ちょうじょう》」

綱吉は、その言葉に心を動かされた。

以前は、供を引き連れ家臣の屋敷へと赴《おもむ》き、華美《かび》な調度《ちょうど》に飾られた御殿で、贅《ぜい》を尽くした饗応《きょうおう》を受けることが楽しくて堪《たま》らなかったが、このところは老《お》いた身に、それも疲れるものとなっていた。

綱吉は、驕奢《きょうしゃ》をほしいままにしてきたが、決して愚鈍《ぐどん》な貴人ではない。

富士《ふじ》の山が噴火し、民が困窮《こんきゅう》している今、このような御成を繰《く》り返すことへの後ろめたさを感じていた。

控えようとは思うのだが、寵臣《ちょうしん》・柳沢吉保の駒込《こまごめ》にある下屋敷の庭園の見事さは格別のものである。

和歌に造詣《ぞうけい》のある吉保が、〝詩経《しきょう》〟における六義《りくぎ》を〝古今集《こきんしゅう》〟に転用した紀貫之《きのつらゆき》に因《ちな》んで完成させた〝六義園〟は正《まさ》に綱吉好みで、これを眺《なが》めながら風雅に浸《ひた》る一時が、老境に入った綱吉の安らぎとなっていた。

派手な接待など無用である。

我が孫であると信じて止まぬ伊勢守吉里を傍《かたわ》らに置き、彼の未来に想いを馳せるのが何よりも楽しい。

そう考えると、微行での柳沢邸御成は、今の綱吉にはとにかく興がそそられる。

宇治の間には、いざという時に大奥から脱して、本丸表向きへと出られる仕掛けが施《ほどこ》されていた。

そこから一旦、西の丸に入り、家宣と共に城外へと出ればよいのではなかろうか。

その折は、西の丸へ下す調度を運ぶ荷駄《にだ》の中に紛《まぎ》れ込めるよう、大きな箱や葛籠《つづら》などの中身を乗物に設《しつら》えればよい。

城外へ出れば、誰ぞの屋敷に立ち寄り、そこで大身《たいしん》武士の微行を装《よそお》い駒込へと向かう。

そんなことを考えると、子供のように気持ちが浮き立ってきた。

これからは世間を憚《はばか》らず、家来達に不平を言わさず、頻繁《ひんぱん》に柳沢下屋敷に行けるのだ。

もちろん、諸門の警衛に当る役人の何人かの長には事前に伝えておかねばなるまいが、主命にて通過する荷については詮索《せんさく》無きようにと言葉を添《そ》えておけば大事にもなるまい。

そしてこれに、家宣を同席させるという提案にも心惹かれた。

柳沢吉保の嫡子・吉里を、自分の孫ゆえ家宣の養子にしてはどうかと持ちかける綱吉に対して、家宣はそれを了承するとの内意を伝えてきた。

こういう機会に、寵臣・柳沢に、家宣を接待させ、ともすれば対立しがちな二人に秘事を共有し合える環境を作っておけば、思いの外《ほか》すんなりと、この話も進むのではなかろうか。

強気と弱気。自分が犯してきた罪の意識への怯《おび》え。老いてこれらが次々と心の内を駆《か》け巡《めぐ》る綱吉は、家宣を同席させての微行が徳川の治政を円満に進めていく方便《ほうべん》になると頭に描いた。

正室の信子も、自分の御成をさぞかし快《こころよ》くは思っていなかったであろうが、このように策を講じて勧めてくれるのは、老いた身では、最早《もはや》漁色に現《うつつ》を抜かすこともなかろうと達観したからに違いない。

色々と苦しめてきた正室への後ろめたさも、夫婦のわだかまりも、信子の言に耳を傾け、いちいち相談すれば薄まっていくはずだ。

「余は、そなたの厚情《こうじょう》によって、これまで生きてこられたような気がいたす」

綱吉は、信子にやさしい労《いたわ》りの言葉をかけると、微行での御成の計画をすぐに立てんとして、家宣を呼び出した。

「なるほど、それはよろしゅうござりまする。何卒《なにとぞ》、わたくしもお供にお加えくださりませ」

家宣は、その話を信子から既《すで》に聞いていたことなどおくびにも出さず、すぐにこの話に乗った。

「さりながら、いかに微行とは申せ、微行には微行なりの警護ものうてはならぬかと存じまする」

「うむ、確かにそうではあるが、いたずらに侍共を動かせば、微行にはなるまい」

「影のように付き添い、しかも腕利きで、よく統制がとれた者共がおりまする」

「そのような気が利《き》いた者があるか」

「はい。しかも、この世におらぬ者ゆえ、正《まさ》しく影となりましょう」

「おお、そうか」

綱吉はニヤリと笑って、

「赤穂の者共じゃな」

と、声を潜《ひそ》めた。

「左様《さよう》にござりまする。父上に命を救われてよりこの方、あの者共も何か御恩返しをいたさねばならぬと、日々意気込んでおりますれば、このような御役《おやく》を務《つと》めるとなれば、市井《しせい》の闇に溶け込み、父上とわたくしを守り抜いてくれましょう」

「うむ、それは一段とよい。その後、義士達は息災《そくさい》か」

「このような時に備えて、鍛錬《たんれん》を続けておりまする」

綱吉は、家宣に与えた赤穂の浪士達が、柳沢吉保が操《あやつ》る影の一団と暗闘をしていたのではないかと見ていた。

家宣の立場からすると、嫡男・家千代が不審な死に方をしたのだ。それにまつわる者を見張り、怪しい連中が現れれば討伐もするであろう。

だが、生来人《せいらい》を疑うことを知らぬ家宣は、赤穂浪士が討ち取った相手の後ろにいる影を、調べあげようとはせず、曲者《くせもの》を討った事実だけを綱吉に報告し、そのような詮議はすべて公儀の裁きに委ねた——。

それゆえ異心はあるまい。さもなくば、柳沢吉里を養子にしてもよいと、自《みずか》ら綱吉に申し出はすまい。その上に、柳沢邸への御成に忍びで出かけんという綱吉の企みに、一も二もなく供を願い出たりはしないであろう。

ましてや、赤穂浪士達に警護をさせましょうと、無邪気に語るはずがない。

少なくとも綱吉にはそのように思える。

——大納言は、柳沢にも勝る者かもしれぬ。

自分に対してどこまでも従順《じゅうじゅん》であるという点で、家宣は柳沢吉保と比べてもまったく遜色《そんしょく》ない。

そのような感慨が、綱吉を能弁《のうべん》にさせた。

「美濃守（吉保）は、学問に通じ、役人としての手際には見るべきものがある。ふふふ、さりながら、き奴《やつ》はそれまでの男じゃ。ならば、何ゆえ余が美濃守を取り立てるのか……。それはとにかくあ奴が、賢《さか》しらなことを口にせず、余が命じたことを、疑いものうただ粛々《しゆくしゆく》と執《と》り行うゆえじゃ」

「家来とは、それが何よりでござりましょうか」

「左様、何よりじゃ。そなたもよう心得ておくがよい。とかく家来というものは、いつの間にか思い上がり、将軍のすることにあれこれと口を挟《はさ》むようになるものじゃ。堀田のようにのう」

堀田とは、館林の領主であった綱吉を五代将軍に推《お》し、その実現をもって大老に昇りつめた、堀田筑前守正俊のことである。

正俊は〝天和《てんな》の治《ち》〟と呼ばれる治政を執り行い、幕府に財を生《な》し、大いに成果を上げたのだが、綱吉の生類憐《しようるいあわ》れみの令に強く反対し、諫言《かんげん》した。

そしてその直後、江戸城内で若年寄・稲葉正休に刺殺された。正休もまたその場で殺されたゆえに、この一件は謎のまま終っていたが、事件の背後には綱吉が関わっていたとの噂《うわさ》が密やかに囁《ささや》かれていた。

「あのような賢しらで、分を超えたる慮外者《りよがいもの》は、討ち果《はた》されてしかるべきものじゃ」

綱吉は吐き捨てるように言った。

「家来など、余が捌《さば》ききれぬことを、そっと執り行う。それだけでよい。将軍は二人いらぬのじゃ」

それは、堀田正俊を殺したのは自分の差し金であったと告げたに等しかった。

この衝撃的な事実に触れて尚《なお》、家宣は顔色を変えず、

「わたくしに出過ぎたところがございますれば、いついかなる時も、お叱《しか》りのほどを願い奉《たてまつ》りまする」

と、低頭した。

「ふふふ、そちは愛《う》い奴よ。今思わば、一度だけ出過ぎたことをしてくれたがな」

「それは、いつのことでございまするか」

「赤穂の者共を、死んだ体《てい》にして助けてやれと、余に申し出たことよ」

綱吉はニヤリと笑った。

あの一件については満足をしている。だが、ああして生かしておくことに自らが思い至らなかったのが少しおもしろくない。綱吉はそう言いたいのであろう。

「あの折は、おやさしい父上の御心中を察し、言上いたしましたが、ほんに出過ぎておりました。何卒御容赦《ごようしゃ》くださりませ」

家宣は、また畏まってみせた。

三

将軍のお忍びは、それからすぐに行われた。

ごく一部の者だけに伝え、綱吉は己が身を気遣い、少しでも体が疲れると宇治の間にて休む体《てい》をとった。

部屋の床《とこ》の間の壁《かべ》が開くからくりは、何度見ても飽きなかった。柱の下に引き手が埋め込まれてあり、仕掛の蓋《ふた》を開けて引くと、するすると壁が開き、隠し廊下に出られる。

それが何ともわくわくするのだ。

廊下の端《はし》には拵《こしら》え場があり、そこで着替えをし、庭の蔵へ出て、荷車に載《の》せられた大きな塗りの箱の中へ乗り込んで、西の丸へ向かう。

箱の中は、錦《にしき》の布団《ふとん》地が敷《し》きつめられ、乗り物の仕様になっている。

そうして、同じように荷車に乗り込んだ家宣と曲輪《くるわ》の内から出る。荷車が入るのは雉子橋の新井白石の屋敷となる。

そこからは、微行用の権門駕籠《けんもんかご》に乗り替えて駒込へ。

荷車隊は、将軍家直属の番方の武士が務めた。さらにその一隊は駕籠を守る警護の武士となり、道行く駕籠を見守るように、方々に微行姿の武士を配した。

この武士こそが、かつての赤穂浪士で構成される御園番《みそのばん》の面々である。

綱吉は、思い立った時に誰気遣うことなく御成が出来る仕組に、子供のようにはしゃいだ。

付合わされる家宣、御園番士達は大変であったが、今は綱吉の懐《ふところ》の奥にどこまでも入り込むことが、来たるべく家宣の親政への大きな礎《いしずえ》になろうと、誰もが嬉々《きき》としてこれを務めた。

家宣は、吉保の接待を喜んで受け、家千代の死への悔《く》やみなどを言われると、

「奥向きの女中が、何者かに襲われた一件だけが気にかかる。何としても詮議を願いたい」

そのように伝えたものだ。

吉保は家宣を警戒していたが、家宣がこの気難しい将軍にひたすら恭順することで、己が人生を拓いていこうという姿勢が、吉保の目にも明らかとなっていた。

吉保は、そこに妙な連帯を覚え始めた。

吉保は、自分が江田監物にさせている諜報に対して、家宣が表裏から対決姿勢を見せていると睨《にら》んでいた。

しかし、江田配下の向井俊太郎達が先日何者かに斬られた一件について家宣は〝家千代付きの侍女を実家へ帰したところ、二人共自害をしたので、さらに一人を帰す折、これをそっと見張らせると何者かに襲われたので、その曲者達をことごとく成敗した〟と綱吉に報告をしたという。

綱吉は、それも家宣の慈悲《じひ》深さゆえのことで、家千代が毒殺されたとは思っていないはずだと彼の言葉を信じた。

――上様も老いてしまわれたか。

吉保は家宣の言に疑いを持ったが、こうして家宣と微行の宴《うたげ》で顔を合わせると、〝自分は柳沢と争うつもりはない〟と、家宣は宣言したのではあるまいか。

そんな気持ちにさせられるのだ。

かくして綱吉は、すっかりと元気を取り戻した。

元気が出ると、この将軍は困ったことに、執念を燃やす生類憐れみの令に新たなる条項を増やした。

宝永五年（一七〇八）八月に、馬のたてがみを切ることを禁止したのである。これより後は、人々が引いている馬も、乗っている馬も、どれも野生の馬を見ているようだと、新井白石は嘆《なげ》いた。

九月になると、悪銭《あくせん》・宝永通宝《ほうえいつうほう》の運用が課《か》せられた。

前年の富士山噴火による灰、砂除去のための課役が諸国に割り当てられ、世はさらに混沌《こんとん》としていった。

このような時にこそ、養嗣子である家宣が綱吉を諫《いさ》め、良識ある慈悲深さをもって、国政に関わってもらいたい。

幕府の要職にある者達は、内心ではそのような期待を抱いていたゆえに、家宣の綱吉と柳沢への極端な融和姿勢に、失望の念を禁じえなかった。

だが、そんな家宣を、彼の家来達は、

「真にお労《いたわ》しや。時がくるまでの御辛抱にござりまするぞ」

と、見守っていたのである。

新井白石、間部詮房、そして大石内蔵助は、日々憂《うれ》えていた。

今、徳川家宣は、かつて大石内蔵助が、その心中を敵にも味方にも気取《けど》られまいと、京で遊興に明け暮れたのと、同じ立場にあることを、この三人はよくわかっていたからである。

家宣が綱吉の御成に同行するようになってから、二人が密談する機会が増えていた。

多くは雉子橋外の白石の屋敷で行われた。白石が講義の際に詮房を訪ね、それをもって内蔵助と語ることもあった。

冬を迎えると、火鉢《ひばち》を囲み、身を寄せ合いながらの密談が増えた。

この頃になると、三人の胸の内にある恐しい計略が、いよいよ進められねばならぬという、悲壮な決意となって胸の内に収められていた。

「亜相《あしょう》様（家宣）は、なかなかに御決断をためらわれておいでのようじゃ……」

その日。新井白石は、今や盟友ともいえる大石内蔵助に悲痛な面持《おもも》ちで囁いた。

「さもありましょうな」

大事を為《な》さんとする折は慎重になるものだ。また、そうでなければならないと内蔵助は思っている。

「さりながら、考えてもみられよ。亜相様が、柳沢伊勢守を養子にするという内意をお伝えになられたならば、最早《もはや》亜相様は不要の者と、上様はお考えになられるやもしれぬ」

白石は眉間《みけん》に〝火の字〟を浮かべた。

「あるいは……」

内蔵助は神妙《しんみよう》に頷いた。

家宣が、伊勢守吉里を己が養子にするという意を、早晩正式に宣言することを、綱吉は望むであろう。

となれば、吉里は七代将軍の座に就くことが決まるのだが、人の欲は限りない。

綱吉は、そのうちに自分が生きている間に、吉里が将軍に就く姿を見たいと思い始めるのではなかろうか。

元より柳沢吉保は、綱吉あっての権力者である。家宣が政権を取った時の保身に頭を悩ませているはずだ。

現在、家宣は綱吉と吉保の間に、巧《たく》みに入り込んでいるとはいえ、綱吉の気まぐれは、いつどのように始まるかもしれない。

その時、家千代に続いて、家宣に魔の手が伸びてもおかしくはない。

白石はそれが案じられてならないのだ。

「あの御方は、自分を将軍に推挙してくれた、堀田様を、己が悪法に異を唱えたというだけで殺しておしまいになった。何をなされるかわからぬ恐しい魔王でござる……」

白石は思い入れをした。

父と共に旧主・土屋家から退転し、やっと仕官が叶《かな》った先が、堀田正俊であった。

ほとんど御意を得ぬままに正俊は、江戸城中で殺害され、堀田家は将軍家から冷遇され、白石は再び浪人せざるをえない運命に陥《おちい》った。

綱吉が、正俊の諫言を聞き入れ、共に政《まつりごと》を推し進めていれば、今はどのような世になっていたであろうか。

家宣は綱吉から、正俊の殺害は自分の意であると知らされた後、さすがに間部詮房にだけはこれを告げて大いに嘆いたという。

詮房は白石にその話を伝えた。

それは、家千代の死に加えて、旧主・堀田正俊の死に現将軍が絡んでいるとなれば、白石の心に新たなる決意が生まれるであろうと思ってのことだ。

内蔵助は、白石の眉間の〝火の字〟を眺めながら、

「いよいよ、これまで生かされてきた我らの御恩返しの時がやって参ったようでございまするな」

威儀を正して、彼もまたある決意を固めたのであった。

もうすぐ凍《い》てつくような冬が来よう。

赤穂浪士達が、吉良邸へ討ち入り主君・浅野内匠頭の仇《あだ》を討ってから、九六年が経《た》っていた。

吉良上野介七回忌の年であった。

四

「いったい、おれは何をしているのであろう」

江田監物は、ふてくされていた。

柳沢家の武芸指南ということで、屋敷に出入りを続け、吉保に命じられた諜報の数々をこなしてきた。

時には自らが争闘の場に赴《おもむ》き、何人かを手にかけたこともあった。

命をかけた仕事に対して、吉保は金銭をもって応《こた》えてくれたが、その態度はいつもよそよそしいものであった。

信頼を置いていた向井俊太郎が殺害された折も、吉保は不気味なほど静かであった。

彼らを斬《き》ったのは、徳川家宣が有する、影の一軍であるのは明らかである。影の戦いを続けるならば、早急に手練《てだれ》を集め、徹底的に敵がどこに潜んでいるかを探り、これに打撃を与えねばならない。

しかし、柳沢吉保は動かなかった。

影の一軍は、こちらが手出しをしない限り動いてこないのを察知したかのようだ。

家千代付きの侍女を自害に見せかけて殺害し、今一人は実家へ帰る道中を襲った。その折は見えぬ敵の一群に、一人を残しことごとく斬られ、やがて三ヶ所の隠れ家が襲撃されて、配下の者達は全滅した。逃げた一人が泳がされたと思われる。

しかし、三人目の侍女も争闘の中、命を落したと聞く。監物達の役目は一通り果せたというわけだ。

泰平《たいへい》の世において、己が剣の腕ひとつで、多額の金を得られると集まってきた浪人達は、どれも大した者ではなかった。それゆえに、吉保にとっては使い捨ての利く便利な道具であった。

事が終れば自滅してくれるのはかえって幸いであったと、吉保は思っているのであろう。

つまり徳川家宣は、攻められれば徹底的に相手を打ち払い、寄《よ》らば斬るという姿勢を見せるが、そこから相手の背後にいる者へ攻撃をしかけようとまではしないことが証明されたのだ。

このところの吉保と家宣の近付きようを見ればそれも頷ける。

互いに相手を牽制《けんせい》し、時に衝突するが、それによって実力をわかり合い、利害によって手を握り合う。

権力者達にはよくあることだ。そして、衝突した際に流れた血は、名もない使い捨ての者達が流すのだ。

監物は使い捨てにもならず、飼い殺しにされている身を感じていた。

彼が今している仕事は、時折この柳沢家下屋敷を訪ねてくる客人の出迎えと、屋敷内への護送であった。

最近になって、下屋敷に新たな勝手門が造られた。

外観は粗末な門に見えるが、入ったところに張り番所があり、さらに長屋門に続く入り組んだ通路がある。

張り番所には、数人の柳沢家の番方の武士がいて、監物配下の臨時雇いの武士達は、この番方の武士達に従い援護する役割を果し、来訪の客を乗せた駕籠を出迎え、長屋門まで案内する。

長屋門には、さらに柳沢家番方の精鋭が詰《つ》めていて、駕籠を通してから門を閉ざす。

大身の武士の微行らしき来客は、姿を見せぬまま長屋門の向こうに消えていく。

それゆえ、誰が来ているのかが、監物達にはまったくわからない。いつも同じ者なのか、入れ替わり立ち替わり、微行の客が訪ねてきているのか——。

そのようなことは、監物達には一切《いっさい》知らされない。いざとなれば、名も知らぬ者のために命がけで戦うのであろう。

その方が気が楽だ。自分達は金さえもらえれば、黙って駕籠を迎え入れ、長屋門まで送り届ける。それだけのことだと割り切って、この役目に就いている者がほとんどである。

しかし、監物は武士としての大義もなく、ただ番人の束《たば》ねをさせられるのは、真に不本意であった。

また何かことが起きて、暗闘に命をかけねばならぬ事態が起こるかもしれない。

その時に、今の連中のような寄せ集めでは敵にまったく歯が立たないと思っていた。

微行の客には、ここへ来る道中も、そっと護衛がつけられているようだ。あれこれ併せて考えると、よほど高貴な武士が世を忍んでやって来ているはずだ。この番人に甘んじているのではなく、いつ何時《なんどき》、激しい戦いの場に身を投じてもよいように、組織を整《ととの》えねばならないというものを――。

向井俊太郎を失った今、特に柳沢の傭兵隊には梃入《てこい》れが必要であった。

柳沢吉保も、その点については理解していて、

「いついかなる時に、また出陣してもらわねばならぬやもしれぬのだ。腕の立つ者を日頃より集めておけばよい」

監物にはそのように告げていた。

腕の立つ浪人を集める。しかも、それなりに頭が切れる者でなくてはならぬ。

監物は、人集めに今の無聊《ぶりょう》を慰《なぐさ》めた。勝手門の警備だけなら、監物が常駐している必要はなかった。

彼はあくまでも、柳沢家の武芸指南役の一人として出入りしているのだ。屋敷の表向きの武芸場へ、これという者を募《つの》り、腕試しをし始めた。

その中で、おもしろい浪人を見つけた。

高田郡兵衛という武士で、

「かつて赤穂の浅野様に仕《つか》えていた者にござりまする。ふふふ、義士になれなんだ痴《し》れ者でござる……」

己が身を自嘲《じちょう》したが、刀槍《とうそう》にかけては見事な腕であった。

監物は即座に郡兵衛を雇い入れた。

思えば赤穂城引き渡しの頃に、監物は向井俊太郎をして、大石内蔵助を暗殺しようとした。

だがこれは失敗に終り、その後も赤穂浪士が吉良邸討ち入りを思い止まるよう、あらゆる調略を仕掛けた。

その中に、この高田郡兵衛はいた。

伯父である旗本・内田三郎右衛門の養子になるよう仕向け、これを断われば、郡兵衛が浪士達と交わしている討ち入りの密約を訴えると言わしめた。

郡兵衛は義と、肉親の情との板ばさみになり、悩んだあげく脱盟した。

柳沢の工作としては快事で、堀部安兵衛らと並んで、赤穂浪士の中核にいた郡兵衛の裏切りは、彼らを大いに落胆させたのである。

ところが、赤穂浪士から脱盟をした後は、晴れて旗本・内田家の家督を継いだのかと思いきや、郡兵衛は浪人となっていた。

浪士達が〝義士〟と称えられ、将軍綱吉も襲撃された吉良家を取り潰《つぶ》してしまう結果となり、内田家は郡兵衛を養子にしたことを悔やんだのであろう。

そして郡兵衛もまた、世間の目を気にする養家を見限ったと思われる。

監物こそ影となり郡兵衛を追い込んだ張本人なのだが、彼は不幸が続く腕利きの浪人が好みであった。

このような男は総じて死に場を探しているものだ。いざとなれば誰よりも勇猛さを発揮してくれるであろう。

「高田郡兵衛、よくぞ参ったな」

監物は、親しみを込めて言った。

「おれのような、笑い者にされた男を、かく迎えてくれるとは、貴殿も物好きでござるな」

郡兵衛は、能面のように無表情で応えた。

――ふふふ、魔に憑《つ》かれておるわ。

監物はほくそ笑んだ。

修羅道《しゅらどう》を歩むことで、己が不遇への怨念を晴らさんとする男の顔を高田郡兵衛は持っている。このような者はじつに操り易いのである。

「何の物好きであろう。柳沢様は、あの赤穂浪士達による討ち入りは不届きの仕儀であったと仰《おお》せられたのだ。浪士達と袂《たもと》を分かったおぬしは称えられるべき者ではないか」

監物は力強く言った。

郡兵衛の表情に、幽《かす》かながら笑みが浮かんだ。

「おぬしの無念は、某《それがし》にはようわかる。だが、おぬしの武芸をこのまま腐《くさ》らせてよいものではない。この江田監物に預けてくれ。悪いようにはいたさぬぞ」

監物はここぞと言葉を重ねた。

「おれに求むることなど何もござらぬよ。ただひとつ……」

「何が望みかな……」

「堀部安兵衛と立ち合いたい」

「ふふふ、彼《か》の者は切腹し、果てたではないか」

監物は、かつての盟友に斬られて死にたいという高田郡兵衛の、心の闇を見たような想いがした。

しかし、郡兵衛はいたって真面目《まじめ》な表情で、

「いや、安兵衛は死んではおらぬ……」

と、静かに言った。

「おれは確かに奴が刀を揮《ふる》う姿を見た」

「何と……」

柳沢吉保は、依然として江田監物には、赤穂浪士が生存し、家宣の預かりになっているという事実を告げずにいた。

しかし、監物は郡兵衛の確とした表情を見ていると、

「なるほど。そうであったか」

彼の言葉が真実に思えてきた。

あの突如《とつじょ》現れた見えぬ敵の統制の取れ方、手並の見事さを思うと、赤穂浪士がそのまま新たな戦いに乗り出したというなら合点がいく。

それと共に、監物の柳沢吉保への忠誠が音を立てて崩れ落ちた。吉保は赤穂浪士の生存を知っていたはずだ。本意ではなくとも綱吉の意となれば、黙ってその処置に動いたに違いない。

となれば、赤穂浪士達が反撃してくるのを薄々わかりつつ、吉保は監物達を動かして、捨て殺しにしていたのだ。

監物は、しばし思い入れあって、高田郡兵衛をじっと見つめて、

「堀部安兵衛とおぬしが斬り合《お》うているところを是非見てみたいものじゃな」

不気味な笑みを浮かべたのであった。

五

宝永六年（一七〇九）の正月を迎えた。

徳川家宣は、この間何度も綱吉の微行での柳沢家下屋敷御成に付き添ってきて、その詳細を腹臣である間部詮房に伝えてきた。

三ヶ日を過ぎ、将軍への祝辞言上に訪れる諸大名、諸役人達への謁見《えつけん》が済むと、綱吉は、早くも九日にいつもの微行をすると言い出した。

そうして、

「その折に、いよいよ伊勢守を、そちの養子にする話を内々に取り決めんといたそうか」

将軍は家宣に告げたのだ。

「越前《えちぜん》……」

家宣は、それを受けて間部詮房を呼び出した。

従五位下《じゅごいげ》・越前守に叙任《じょにん》され、今や序列は老中の次席、一万石の大名となった詮房には、いつしか柳沢吉保を凌《しの》ぐ風格が漂っていた。

「万端《ばんたん》整っておるか」

家宣は多くを語らない。

「いつでも用意はできておりまする」

詮房は、声を躍《おど》らせて畏まった。

「左様か。しからば勘解由をして、御園番に申し伝えよ。九日に決する、とな」

「ははッ！」

平伏する詮房を見つめる家宣の目は、穏やかで慈愛に充《み》ちた、いつもの輝きとは違って、決意を秘めた武人の猛々《たけだけ》しさに充ち溢《あふ》れていた。

家宣は、苦楽を共にしたこの忠臣に、重ねて言葉をかけんとしたが、それを思い止めて、静かに御座所《ござしょ》を去った。

望むべくことではなかったが、この日《ひ》の本《もと》の国の安泰と士民を困苦から救わんとするためには、鬼神にならねばならぬ局面もある。

己が苦悩を言い訳めいた言葉にするなど情けなきことなのだ。

一言命を発し、後は戦いあるのみである。

詮房は、いつもとは違う主君の迫力を気配で感じ、

――わたくしもまた、鬼神の眷属《けんぞく》となって血の池地獄の果てまでもお供仕《つかまつ》ります る。

頭を下げつつ心に誓った。

やがて家宣の想いと覚悟は、詮房の口から勘解由こと新井白石に伝えられ、さらに白石によって御園番の頭・大石内蔵助に伝えられた。

家宣の侍講《じこう》である白石は、家宣からの政策に関する意は、詮房を通して問われるのが常とされていた

白石は、いささかまどろこしい諮問《しもん》の形態を、一切崩すことなく知恵を絞った。

自分は権勢をふるいたいがために仕えているのではない。寝る間を惜《お》しまず、眠けに襲われると桶《おけ》の水をかぶりながら励んだ学問の成果を、具申《ぐしん》するだけが生き甲斐《がい》であると心に言い聞かせてきた。

ゆえに、英邁《えいまい》なる家宣の立身を支え、主君が善政を令《し》くための一助となれるならこの上もなく幸せであった。

その幸せが絶頂を迎えつつあった。

――ここまでの策をお任《まか》せいただくならばこれほどの栄誉はない。

詮房から受けた命は、白石の口から大石内蔵助へ、さらに伝達された。

芝・御浜御殿の御園番長屋の一室でのことであった。

「いよいよその時が参りましたな」

内蔵助は静かに言った。

正義を求め、元禄の世の武士の乱れを嘆く新井白石と心を通わせ、主君・浅野内匠頭の仇を討ち、武士の本懐を遂《と》げた大石内蔵助であった。

その道筋には、白石の多大なる助けがあった。そして切腹すべきところを生かされ、〝本当の仇〟を共に討たんと誓い合った。

〝本当の仇〟とは、生類憐れみの令などという悪法を成立させ、吉良上野介のような権力者におもねり驕《おご》り高ぶる悪人を生んだ、現世の仕組みである。

これによって、新井白石は、堀田正俊という主君を失い、赤穂浪士達は主家断絶の憂《う》き目を見たのだ。

「いよいよ〝本当の仇〟を討つ時が参った。この度は、わたしもお供仕る」

白石は、あくまで武人であらんとした。

その心意気をこの度の一事で示す所存であった。

陰で糸を引き、己は絹《きぬ》の衣服に身を包む、そのような者になりたくはない。命をかけてことに挑み、いざとなれば己が死をもって主君を守る覚悟は出来ていた。

「それは楽しみでござる」

内蔵助は、にこやかに頷いてみせた。

元より内蔵助もまた、この度は陣頭指揮にあたる所存であった。

「ならばまず、皆を一堂に集めようと存ずる」

内蔵助は、御浜御殿に特設された武芸場へ入り、かつての赤穂浪士の面々をそれへ呼んだ。

白石も、大倉半次郎、上本平内を従えてこの場に臨《のぞ》んだ。

予《かね》てから御園番士達は、近々一大決戦に臨むことになろうと、内蔵助より内々に報《しら》されていたので、これが何ゆえの招集かは大よそ察しがついていた。

白石は確と威儀を正し、義士達を見た。

堀部安兵衛、不破数右衛門、潮田又之丞、武林唯七、間十次郎……、一騎当千の強者《つわもの》。

大石主税、矢頭右衛門七……、成長著しい若武者。

吉田忠左衛門、村松善兵衛、奥田孫太夫……、老練の士。

白石の目にはいずれもが頼もしく、そしてこれぞ武士という面構《つらがま》えに見えた。

「新井勘解由でござる。これまで方々と共に生きてこられたことを誇りに思うてござる。本日、我が主君の御意向を、お伝えしとうござる。某と共に戦《たたこ》うてくだされい」

白石は感慨《かんがい》を込めて頭を下げると、大石内蔵助に頷いてみせた。

内蔵助は、白石に恭《うやうや》しく一礼した。

あくまでも御園番士に号令をかけるのは、内蔵助でなければならぬと、白石は決めている。

その想いが、内蔵助にはありがたかった。

「各々方《おのおのがた》……」

内蔵助は番士達を見廻した。

たちまち武芸場に張り詰めた武士達の気が充ちた。

番士達は、まだ誰を討つために戦うのか、その見当はついていなかったのだ。

「次の御成の折、我らは柳沢家下屋敷勝手門にそのまま押し入り、上様の御命を頂戴《ちょうだい》いたす……」

内蔵助は低い声で申し伝えた。

はっと息を呑む番士達は、やがて一様に低い唸り声をあげたのである。

第十二章　義士達

一

宝永六年一月九日。

前年の暮れから体調を崩していた徳川綱吉は、麻疹《はしか》を患《わずら》い江戸城奥御殿宇治《うじ》の間に籠《こも》った。

ところがこれは、あくまでも麻疹の流行に乗じた方便で、宇治の間に入った綱吉は、そこから密《ひそ》かに抜け出し、微行《びこう》で寵臣《ちょうしん》・柳沢吉保の下屋敷へ向かうことになっていた。

「こ度《たび》は、二、三日、戻らぬやもしれぬ」

綱吉は、正室・鷹司信子にそう告げていた。

「麻疹で臥《ふ》せっているとなれば、四、五日空《あ》けたとて大事あるまい」

悪戯《いたずら》っぽく頬笑《ほほえ》む綱吉は、同行する養嗣子《ようしし》・徳川家宣にも、麻疹を装《よそお》うよう命じていた。

綱吉は、度重《たびかさ》なる家臣の屋敷への〝御成《おなり》〟で、吉保の側室・染子に手を付け、染子が産んだ伊勢守吉里は、自分の子であると信じていた。

しかし、家臣の側室に手を付けて生ませた子を己《おの》が世継《よつぎ》にも出来ぬ。それゆえ、兄・綱重の子・家宣を養子に迎えた。

しかし、家宣にもなかなか継子《けいし》が出来ずにいるので、一計を思いついた。

染子を自分がかつて女中に手を付けて生ませた娘であったとして、孫に当る吉里を、家宣の養子にしてはどうかと勧めたのである。

こうすれば、我が子はいずれ将軍となる。

柳沢吉保にしてみても、将軍の実父としての地位を誇れる。

その思惑が絡んで、やっとのことに誕生した、家宣の嫡男・家千代は、綱吉の意を汲《く》んだ吉保の策謀によって毒殺された。

それでも家宣は、露《つゆ》ほども綱吉を疑わず、どこまでも恭順を貫《つらぬ》き、綱吉の勧める吉里を養子にすると、内意を伝えたのだ。

綱吉は、家千代を亡き者にした後ろめたさによって、近頃は悪夢にうなされる夜が続いていた。

老いて気弱になった身に、家千代だけではなく、かつて自分を五代将軍に推挙してくれた、大老・堀田正俊も夢枕に現れて恨《うら》みごとを言うのだ。

江戸城中で、若年寄・稲葉正休に刺殺された正俊であるが、陰で糸を引いたのは綱吉であった。

稲葉正休もまた、その場で斬殺されたので、事件の真相は闇のままとなったが、正俊の恨みごとが終ると、今度は血まみれの正休が現れて、

「お恨み申しまする……」

と、綱吉を詰《なじ》るのだ。

彼らの背後には、今まで綱吉が己が気まぐれによって命を奪った者達の姿が浮かんでいる。

それを紛《まぎら》わすためには、柳沢邸への微行が何よりであった。

そこへ行けば、風雅を極めた〝六義園〟の庭がある。共に眺《なが》める我が子・吉里がいる。

——もう、余《よ》は誰も殺さぬぞ。

我が子、伊勢守吉里さえ、立派な将軍家の継子となってくれたら言うことは何もない。

誰も殺さぬ。

その想いは、さらなる〝生類憐れみの令〟の発令によって確かなものとなろう。生きとし生ける者を殺さぬ自分が、悪霊に祟《たた》られることはあるまい——。

そうして綱吉の意思は、あらぬ方へと向かっていくのだ。

いそいそと宇治の間に入った綱吉を見舞《みま》うふりをして、信子は件《くだん》の一間に入った。

「おお、そちが見舞《みも》うてくれるか……」

綱吉は、今しも床の間の壁が開くからくりを使って、宇治の間から抜け出さんとしていたが、思いもよらぬ信子の来訪を喜んだ。

そもそも、宇治の間に臥せた体《てい》を装い、密《ひそ》かに城外へ出ることを勧めたのは信子であった。

もう今では漁色《ぎょしょく》のための御成ではなく、一人の穏やかな老爺《ろうや》としての一時を過ごさんとする夫の意図を介してくれたのだ。綱吉はそのように受け止めている。

信子が見舞うと、いかにも体調を崩しているように周囲から見えるであろう。

老醜を顕《あら》わにさらしたかと思うと、子供じみたことに熱中する綱吉には、信子が自分の仮病に喜んで付き合ってくれていると、今は無邪気《むじゃき》に喜んだのである。

「上様《うえさま》のお体のお具合は思わしゅうないゆえ、ゆるりとお休みいただかねばならぬ。くれぐれもお騒《さわ》がせすることなきように。そのように皆には申し伝えておきまする」

信子は神妙な顔をした。

「それよそれよ。さすれば、誰も宇治の間には近づくまい」

綱吉は、信子の言いように満足したが、この時の信子の張り詰めた胸の内に気付く由《よし》もなかった。

信子は、今しも部屋から抜け出ようとする綱吉をじっと見つめて、

「上様、このわたくしにはお心の内をお示しくださりませ。上様は、柳沢伊勢守を、大納言殿（家宣）の御養子になされるおつもりにござりましょうか」

と、問いかけた。応《こた》えは既《すで》にわかっていたが、もう一度確かめておきたかったのだ。

「うむ……」

綱吉はにこやかに、

「今宵《こよい》はその話を決めに参《まい》るのじゃ」

と、信子に頷《うなず》いてみせた。

「左様《さよう》にござりまするか」

信子は恭《うやうや》しく畏《かしこ》まってみせた。

訊《たず》ねるまでもなかったのだ。しかし、嫁《か》した相手である。どこまでも夫への望みと情愛は持ち続けていたかった。

「お帰りをお待ち申し上げておりまする……」

それが信子の別れの辞儀《じぎ》となった。

二

綱吉は上機嫌で、いつもの微行へと出発した。

雉子橋の新井白石屋敷で、駕籠《かご》に乗り替える時は、家宣を捉《とら》えて、

「今宵はよき夜となろう。ふふふ、いかな心地《ここち》じゃ、麻疹を患うと申すは……」

大いに笑ってみせて、共に麻疹にかかったと装う秘密の共有を楽しんだ。

そこから権門《けんもん》駕籠に揺《ゆ》られての道中、家宣は瞑目《めいもく》しつつ、いかにも思慮深《しりよぶか》い彼ならではの思考を重ねていた。

綱吉は、とにかく上機嫌である。それは、実の子と信じて疑わぬ柳沢吉里が、

いよいよ家宣の養子となり、晴れて徳川家の貴公子となる日が近付いてきていることにある。

今宵は、綱吉、家宣、吉保で内々の取り決めを交《か》わし、いかにすれば徳川家の家臣達を納得させられるか。その談合を果す運びとなっていた。

――上様は、よほど我が子が愛《いと》しいらしい。

学問好きで、聡明な叔父《おじ》であった。

家宣は、自分が五代将軍になるよりも、この叔父が四代、家綱の跡を継《つ》ぐべきであろうと素直に思ったものだ。

学識、貫禄共に、まだ二十歳《はたち》にもならぬ自分よりも適任であったからだ。

戦国以来続いた荒々しき武家の気風を改め、文治《ぶんち》をもって世を治めるという幕府の姿勢を明確なものにして、自《みずか》らが政《まつりごと》を推進したことは高く称《たた》えられてしかるべきものだ。

しかし、綱吉が名君になり損《そこ》ねたのは、男子に恵まれなかったゆえであった。

〝生類憐れみの令〟などという悪法が生まれたのも、世継ぎに恵まれぬのを憂《うれ》い、綱吉の生母・桂昌院が殺生《せっしょう》を慎《つつし》むよう戒《いまし》めたのが始まりであったと言われている。

彼の漁色と、それに伴《ともな》う数々の悲劇も、男子を生《な》さねばならぬ重圧が招いたのかもしれない。

やっとのことで生まれた徳松は五歳で夭折《ようせつ》していた。

柳沢吉保の側室・染子の産んだ子が、吉保の子ではなく自分の子であると思い始めたところから、綱吉の錯乱は始まったのであろう。

「あれは、余が生ませた子じゃ」

綱吉は、染子を寵愛した分、吉里を己が子だと信じたかったし、どこまでも綱吉に従順な吉保は、それに話を合わせるしかなかった。

息子への情となれば、綱吉は我を忘れた。

その結果、殺されたのが家宣の子・家千代である。

綱吉も人の親ならば、家宣も人の親である。

やっと授かった男子を殺された痛みは、叫び出したいほどのものであった。

それを抑えて、愚鈍《ぐどん》なまでに養父・綱吉を疑わぬ家宣という男を形成してきたのは、息子の仇《かたき》が時の最高権力者である将軍だからだ。

そして今宵自分は、綱吉の子か、吉保の子か知れぬ吉里を、己が養子にする談合に赴くことになっていた。

綱吉と吉保に家千代を殺されたというのに、まったくよい面《つら》の皮である。

しかし、ここまで馬鹿になり切れたことが、我ながら恐ろしくもあった。

いかに敵の目を欺《あざむ》くか――。

それを教えてくれた男は、今、自分の駕籠をそっと見守る護衛の士を率《ひき》いていた。

駕籠の中からそっと窺うと、その男は右手の道の端《はし》に家宣の軍師といえる新井白石と並んで歩いていた。

大石内蔵助である。

白石は学者であるが、純然たる武士であった。

いつしか内蔵助と手を取り合って、家宣の仇討ちを支えてくれていた。

今日、この時を迎えて、二人は〝御園番《みそのばん》〟を従え、自らが出向いてきた。

家宣が、駕籠の内から覗き見ているのがわかったのであろう。

二人は一瞬立ち止まり、畏まってみせた。

先ほど、新井屋敷で綱吉と顔を合わせた時、

「今朝は、浅野内匠頭が夢に出てきよった。何やしらぬ、神妙な面持ちで余を見ておったぞ」

綱吉は、そんな話をした。

「家来共の命を密《ひそ》やかにお助けあそばした、父上の御慈悲に言葉も出なんだのでございましょう」

家宣は恭しく応えて、綱吉は、

「うむ、さもあろう」

と、喜んだ。

しかし、家宣にはわかる。

「今宵、大石内蔵助率いる我が忠臣達が見参いたし、上様をお迎えにあがることでございましょう」

内匠頭は、綱吉にそう言いたかったのに違いない。

新井白石は言う。

大石内蔵助をはじめとする忠臣達は、あの日、吉良上野介を討ち果し主君の仇を討ったが、何よりも彼らは、

「何が真の武士の生き方であるかを、世に問いかけたかったのでござりまする」

と――。

世は忠臣達の快挙に沸いた。

しかし、あれから七年。元禄から宝永になったとはいえ、権勢に傲《おご》り目の前の利を貪《むさぼ》らんとする武士達の悪あがきは尚《なお》も続いている。

「上様、貴方様《あなた》が赤穂の者達をお許しになられたは、貴方様がなされた何よりのことでござりましたな……」

家宣は、再び駕籠の内で目を閉じた。

今、この間にも、自分をそっと警護しつつ、その時を窺う、勇士達の熱き息遣いを、彼は身近に覚えていた。

そして、家宣の血はぐつぐつと沸き立ち、いよいよ訪れた復讐の時に、武者震いを禁じえなかったのである。

三

徳川綱吉、家宣の一行は、いつもの微行の隊列で駒込へと向かっていた。

綱吉の駕籠の周りには、五人の番方の武士が付いていた。いずれも腕自慢ばかり。

綱吉の特殊な任務に当り、人を殺すことなど何とも思わない者達ばかりだ。

そして家宣の周りには、三人の護衛がいた。

これを遠巻きに囲みつつ、しっかりと町の中に溶け込みながら、堀部安兵衛ら御園番士達が影のように付き添っている。

堀部弥兵衛ら、死去した赤穂浪士達を除いた全員が、今宵は家宣と綱吉の護衛に出ていた。

彼らにとっては、これが最後の仇討ちであった。

もうすっかり老人となった吉田忠左衛門や、もうすぐ七十になろうという村松喜兵衛も、出陣すると言って聞かなかった。

「いざとなれば、骸《むくろ》の役目もできよう」

罪を被《かぶ》って死ぬことも、戦いの内だというのだ。

やがて一行は、柳沢家下屋敷の勝手門に近付いた。

いつもならば御園番士達は、勝手門の内へ家宣が入るまでが警護であった。

微行の一行を微行にて警護するわけだが、今宵は違った。

この時、既《すで》に大石主税は、大倉半次郎と警護の隊列から抜けて、見事なる忍びの技で、下屋敷の大屋根に取りついていたのだ。

御園番士の何人かは裁着袴《たっつけばかま》をはいている。それは主税も同じである。

家宣は、今までの柳沢家下屋敷への微行の段取りを、余すところなく、新井白石を通して大石内蔵助に伝えていた。

それゆえ、柳沢配下の傭兵《ようへい》達がどのような装束《しょうぞく》でいるかも、家宣は学問で鍛《きた》えた卓越した記憶力で把握していた。

——よし、今である！

家宣は、いよいよ勝手門に入らんとする刹那《せつな》、かっと目を見開いた。

すると、何たることか。

家宣の駕籠めがけて、唸《うな》りをあげた一矢が、いずこからか飛来した。

既に綱吉を乗せた駕籠は門内に入っていた。

幸いにも矢は逸《そ》れた。

それも頷ける。矢を射たのは、勝手門から入って、さらに内にある長屋門の屋根上に忍《しの》んでいた大石主税であった。

彼は大倉半次郎と、下屋敷の大屋根へと忍び、そこから屋根伝いに長屋門の上へと身を移していた。

そして、身を縮《すく》めながら射た矢は、端《はな》から家宣を狙《ねら》ったものではない。戦闘の発端を作る矢であったのだ。

「おのれ何奴！」

　矢が放たれたとほぼ同時に、各々《おのおの》、近くの道端や辻に潜《ひそ》んでいたかつての赤穂浪士達が、家宣の駕籠めがけて殺到《さっとう》した。

　大石内蔵助も、並んで道行く新井白石と共に駆《か》けた。

　既に内蔵助も五十を超えていたが、日頃のおっとりとした風貌からは想像も出来ぬほど、彼の動きはすばやかった。

　白石は、吉良邸討ち入りの時の大石内蔵助を間近で見たわけではないが、あの時の雄姿を窺い見られた心地がした。

　――天晴《あっぱ》れ、もののふ。

　感じ入りつつ、自らも駆けた。

　この一瞬が、彼の武士としての未来に大きな転機となるのだ。

　白石は、武士としての生き方に今ほど興奮と矜持《きょうじ》を覚えたことはなかった。

　内蔵助も白石も、争闘の中で腕を揮《ふる》うつもりはなかった。

　味方には、堀部安兵衛、不破数右衛門、武林唯七ら猛者《もさ》がいる。

　この場は、一人でも多くの警護の武士と、将軍・綱吉、大納言・家宣暗殺を謀《はか》る武士達が入り乱れて戦う必要があった。

その一人として、冷静沈着に状況を踏まえ采配《さいはい》を振る大将・大石内蔵助の軍師を気取り、白石は戦う。

そして、四十人を超える御園番の面々が崩れ込んだ刹那、

「門を閉めろ！　曲者《くせもの》じゃ！」

内蔵助は叫んだ。

その一子・主税は、〝偽《にせ》の矢〟を放った後、既に姿を消していた。

「若、真に見事でござりましたぞ！」

闇の中で声を弾《はず》ませる大倉半次郎が、主税にはついていた。

忍びの里から抜け出すように江戸に出てきて、放蕩無頼《ほうとうぶらい》の徒に身を投じ、一時は忍び働きとは何かをまったく忘れてしまっていた半次郎の忍術はここに極まった。

御園番士達は、門番を追い立て、まず門を閉めた。

ここからは、大名屋敷で起こることだ。

何人《なんぴと》も介入は出来ない。出来るのは、限られた幕閣の要人と、征夷大将軍《せいいたいしょうぐん》・徳川綱吉だけである。その綱吉の駕籠の傍へ疾風《はやて》の如《ごと》く、三人の武士が駆け寄り、何事が起こったかわからず、家宣の駕籠めがけて飛んできた矢の方を見上げ

ていた綱吉の護衛に斬りつけた。

三人は裁着袴を着し、その風情《ふぜい》は柳沢吉保が、いざという時に捨て殺しにするために雇っている、浪人達と同じである。

綱吉の護衛は、何《いず》れも選び抜かれた練達《れんたつ》の士であるが、虚《きよ》を衝《つ》かれ浮足立った。

いくら練達の士とて、それほど斬り合いに身を投じたわけではない。

綱吉の内命を受け、数人を殺害したことはあったが、相手はどれほどの強者でもなかった。

だが件の三人は堀部安兵衛、不破数右衛門、武林唯七であった。彼らはこの時点で実戦に長《た》けた最強の剣士と言えるであろう。

綱吉と家宣を守るはずの浪人達が、まさか襲ってくるとは思いもかけず、五人は為《な》す術《すべ》もなく斬り立てられた。

「おのれ！」

安兵衛達に猛然《もうぜん》とかかったのは、潮田又之丞、間十次郎、大石瀬左衛門であった。

こちらはいずれも、徳川家宣を護衛する御園番士である印の黒羽織を着ている。

安兵衛達は、御番所の方へと逃げた。又之丞達が追う。

あっという間の出来事であった。いずれが敵か味方かわからなくなった、柳沢配下の者達は、ここまで唖然《あぜん》として見入ってしまった。

すると、杉野十平次、間新六達、御園番士の新手が、柳沢の傭兵である裁着袴の連中に斬り込んだ。

「それ！　謀叛《むほん》の者共を討ち取れ！」

彼らに号令をかけたのは新井白石であった。

かつて暗闘《あんとう》を繰り広げた、江田監物率《ひき》いる浪人集団が、家宣だけに止《とど》まらず綱吉までも密かに亡き者にして、柳沢吉保が我が子・伊勢守吉里を将軍家継子に押し立てんと策謀している――。

言いがかりであり、でっち上げである。

安兵衛達は、どさくさに紛《まぎ》れて裁着袴姿で綱吉の駕籠に迫り、綱吉の護衛を戦闘不能にさせ、番所の裏手に逃走した。

そこで、又之丞達と斬り合い、討たれたふりをして、やがて裁着袴を脱ぎ、御園番士として再び争闘に加わった。

家宣の腹臣・間部詮房と新井白石、さらに大石内蔵助は、吉里が家宣の養子となれば、必ず家宣に魔の手が伸びるであろうことを確かめあった。

御園番士達は、あくまでも影の存在であり、江戸城西の丸に入ることまでは出来ない。

ここで一気に決着をつけることを望んでいた。そしてそれは家宣の考えと一致した。

彼らが案じる以上に、家宣は家千代を殺されたことの決着を、いつか必ずつけねばならぬと、強く思っていたのだ。

柳沢家下屋敷勝手門内は、誰が敵か味方かわからぬまま、しばし騒然とした。

駕籠の中の綱吉は、狼狽《ろうばい》して戸を少し開けて外の様子を窺った。

下手《へた》に飛び出たのでは、かえって自分の存在を知らしめることになると、思ったのだが、

「ご安心下さりませ……」

外から囁《ささや》く声がする。

戸の隙間《すきま》から見るその顔には見覚えがあった。

「おお、そちは……」

綱吉は目を細めた。

「大石内蔵助にござりまする……」

外では内蔵助が畏まっていた。

この間には周囲にも激しい斬り合いが起こっていた。

御園番士達は、謀叛の者共を一人も生きて残してはならぬと、柳沢家番方の家来衆と、浪人集団にひたすら刃を向けている。

「何が起きたのじゃ」

綱吉はさらに戸を開けて、頼れる赤穂義士の首領・大石内蔵助に声をかけた。

「仇討ちにござりまする……」

内蔵助は静かに応えた。

「仇討ちじゃと？」

綱吉は、不快極まりない表情となって、

「身のほどをわきまえぬ慮外者《りょがいもの》めが。その相手は誰《た》そ、何奴じゃ」

「多大なる者を苦しめ、死へ追いやった張本《ちょうほん》。上様でござりまする」

内蔵助は低い声で言い放つや、

「御免！」

と、戸の隙間に手を差し入れ、素早く綱吉の小刀を抜いて、そのまま腹へ突き入れた。

信じられぬという表情を浮かべて、綱吉は、一声も発せずに息絶えた。

それを見計らったかのように、新井白石が内蔵助に目配せをすると、家宣の駕籠に近寄って、

「あらかた終りましてござりまする」

と、言上した。

すると、家宣は駕籠から降り、すっくと立ち上がると、勝手門の内を見回した。

御園番士が家宣の周りに、さっと寄り集まって、家宣の番方の家来達と共に人垣を作った。

この時、柳沢家番士と浪人衆はことごとく討ち取られていて、綱吉の番衆もある者は命を落し、またある者は深傷《ふかで》を負って倒れていたのである。

この間は、ほんの僅《わず》かな時が過ぎただけで、ことの次第がわからぬままに、いずれが謀叛人かもわからず、勝手門に続く長屋門を固める番士達はしばし傍観《ぼうかん》していた。

というよりも、家宣を警護する番方の武士達の、あまりにも凄《すさま》じい勢いに怖気《おじけ》を覚えて、出るに出られない状態が続いたといえる。

下手に出て無駄死にはしたくない。

様子を見るに、主・柳沢吉保が雇っている浪人の何者かが、駕籠に向かって矢を放ったことから争闘が起こったようだ。

長屋門を固める番衆は、勝手門に入って来た一行が、将軍・綱吉と、その世子・家宣であることをわかっているが、屋敷内の家士達には、それを知らされていない者も多い。

二人の微行を明らかにして、加勢を募《つの》り討って出るのがためらわれた。

責任をとりたがらぬ武士達がまず思い付くのは、上役に判断を仰ぐことである。

判断を仰がれた者は、またその上に判断を仰ぐ。

結局、番頭《ばんがしら》が家士を率いて、おっとり刀で駆けつけた時には、死屍《しし》累々《るいるい》たる惨状が目の前に広がっていた。

四

「ええい！　何をしておる！　この慮外者めらが！」

駆けつけた番衆を前に、一喝をくれたのは徳川大納言家宣であった。

傍らに控《ひか》える新井白石に加えて、大石内蔵助、堀部安兵衛、不破数右衛門、武林唯七、潮田又之丞、間十次郎、大高源吾、片岡源五右衛門、磯貝十郎左衛門、矢頭右衛門七……。御園番士の精鋭達は、家宣が日頃見せたことのない威風堂々たる怒りに充《み》ちた姿に感じ入った。

「この始末を何とする！」

家宣は、傍らに寝かされている貴人の亡骸《なきがら》を見て、さらなる叱責《しっせき》を与えた。

それは五代将軍・徳川綱吉のものであった。

「こ、これは……」

番頭は、畏まりつつわなわなと震えた。彼はこの日に、綱吉と家宣の御成があると知っていた。

そして、怒りにあふれたこの場の貴人が徳川家宣で、倒れている貴人が将軍・

綱吉であることもすぐにわかった。

「わ、わたくしにも、何が何やら……」

声はかすれ、言葉にならぬ番頭に、

「美濃守をこれへ呼べ」

「ま、まずは屋敷内へお通りあそばされませ」

「屋敷内？　油断がならぬわ！　これへ呼べと申すに！」

家宣を取り巻く、新井白石と御園番士達が身構えた。

「は、ははァッ……」

番頭は、平伏した。

番衆達はいたたまれずに、番頭に倣《なら》って平伏した。

「し、しばしお待ちのほどを、御願い奉《たてまつ》りまする」

駆け出した直後であった——。

番所に潜《ひそ》んでいたのであろうか。

裁着袴をはいた一人の浪人が、ゆったりと家宣がいる方に歩みを進めてきた。

家宣を始め、白石、内蔵助、御園番士達は怪訝《けげん》な目を向けた。

番所にいた浪人達は、ことごとく討ち果したはずであった。

どうやら出て来る折を待ち、番所のどこかに潜んでいたようだ。

それに気付かなかったのは不覚であった。

安兵衛達が身構えると、

「美濃守到着まで、某《それがし》が剣をもって馳走《ちそう》仕《つかまつ》る」

浪人はにこやかに言った。

「何奴……」

白石が低い声で問うた。

矢の標的にされる恐れがあると、家宣と彼を取り巻く一団は、身の回りに灯《あかり》を置かなかった。

それゆえ、浪人の姿は幽鬼のように影を浮かべていた。

「応えぬか……！」

不破数右衛門が、火種を取り出し、油を含ませた小さな松明《たいまつ》に点火すると、浪人に向かって投げつけた。

明かりに浮かんだ浪人を見て、内蔵助以下、御園番士達は息を呑んだ。

浪人は、赤穂浪士の一人で、堀部安兵衛、奥田孫太夫と共に、江戸急進派三羽《さんば》烏《がらす》で知られた、高田郡兵衛であった。

「安兵衛、そこにいるのであろう。おれと一勝負してくれ」

郡兵衛は噛《か》み締《し》めるように言う。

――郡兵衛は死に場所を捜している。

誰もがそう思った。

「どこから紛《まぎ》れ込んだかは知れぬが、黙って屋敷内へ去れ」

声をかけたのは家宣であった。

その様子から、この浪人がかつて赤穂浪士から脱盟した者であるのがわかったのだ。

内蔵助は、家宣に深く頭を下げた。叔父にして養父、時の将軍である綱吉を討ち、柳沢家の番士、傭兵の浪人達を皆殺しにして、革命を果したばかりの鬼気迫る家宣が、それでも尚、情を示し、郡兵衛を生かそうという慈愛に触れ感極まったのである。

だが郡兵衛には、慈悲も情けもただただ煩《わずらわ》しかった。

武士の義と、肉親の情に翻弄《ほんろう》され、何もかも失った男に残されているのは、いかに果てるかであった。

「去れと仰《おお》せならば、お命を頂戴《ちようだい》仕る……」

郡兵衛は、抜刀するや、家宣に向かって駆けた。

「郡兵衛！」

思わず安兵衛は飛び出て、抜き合わせた。

夜空の下で、哀《かな》しい刃の火花が三度散った。

義士達は、これほどまでにうっとりとした、穏やかな高田郡兵衛の顔を未だかつて見たことはなかった。

剛剣同士の立ち合いは、思わず見惚《みほ》れるほどの壮絶さであったが、四度目の火花が散ることはなかった。

すれ違い様に、安兵衛が薙《な》いだ一刀は、郡兵衛の腰から胸へかけて斬り裂いていた。

夜目に見る血の色は漆黒《しっこく》に思えた。

その中で泳ぐように郡兵衛は身悶《みもだ》えて、

「さすがは安兵衛……。これで、やっと眠れる……。おれはあの時……」

「何も言うな。おぬしには、おぬしならの避《さ》けられぬ道があったのだ。だが、郡兵衛、何ゆえ死に急ぐ……。おれは悲しいぞ」

安兵衛は、郡兵衛の手を取った。それへ、内蔵助が寄り添って、

「あの世では仲間だ……。堀部のおやじ殿は亡くなった。まず先に行って、叱《しか》られていよ」

にこりと笑った。

「忝《かたじけの》うござりまする……」

郡兵衛の目から、玉のような涙が流れ落ちた。彼はやがて、安らかな顔のままで息絶えたのである。

五

家宣の目配せで、白石は、奥田孫太夫ら、かつての盟友に高田郡兵衛の亡骸をその場から引き取らせた。

「せめて、手厚う葬《ほうむ》ってあげなされい」

一同が手を合わせた時。

郡兵衛が場繋《ばつな》ぎをすると言った通りに、柳沢吉保が静々と勝手門内の広場に現れた。

その表情は、まるで色が無く、体は小刻《こきざ》みに震えていた。

「た、ただ今、参上仕りましてございまする」

吉保は、嫡男《ちゃくなん》・伊勢守吉里と共に、綱吉の亡骸の前に膝《ひざ》をつき、神妙な目で家宣を見上げた。

「美濃守……」

家宣は、吉保を刺すように睨《にら》んで、

「これはそちの指図か」

「と、とんでもないことでございまする……」

「ならば、そちが雇うた腕利きの浪人共が、乱心いたした末のことか」

「それは……」

吉保は、言葉に詰《つま》った。

頭の切れる彼は、この騒動を起こしたのは家宣本人で、これを柳沢家の不首尾だと決めつけ、体よく綱吉を暗殺したのではないかと読んでいた。

そうだとすれば、徳川家宣は恐るべき男である。ひたすら隠忍自重《いんにんじちょう》を貫《つらぬ》きつつ、かくも大胆な手口で下剋上《げこくじょう》を成し遂《と》げるとは――。

とはいえ、家宣の言葉を認めれば、浪人共が俄《にわか》に乱心したものだと言い訳が出来るかもしれないが、いずれにせよ柳沢家の屋敷内で起こったこととなれば、責めは免《まぬが》れまい。

今、魔王と恐れられた将軍・綱吉は、魂の抜けた一塊《いっかい》の皮肉《ひにく》と化した。もう、自分を守ってはくれないのだ。

家宣は、そんな吉保の心情など百も承知である。

「美濃守。古来、家臣の乱心によって命を落した武士は数多《あまた》いる。東照神君様《とうしょうしんくん》の御父上・松平広忠《まつだいらひろただ》公もしかり」

「ははッ……」

「さりながら、上様がとるに足らぬ者に討たれたとあらば徳川家の威光に傷がつこう。幸いにして、上様は表向き、麻疹を召されて江戸城奥御殿宇治の間にて臥せになっている……」

「いかにも左様でござりまする」

「ならば、上様は麻疹を召されて、宇治の間で息を引き取られた。そうであってもおかしゅうはなかろう」

「ははッ……！」

吉保の顔に赤みがさした。

確かにそうである。綱吉が江戸城を抜け出し、微行で柳沢家の屋敷に御成をしていることは、ごく限られた者しか知らぬのだ。

「美濃守、そちがその差配をいたせ。その上で世を落ち着かせた後は、そちの嫡男・伊勢守に家督を譲り、この屋敷で庭いじりなどして暮らすがよい」

家宣は、ここでいつもの慈悲深く、やさしげな表情となって申し伝えた。

「ありがたき幸せに存じまする……」

柳沢父子は、平蜘蛛《ひらぐも》のごとく平伏して、新たな時の将軍に臣従を誓った。

家宣はこれによって、柳沢吉里を養子にするという内々の約定《やくじょう》を破棄し、吉保に隠居を迫ったが、大名としての柳沢家は、吉里をもって存続させてやると言うのだ。

我が子・家千代を殺された恨みを晴らすならば、吉保も断罪は免れないはずだが、それもこれも綱吉という権力者あってのことだと許し、ひたすらに事後処理に努めるよう命じたのだ。

殺すのではなく、最後まで官吏《かんり》としての才を発揮させた上で職権を奪う。

吉保にとって、それはひとつの死を意味するのだ。

吉保は、家宣の度量の大きさに感服した。

思えば柳沢家の家督を継いだ折は、五百石ばかりの家禄が、今では松平の姓を許された上に、十五万石を超える所領を得たのだ。

何の不足もないではないか。心の底では、年々狂していく綱吉に仕えるのが辛くなっていた。倅《せがれ》・吉里は我が子に間違いはないが、綱吉が実子と思い込んだゆえ、話を合わせてきたものの、いつ何時、勘違いであったと思い直し、吉保を詰り始めるかもしれなかったのである。

「美濃守、そちもさぞ大儀であったであろう」

追い討ちをかけるように労《ねぎら》う家宣に、

「畏れ入りましてござりまする……」

吉保は、放心したかのように額《ひたい》を土にすりつけたのだ。

家宣は、新井白石を見やって大きく頷《うなず》いた。

「これでよいな……」

その目はそう告げていた。ここへくるまで、徳をもって世を見渡し、鬼神となって悪癖《あくへき》を正し、再び徳をもってあらゆる裁きを下す――。

「お恐れながら……」

と、白石の侍講《じこう》を越えた献策が、今実を結んだ。家宣はそれを賞し、懐《なつ》かしんだのだ。

真の武士道とは何か。それを求める男達の戦いは、ひとまずここに終りを告げた。

六

世は一変した。

柳沢吉保は、官吏としての腕を存分に揮《ふる》い、徳川綱吉が麻疹にて宝永六年一月十日に没し、五月一日に、徳川家宣が征夷大将軍・源《げん》氏長 者《じちようじや》宣下《せんげ》を受けるまでの日程を巧《たく》みにこなした。

旧主・綱吉がどこまでもこだわりをみせた〝生類憐れみの令〟は、彼の死後十日で、家宣によって主要な事項が廃された。

この時も、吉保は淡々としてこれをこなし、新たなる権力者にどこまでも従順なる姿勢を貫いた。

二月に入ると、綱吉暗殺の策謀に大きく寄与した御台所・鷹司信子が、件の宇治の間で自害して果てているのが見つかった。

この時もまた、夫の後を追うように麻疹にかかり死去したと、内外に疑問を挟《はさ》ませずに処理した。

家宣は、信子の死を大いに悼《いた》み、丁重な葬儀を取りはからうよう吉保に命じ、吉保はこれも粛々《しゅくしゅく》とこなした。

皮肉なことに、新井白石、大石内蔵助と繰り広げた暗闘を通じて、吉保の備えに不足はなくなっていたのである。

つまり吉保は、飼い主の言うことを、どこまでも素直に守らんとする番犬のような男であり、彼の才を生かすも殺すも、主人次第なのである。

そして、徳川六代将軍・家宣の誕生後、彼は潔《いさぎよ》く身を引いた。

一子・吉里は家督を継ぐと、初めて所領である甲斐に国入りを果したのだが、行列が国境にさしかかった時、騒動があった。

隊列が山間の道に入り、長く伸び切ったところを狙って、夜盗と化した浪人者の集団が襲撃したのだ。

激戦となり、多くの死傷者を出したが、警護の武士達は奮闘して、浪人者の首領を討ち取った。

その首領こそ、柳沢吉保が腕を見込んで一時、諜報《ちょうほう》に使った、江田監物なる武芸者・軍学者であった。

権勢の座から退いた吉保には、既にこのような男は必要もなく、彼はあっさりと江田を使い捨てにした。

将軍・家宣は、あくまでも綱吉を病死として、柳沢家を下野《げや》させただけに止《とど》め、新たなる政権を誕生させたので、江田監物は行き場を失っていた。

高田郡兵衛がそうであったように、彼もまた死に場を求めたのであろう。

しかしそれはすべて、翌年に起こった出来事である。

宝永六年に話は戻る。

徳川家宣は、間部詮房を側用人《そばようにん》とし、新井白石を学者の身分で大いに登用し、正徳《しょうとく》の治《ち》と呼ばれる文治政治を推進した。

紀伊国屋文左衛門が請け負《お》っていた宝永銭は廃されることになった。

柳沢吉保、荻原重秀が進めた貨幣改鋳に参画することで、絶大なる力を得て、それをもって新井白石と赤穂浪士達に肩入れをした文左衛門であった。

改めてその借りを返し、紀伊国屋を政商として扱うことを白石は新政権に具申するつもりであったが、

「いやいや、わたしのような者は、新たな世の到来と共に消えていくに限りますよ」

文左衛門は、方便にしろ柳沢と組んだ自分は、店をたたんで引っ込む方が、世の人々はより一層新しい時代の到来を覚えるであろうと言って、あっさりと隠遁《いんとん》の道を選んだのであった。

「もう随分と金は稼《かせ》ぎました。これからは、そっと陰から散財させていただきましょう。それにしても新井先生、この八年ばかりの間は、ほんに楽しゅうございました。ははは、男冥利《みょうり》につきました」

豪快に笑ってみせる文左衛門は、ますます意気盛んである。

七月になって、家宣は芸州浅野本家お預けとなっていた浅野内匠頭の弟・大学長広を赦《ゆる》し江戸へ戻した。義士達の子供で流刑《るけい》になっていた者達も赦免《しゃめん》にした。

政権は変われど、幕府が下した処分をあからさまに破棄《はき》するのは憚《はばか》られたが、

「追って大学には知行《ちぎょう》を与え、身の立つようにするゆえ、安心いたせと内蔵助に伝えよ」

家宣は、白石にそのように託《ことづ》けた。

「ありがたき幸せに存じまする……」

内蔵助は、今では盟友の名に相応《ふさわ》しい白石を通して、将軍家に御礼言上をすますと、

「これより先の我らの務めは、いかがいたせばようござろうな」

と、相談に及んだ末、天下人を殺《あや》めたほとぼりを冷ますため、一子・主税を伴い、旅に出ることを望み許された。

さらに、御園番士達も、御浜御殿の番をする者、何組かに分かれて諸国を巡り、土地土地で起こる僻事《へきじ》を暴き、公儀に報せる役割を担《にな》うこととした。

彼らの務めが、公儀隠密、御庭番などというものにやがて形を変えていったかどうかは定かではない。しかし、義士達が苦難の末に辿《たど》り着いた正義が、百花繚乱《ひやっかりょうらん》たる元禄の世にあって忘れられた人の情緒を、取り戻す働きを演じたのは確かであった。

「一年後に、戻って参りまする」

街道の辻で、内蔵助はおっとりとしたいつもの表情を浮かべた。自らを〝眠《みん》牛《ぎゅう》〟と称した洒脱《しゃだつ》な風情《ふぜい》は、今も変わっていない。

「倅殿との旅もまた格別でござろうな」

白石は、日増しに多忙を極める日々にあって、内蔵助を羨《うらや》むように言った。

「格別というほどのものではござりませぬよ。倅めは遊びを知らぬまま大人になりましたゆえに、少し遊び心を身につけさせようと……。これがまた先が思いやられまする」

と内蔵助は笑った。

「戻られたら、またゆるりと話しとうござるな」

白石も笑って応えた。

「はて、それはどうでござろう。白石先生はこの先、生きている者のために知恵を振り絞《しぼ》る身の上。我らのごとき死人と語ろうている間もござりますまい」

「いやいや、御政道を正すためとあらば、わたしは死人どころか、狐狸《こり》妖怪の類《たぐい》にまでゆるりと語りかける所存でござる」

「ふふふ、先生は変わっておらぬ」

「変わってたまるものではござらぬ」

再び二人は笑い合い、大石父子は旅発った。

少し遅れて、編笠の旅の武芸者風二人が、父子を見送る白石の視界に入った。

二人の武士は一瞬白石に会釈すると、大石父子をそっと守るように歩みを進めた。

編笠の下には、堀部安兵衛と奥田孫太夫の引き締まった顔があった。諸国行脚《あんぎゃ》をすると言いつつ、やはり御園番士達は頭の大石内蔵助の身が案じられるのであろう。

白石は何度も頷きながら、去り行く義士達の姿をいつまでも見送っていた。

自分をそっと見守っている、不破数右衛門の影を感じながら——。

「先生、いつまでお見送りするつもりです？」

白石に付き従う大倉半次郎が、少しからかうように言った。

白石は、うっとりとした心地を現実に戻されて、

「そなたは相変わらず夢のない男じゃな」

じろりと長年の従者を睨みつけた。

「夢がござりませぬか？」

「ない」

「左様《さよう》で……」

「ない、まったくない。怪《け》しからぬ奴《やつ》じゃ」

「怪しからぬ奴とはお情けないことにて」

「よいか、人には情緒というものが何よりも大事なのだ。月を愛《め》で、花を哀しむ。そなたもそのような心を持つがよい」

「花を哀しみまするか」

「左様、路傍《ろぼう》に健気《けなげ》に咲く花をじっと見れば、何やら哀しゅうなって、涙が出る。それじゃ、それが情緒というものじゃ。その想いがあればこそ、人の世は美しゅうなるのじゃ。何じゃその顔は。また小難しいことをぬかしよると思うているのであろう。だいたい半次郎、そなたという男は……」

白石は、眉間《みけん》に〝火の字〟を浮かべながら、しばし半次郎を叱りつけた。

注・この作品は、平成三十一年四月祥伝社より四六判として刊行されたものです。

二〇〇字書評

切り取り線

購買動機（新聞、雑誌名を記入するか、あるいは○をつけてください）

□（　　　　　）の広告を見て	
□（　　　　　）の書評を見て	
□ 知人のすすめで	□ タイトルに惹かれて
□ カバーが良かったから	□ 内容が面白そうだから
□ 好きな作家だから	□ 好きな分野の本だから

・最近、最も感銘を受けた作品名をお書き下さい

・あなたのお好きな作家名をお書き下さい

・その他、ご要望がありましたらお書き下さい

住所	〒				
氏名		職業		年齢	
Eメール	※携帯には配信できません	新刊情報等のメール配信を 希望する・しない			

この本の感想を、編集部までお寄せいただけたらありがたく存じます。今後の企画の参考にさせていただきます。Eメールでも結構です。

いただいた「一〇〇字書評」は、新聞・雑誌等に紹介させていただくことがあります。その場合はお礼として特製図書カードを差し上げます。

前ページの原稿用紙に書評をお書きの上、切り取り、左記までお送り下さい。宛先の住所は不要です。

なお、ご記入いただいたお名前、ご住所等は、書評紹介の事前了解、謝礼のお届けのためだけに利用し、そのほかの目的のために利用することはありません。

〒一〇一‐八七〇一
祥伝社文庫編集長　清水寿明
電話　〇三（三二六五）二〇八〇

祥伝社ホームページの「ブックレビュー」からも、書き込めます。
www.shodensha.co.jp/
bookreview

祥伝社文庫

それからの四《し》十《じゅう》七《しち》士《し》

令和 5 年 7 月 20 日　初版第 1 刷発行

著　者　岡本《おかもと》さとる

発行者　辻　浩明

発行所　祥伝社《しょうでんしゃ》

東京都千代田区神田神保町 3-3
〒 101-8701
電話　03（3265）2081（販売部）
電話　03（3265）2080（編集部）
電話　03（3265）3622（業務部）
www.shodensha.co.jp

印刷所　図書印刷

製本所　積信堂

カバーフォーマットデザイン　中原達治

本書の無断複写は著作権法上での例外を除き禁じられています。また、代行業者など購入者以外の第三者による電子データ化及び電子書籍化は、たとえ個人や家庭内での利用でも著作権法違反です。
造本には十分注意しておりますが、万一、落丁・乱丁などの不良品がありましたら、「業務部」あてにお送り下さい。送料小社負担にてお取り替えいたします。ただし、古書店で購入されたものについてはお取り替え出来ません。

Printed in Japan ©2023, Satoru Okamoto ISBN978-4-396-34895-3 C0193

祥伝社文庫の好評既刊

岡本さとる
取次屋栄三《えいざ》
武家と町人のいざこざを知恵と腕力で丸く収める秋月栄三郎《あきづきえいざぶろう》。縄田一男《なわたかずお》氏激賞の「笑える、泣ける！」傑作。

岡本さとる
がんこ煙管《ぎせる》　取次屋栄三②
栄三郎、頑固親爺《おやじ》と対決！「楽しい。面白い。気持ちいい。ありがとうと言いたくなる作品」と細谷正充《ほそやまさみつ》氏絶賛！

岡本さとる
若の恋　取次屋栄三③
取次屋の首尾やいかに⁉ 名取裕子《なとりゆうこ》さんも栄三の虜に！「胸がすーっとして、あたしゃ益々惚れちまったぉ！」

岡本さとる
千の倉より　取次屋栄三④
孤児の千吉《せんきち》に惚れ込んだ栄三郎はある依頼を思い出す。「こんなお江戸に暮らしてみたい」と千昌夫《せんまさお》さんも感銘！

岡本さとる
茶漬け一膳　取次屋栄三⑤
安五郎《やすごろう》の楽しみは、安吉《やすきち》と会うこと。実はこの二人、親子なのだが……。栄三が動けば絆《きずな》の花がひとつ咲く！

岡本さとる
妻恋日記　取次屋栄三⑥
亡き妻は幸せだったのか？ 日記に遺《のこ》された若き日の妻の秘密。老侍が辿《たど》る追憶の道。想いを掬《すく》う取次の行方は。

祥伝社文庫の好評既刊

岡本さとる　**浮かぶ瀬**　取次屋栄三⑦

神様も頬《ほお》ゆるめる人たらし。栄三の笑顔が縁をつなぐ！　取次屋の心にくい仕掛けに、不良少年が選んだ道とは？

岡本さとる　**海より深し**　取次屋栄三⑧

「キミなら三回は泣くよと薦められ、それ以上、うるうるしてしまいました」女子アナ中野《なかの》佳也子《かやこ》さん、栄三に惚れる！

岡本さとる　**大山まいり**　取次屋栄三⑨

大山詣りに出た栄三。道中知り合ったおきんは五十両もの大金を持っていて……。栄三が魅せる〝取次〟の極意！

岡本さとる　**一番手柄**　取次屋栄三⑩

どうせなら、楽しみ見つけて生きなはれ。じんと来て、泣ける！〈取次屋〉誕生秘話を描く、初の長編作品！

岡本さとる　**情けの糸**　取次屋栄三⑪

自分を捨てた母親と再会した捨吉《すてきち》は……。断絶した母子の闇を、栄三の〝取次〟が明るく照らす！

岡本さとる　**手習い師匠**　取次屋栄三⑫

栄三が教えりゃ子供が笑う、まっすぐ育つ！　剣客にして取次屋、表の顔は手習い師匠の心温まる人生指南とは？

祥伝社文庫の好評既刊

岡本さとる
深川慕情　取次屋栄三⑬
破落戸《ならずもの》と行き違った栄三郎。その男、居酒屋〝そめじ〟の女将・お染《そめ》と話していた相手だったことから……。

岡本さとる
合縁奇縁《あいえんきえん》　取次屋栄三⑭
凄腕《すごうで》女剣士の一途《いちず》な気持ちに、どう応える？　剣に生きるか、恋慕をとるか。ここは栄三、思案のしどころ！

岡本さとる
三十石船　取次屋栄三⑮
大坂の野鍛冶の家に生まれ武士に憧れた栄三郎少年。いかにして気楽流剣客となったか。笑いと涙の浪花人情旅。

岡本さとる
喧嘩屋　取次屋栄三⑯
大事に想う人だから、言っちゃあいけないこともある。かつての親友と再会。その変貌ぶりに驚いた栄三は……。

岡本さとる
夢の女　取次屋栄三⑰
旧知の女の忘れ形見、十《とお》になる娘おえいを預かり愛しむ栄三。しかしおえいの語った真実に栄三は動揺する……。

岡本さとる
二度の別れ　取次屋栄三⑱
栄三と久栄の祝言を機に、裏の長屋へ引っ越した又平。ある日、長屋に捨て子が出るや又平が赤子の世話を始め…。

祥伝社文庫の好評既刊

岡本さとる
女敵討《めがたきう》ち
取次屋栄三⑲

誠実で評判の質屋の主から妻の不義調査を依頼された栄三郎は、意気揚々と引き受けるが背後の闇に気づき……。

岡本さとる
忘れ形見《がたみ》
取次屋栄三⑳

名場面を彩った登場人物たちが勢揃い！　栄三郎と久栄の行く末を見守る、感動の最終話。

岩室　忍
初代北町奉行　米津勘兵衛①
弦月《げんげつ》の帥《すい》

家康直々に初代北町奉行に任じられた米津勘兵衛。江戸創成期を守り抜いた男を描く、かつてない衝撃の捕物帳。

岩室　忍
初代北町奉行　米津勘兵衛②
満月の奏《そう》

〝鬼勘〟と恐れられた米津勘兵衛とその配下が、命を懸けて悪を断つ！　本格犯科帳、第二弾。

岩室　忍
初代北町奉行　米津勘兵衛③
峰月《ほうげつ》の碑《ひ》

激増する悪党を取り締まるべく、米津勘兵衛は〝鬼勘の目と耳〟となる者を集め始める。

岩室　忍
初代北町奉行　米津勘兵衛④
雨月《うげつ》の怪《かい》

江戸に大鳥逸平という途方もない傾奇者が現れる。しかも、勘兵衛の息子が仲間と発覚、家康の逆鱗に触れ……。

〈祥伝社文庫　今月の新刊〉

岡本さとる

それからの四十七士

「取次屋栄三」シリーズの著者が「忠臣蔵」に新たな息吹を与える瞠目の傑作時代小説！

藤崎　翔

モノマネ芸人、死体を埋める

死体を埋めなきゃ芸人廃業!?　咄嗟の機転で完全犯罪を目論むが…極上伏線回収ミステリー！

吉森大祐

大江戸墨亭《ぼくてい》さくら寄席《よせ》

貧乏長屋で育った小太郎と代助は噺だけで妹の命を救えるか？　感涙必至の青春時代小説。

喜多川　侑

瞬殺　御裏番闇裁き

芝居小屋の座頭は表の貌《かお》。大御所徳川家斉の御裏番として悪行三昧を尽くす連中を闇に葬る！

内田　健

夏の酒　涼音とあずさのおつまみごはん

ほのぼの共働き夫婦の夏の肴は――。美味しさ、五つ星！　ほっこりグルメノベル第二弾。

小杉健治

心変わり　風烈廻り与力・青柳剣一郎

盗まれた金は七千両余。火盗改の動きに不審を抱いた剣一郎は……盗賊一味の末路は!?